大秦帝國

进阶手册

中信出版集团 | 北京

献给中国原生文明的光荣与梦想

目录

《大秦帝国》·史源

出版说明

作为近十年畅销的长篇历史小说，《大秦帝国》洋洋五百万言，将战国时期秦、韩、魏、赵、燕、楚、齐七国群雄并起逐鹿天下的历史苍劲地铺展开来，描绘了近两百年的战国风云与帝国生灭。

礼崩乐坏、群雄逐鹿的战国时代，面临亡国之祸的秦国于列强环伺之下崛起。从秦孝公开始，历一百六十余年六代领袖坚定不移的努力追求，经商鞅变法、张仪“连横破纵”、范雎“远交近攻”、白起长平大战、吕不韦摄政、李斯蒙恬护法等重大事件，最后秦王嬴政完成了一场伟大的帝国革命。秦扫六合而一统天下，建立起中国历史上第一个大一统的帝国。

全书共分为六部，《黑色裂变》《国命纵横》《金戈铁马》《阳谋春秋》《铁血文明》《帝国烽烟》。这部鸿篇巨著还原了巨大的历史落差与戏剧性的帝国命运，再现了一个国家一步步实现自己梦想的悲壮历程。书中每一行每一页都充满着智慧方略、阳谋政治的风骨，奋发惕励、强势生存的精神，充满着来自中国原生文明时代的英雄风骨与本色灵魂。

《大秦帝国》从政治、外交、军事、经济民生、思想文化、古代科技、风土人情等角度，对秦与六国做了全面深刻的对比，将战国时代的万千气象梳理成一串环环相扣的兴亡故事，以一种全新的视角，再现了大秦帝国生灭兴亡的历史过程。也因为其涵盖的内容丰富，被一些读者称作“战国社会百科全书”。作者笔下那些早已消逝在历史长河中的鲜活故事，拉近了我们与那个远去时代的距离。

从大处看，该书将战国时代的格局变化梳理成了一条简明的线。秦国经过变法改革之后由弱变强，六国在时代大潮中先后由兴转衰直至灭亡。几乎每一部都从天下格局的变化来看待秦国的发展形势，并通过主要历史人物的活动揭示当时秦国发展面临的主要问题以及解决该问题的具体行动。

从细处看，小说里包含了大量的各类知识，历史典故、农业生产、商业活动、风俗习惯、礼法制度、国家法令、先秦军事、实用技艺、水利工程、天文地理、阴阳卜卦、诸子百家、部族民族、地域特色、器物名产、古代游戏、民谚格言等琐细的知识点都有涉及。小说中的伺潮鸡、禹余粮、工布剑、天子方金、即墨老刀币等物事都让人印象深刻。原著常常大段大段地交代知识背景，除此之外，作者还将不同地区不同季节的物候变化特征融入到了场景描写中。在各色人物的对话互动中，细心的读者也能找到不少行业与地域的特殊讲究，例如古代船夫与水工的一些行规与工作特点，穿插在某些情节的过渡部分中——这些都带有现实生活的影子。在同类作品中，几乎找不出像《大秦帝国》这样大量糅合知识性内容的历史小说了。

为了让读者更好地进入小说，我们整理了小说最主要的知识性内容，编成这本《进阶手册》。《进阶手册》中史源部分来源于《史记》《战国策》等史料，所述内容与小说可能存在差异，供读者参考。愿更多人受益于《大秦帝国》这部大国兴亡录。

战国七雄

秦国

《史记》中这样记载秦部族的起源："秦之先，帝颛顼之苗裔孙曰女修。"也就是说，颛顼高阳氏的女儿（或孙女），这个名叫修的女子，因吞食玄鸟之卵而孕育了秦的先祖，同时也孕育出了秦文明。

《史记·秦本纪》中记载，公元前770年，秦襄公为身陷戎狄之患的周王室开路，护卫周王至新都。平王因秦襄公之功，始封秦为诸侯，并许之"秦能攻逐戎，即有其地"，把周室曾经的根基一并赐予秦。从此，秦族正式开始成为秦国。

秦人立国之后，虽也有秦穆公的一时之霸，然终越打越弱。历经秦简公、秦惠公、秦出公等数代乱政之后，秦献公师隰继位，施行了一些改革措施。公元前361年，秦孝公渠梁继位为秦君。当时的秦国已经被魏国压迫得龟缩于一隅。在此情况下，秦孝公颁布求贤令，"有能出奇计强秦者，与之分土！"时任魏国中庶子的卫鞅入秦，后被任为左庶长，主持变法，史称商鞅变法。之后的秦惠文王、秦武王、秦昭王三代分别在商君之法下继续扩张。其间采用张仪的连横之策和范雎的远交近攻之策，兼有司马错、白起等将星的出现。到秦昭王鼎盛时期，秦国已西纳巴蜀，建都江堰而使之成为天府之国；北灭义渠，基本解决了西北方面的戎狄之患；东连齐国，疆土伸展到今山东省西南部城市定陶；南威楚国，使楚国避秦国之锋而迁都。白起为将时更凝聚举国之力与赵国展开长平大决，最终给赵国以重创。秦昭王之后，秦孝文王、秦庄襄王在位时间都很短，这一时期商人出身的吕不韦执掌朝政，积极宽政使秦国重新强大，并最终在秦王政时期，采取远交近攻、分化离间的策略，发动灭六国之战，建立了中国历史上第一个大一统的中央集权国家。

君主世系表

秦非子	前 900 年—前 858 年	周孝王封非子于秦邑，国得立
秦　侯	前 857 年—前 848 年	秦国第二位国君
秦公伯	前 847 年—前 845 年	秦侯之子
秦　仲	前 844 年—前 822 年	秦公伯之子
秦庄公	前 821 年—前 778 年	长子世父自请击戎，让其弟襄公为太子
秦襄公	前 777 年—前 766 年	秦庄公次子
秦文公	前 765 年—前 716 年	秦襄公之子
秦宁公	前 715 年—前 704 年	秦文公孙，其父早逝，故继位为君
秦出子	前 703 年—前 698 年	秦宁公幼子
秦武公	前 697 年—前 678 年	秦出子长兄。开人殉先河
秦德公	前 677 年—前 676 年	秦武公之弟
秦宣公	前 675 年—前 664 年	秦德公之子
秦成公	前 663 年—前 660 年	秦宣公之弟
秦穆公	前 659 年—前 621 年	秦成公之弟。穆公以上诸公皆失其名，穆公名任好
秦康公	前 620 年—前 609 年	秦穆公之子，晋文公之外甥
秦共公	前 608 年—前 604 年	秦康公之子。名貑。从此十代至灵公，又并失名（从《史记》。《春秋》以为共公四年）
秦桓公	前 603 年—前 577 年	秦共公之子
秦景公	前 576 年—前 537 年	秦桓公之子
秦哀公	前 536 年—前 501 年	秦景公之子
秦惠公	前 500 年—前 491 年	其父秦夷公早死
秦悼公	前 490 年—前 477 年	秦惠公之子（从《春秋》。或以下年为悼公元年）

秦厉共公	前 476 年—前 443 年	秦悼公之子
秦躁公	前 442 年—前 429 年	秦厉共公之子
秦怀公	前 428 年—前 425 年	秦躁公弟，秦厉共公之子
秦灵公	前 424 年—前 415 年	秦怀公之孙，其父秦昭子早死
秦简公	前 414 年—前 400 年	秦怀公之子，秦灵公的叔父，秦昭子之弟
秦惠公	前 399 年—前 387 年	秦简公之子
秦出子	前 386 年—前 385 年	秦惠公之子
秦献公	前 384 年—前 362 年	出子二年，大臣杀出子及其母亲，迎立灵公之子献公
秦孝公	前 361 年—前 338 年	秦献公之子。立时 21 岁，任内任用卫人公孙鞅实行变法，秦国走上富强。公孙鞅，常称卫鞅。变法 20 年后功成，被封商君，史称商鞅变法
秦惠文王	前 337 年—前 311 年	即位后杀商鞅而用商鞅之法
秦武王	前 310 年—前 307 年	秦惠文王之子
秦昭王	前 306 年—前 251 年	秦武王之弟
秦孝文王	前 250 年—前 250 年	秦昭王之子
秦庄襄王	前 249 年—前 247 年	秦孝文王之子
秦王政	前 246 年—前 221 年	秦庄襄王之子。前 221 年统一中国，国号为秦，称始皇帝
始皇帝政	前 221 年—前 210 年	
秦二世	前 209 年—前 207 年	秦始皇之子。暴政，天下反秦
秦王子婴	前 206 年	秦亡

韩国

韩氏部族的姓氏来源于封地韩原，那本是春秋时晋国的一家寻常贵族。晋景公时，晋国发生了权臣屠岸贾歼灭赵氏的重大事变。韩氏祖先韩厥主持公道，并收养了赵氏孤儿，在贵族中赢得了良好的口碑。韩氏地位奠定后，与赵氏、魏氏先后消灭了智氏等其他晋国卿大夫，从而瓜分了晋国，史称三家分晋。

韩立国之后，灭郑，遂迁都郑城，定名为新郑。它地处黄河中游地区，北临魏赵，东有齐，南有楚，西有秦，国土在七国之中最小。此后，三晋其余两国都施行了不同程度的变法，而惟韩国没有变化。三晋之中韩国最弱，冲突也骤然加剧。面对积弱积贫甚至沦为二三流诸侯国的局面，公元前351年，韩昭侯任用申不害为相，在韩国实行变法，在朝大行“术”治，整顿官吏队伍，使国内政局得到稳定，贵族特权受到限制。《史记·老子韩非列传》这样评论：“终申子之身，国治兵强，无侵韩者。”

然而，随着韩国战败于魏，申不害的术治变法反而使韩国沦为术治之邦。纵然有韩非子这样的法家大才，但韩国始终未能再次强大，最终成为六大战国之中秦国的第一个目标。

公元前230年，秦将内史腾率领秦军突然渡过黄河进攻韩国，一举攻克韩都新郑，俘获韩王安，继而占领韩国全境，韩国灭亡。

君主世系表

韩景侯	前 408 年—前 400 年	始封为诸侯，建都平阳
韩烈侯	前 399 年—前 387 年	韩景侯之子
韩文侯	前 386 年—前 377 年	韩烈侯之子
韩哀侯	前 376 年—前 375 年	韩文侯之子
韩懿侯	前 374 年—前 363 年	其父韩哀侯被杀，得立
韩昭侯	前 362 年—前 333 年	韩懿侯之子，用申不害变法
韩宣惠王	前 332 年—前 312 年	韩昭侯之子
韩襄王	前 311 年—前 296 年	韩宣惠王之子
韩釐王	前 295 年—前 273 年	韩襄王之子
韩桓惠王	前 272 年—前 239 年	韩釐王之子，遣郑国入秦，献上党于赵
韩王安	前 238 年—前 230 年	韩桓惠王之子，虏于秦，后叛乱，被处死。韩亡

魏国

魏国与韩国一样，魏氏部族的姓氏来源于封地魏地。三家分晋之后，魏国首先进行变法，魏文侯任用李悝，改革政治，奖励耕战，兴修水利，发展经济扩张国力。李悝变法是战国历史上的第一次变法活动。

变法之后，魏国国力骤长，魏文侯任用吴起、乐羊、西门豹、子夏、翟璜、魏成等人，制约赵国，北灭中山，西取秦西河之地，开拓了大片疆土，自此，魏国一跃成为战国初期最强大的国家，中原霸主。

但魏武侯即位之后，魏国便不再积极求变，急贤亲士的政治传统也开始淡化为贵族式的表面文章，终于导致了吴起的出走。从魏惠王开始，又先后失去了孙膑、商鞅、张仪、范雎、乐毅、尉缭等多位顶尖人才，国力也因此每况愈下，桂陵、马陵之战连续败于齐国，河西之战败于秦国，“南辱于楚”，魏国便再也未能缓过气来。尽管后期魏国信陵君魏无忌的出现一度带来些许中兴之象，然而随着信陵君被罢黜并抑郁而终，魏国便再无回天之力了。

公元前 225 年，秦国将军王贲突然进袭魏国，包围了魏都大梁。魏军依托城防工事，拼死防守。秦军强攻无效，遂引黄河、大沟之水灌城。三个月后，大梁城坏。魏王假出降，魏亡。

君主世系表

魏文侯	前 445 年—前 396 年	始封为诸侯
魏武侯	前 395 年—前 370 年	魏文侯之子
魏惠王	前 369 年—前 319 年	魏武侯之子，魏国力到达鼎盛
魏襄王	前 318 年—前 296 年	魏惠王之子
魏昭王	前 295 年—前 277 年	魏襄王之子
魏安釐王	前 276 年—前 243 年	魏昭王之子
魏景湣王	前 242 年—前 228 年	魏安釐王之子
魏王假	前 227 年—前 225 年	魏景湣王之子，降秦，魏亡

赵国

秦赵同源，这在《史记》中亦有记载。秦人和赵人本来是同一支，造父有功于周室被封于赵城，赵氏才独立出来。后来赵氏在晋国落脚，渐成望族。公元前 601 年，赵盾死后，屠岸贾发动了对赵氏的攻击，只有赵氏孤儿被留存下来。经过这个事件，赵氏元气大损。

三家分晋之后赵氏立国，但由于地理因素，身处四战之地被多个强国包围，国力并不强，不断被林胡、楼烦骚扰掠夺，这种情况一直持续到赵武灵王时期。公元前 307 年，赵国在赵武灵王的带领下进行了“胡服骑射”变法，放弃中原人的宽衣博带和战车战术，换以短衣紧袖、皮带束身、脚穿皮靴的胡服和单人骑兵战术。以此为基本点全面学习胡人的变法策略取得了巨大成效，赵国军力大长，并据此向东北攻灭中山，西北打败林胡、楼烦，在北疆设置了云中、雁门和代三郡，更于阏与之战中大败秦军，然而在长平之战中却遭到重创。幸得魏国援助，赵国在接下来的邯郸保卫战中取得了胜果。此后，赵国在与秦国的战争中虽有小胜，却已无法挽回败局。公元前 229 年，秦将王翦率军灭赵，先以反间计除去名将李牧，后又突破井陉口，攻陷邯郸。于公元前 228 年俘虏了赵王迁。公子赵嘉虽逃至代地称代王，然五年之后仍然亡于秦国，赵国自此正式灭亡。

君主世系表

赵烈侯	前 408 年—前 400 年	赵献侯之子。六年，始列诸侯
赵武侯	前 400 年—前 387 年	赵烈侯之弟
赵敬侯	前 386 年—前 375 年	赵烈侯之子
赵成侯	前 374 年—前 350 年	赵敬侯之子
赵肃侯	前 349 年—前 326 年	赵成侯之子
赵武灵王	前 325 年—前 299 年	“胡服骑射”变法，赵国得以强盛
赵惠文王	前 298 年—前 266 年	饿死其父赵武灵王，得立
赵孝成王	前 265 年—前 245 年	长平之战大败
赵悼襄王	前 244 年—前 236 年	赵孝成王之子
赵王迁	前 235 年—前 228 年	赵悼襄王之子，被秦流放
代王嘉	前 227 年—前 225 年	赵幽缪王之兄，为秦所获，赵亡

燕国

燕国是七大战国中历史最悠久的国家。据《史记》记载，周武王灭商以后，封其弟召公于燕，燕国的都城在蓟。燕国建国以后，因地域偏远，道路不通而与中原各地来往甚少，以至于《史记》中对燕史的记载十分模糊。春秋初年，燕国受到山戎的入侵，险些亡国，凭借齐国“尊王攘夷”的军事帮助才得以保全。

战国中前期，燕国一直无所作为，直至苏秦在燕国发动合纵。然合纵不久，新即位的燕王哙便将君位“禅让”给了相邦子之，由此引发燕国内乱，造成人心涣散和国力严重削弱，并招致齐国伐燕，使燕国几乎就此灭亡。

燕昭王艰难复国之后，励精图治，“吊死问孤，与百姓同甘苦”，决心复兴燕国，于是采纳郭隗的建议，并以筑黄金台的方式招贤纳士，使各国士人“争趋燕”，其间最为重要的人才是名将乐毅。经过 28 年励精图治，原本弱小的燕国成为一时之强。公元前 284 年，燕昭王拜乐毅为上将军，率倾国之兵联合赵、秦、韩、魏五国（一说包括楚国为六国）伐齐，连下齐国七十余城，杀死齐湣王，齐地只剩莒城和即墨二城。若非当时燕惠王即位，对乐毅存有隔阂而以骑劫代替乐毅，齐国几乎灭亡。短暂强盛的燕昭王时期到燕王喜即位，是燕国从高峰滑落低谷的衰变之期。

57 年，燕国历经了四代燕王：燕惠王、燕武成王、燕孝王、燕王喜。公元前 227 年，秦灭六国之际，燕太子丹谋划刺杀秦王。咸阳殿上荆轲刺秦失败，反而给了秦国进攻燕国的借口。公元前 226 年，大将王翦率秦军占领了燕国的大半。燕王退守辽东，杀太子丹以求和，却还是在数年之后亡于秦。

君主世系表

燕召公	不明	曾辅助周武王灭商，被封于燕
燕侯克	前 1046 年—前？年	燕召公之子
燕侯旨	不明	燕侯克之子
燕侯舞	不明	燕侯旨之子
燕侯宪	不明	燕侯舞之子
燕侯和	不明	燕侯宪之子
此间数代失考	此间数代失考	此间数代失考
燕伯圣	不明	铭文作匽伯圣，见《匽伯圣匜》
此间数代失考	此间数代失考	此间数代失考
燕惠侯	前 864 年—前 827 年	
燕釐侯	前 826 年—前 791 年	燕惠侯之子
燕顷侯	前 790 年—前 767 年	燕釐侯之子
燕哀侯	前 766 年—前 765 年	燕顷侯之子
燕郑侯	前 764 年—前 729 年	燕哀侯之子
燕穆侯	前 728 年—前 711 年	燕郑侯之子
燕宣侯	前 710 年—前 698 年	燕穆侯之子
燕桓公	前 697 年—前 691 年	燕宣侯之子
燕庄公	前 690 年—前 658 年	燕桓公之子
燕襄公	前 657 年—前 618 年	燕庄公之子，迁燕都于蓟
燕前桓公	前 617 年—前 602 年	燕襄公之子
燕宣公	前 601 年—前 587 年	燕前桓公之子
燕昭公	前 586 年—前 574 年	燕宣公之子
燕武公	前 573 年—前 555 年	燕昭公之子
燕前文公	前 554 年—前 549 年	燕武公之子，迁都于易
燕懿公	前 548 年—前 545 年	燕前文公之子
燕惠公	前 544 年—前 536 年	燕懿公之子
燕悼公	前 535 年—前 529 年	

燕共公	前 528 年—前 524 年	
燕平公	前 523 年—前 505 年	
燕简公	前 504 年—前 493 年	
燕孝公	前 492 年—前 455 年	
燕成公	前 454 年—前 439 年	
燕闵公	前 438 年—前 415 年	
燕后简公	前 414 年—前 373 年	
燕后桓公	前 372 年—前 362 年	
燕后文公	前 361 年—前 333 年	燕后桓公之子
燕易王	前 332 年—前 321 年	燕后文公之子
燕王哙	前 320 年—前 312 年	燕易王之子，禅让君位于子之，进行改革，国内大乱
燕昭王	前 311 年—前 279 年	燕王哙之子，在位期间大胜东胡、联合五国伐齐攻破齐国
燕惠王	前 278 年—前 272 年	燕昭王之子
燕武成王	前 271 年—前 258 年	成安君公孙操弑惠王，得立
燕孝王	前 257 年—前 255 年	燕武成王之子
燕王喜	前 254 年—前 222 年	燕孝王之子。秦将王贲攻取辽东，虏燕王喜。燕亡

楚国

楚国在古文献中又称为“荆”“荆楚”。考其原意，楚、荆皆为丛木之名。据《左传》所载，楚人是在荒僻的荆山丛林草莽中拓荒生存，历经艰难而发展起来的一个部族。直到周成王时，楚部族首领熊绎才正式被周王室册封，但爵号是地位很低的子爵。公元前706年，不满自己国大爵小的楚君熊通攻打姬姓诸侯随国，要求周天子晋升其爵位，遭拒之后再次征讨随国，迫使随侯投降后自称为王。

进入战国以后，主要的六大强国皆曾进行片面或全面性的改革变法，唯有楚国固步自封，只在楚悼王时期任用离魏入楚的吴起进行变法。吴起变法之后，楚国国力有所起色。然而由于楚悼王不幸早逝，吴起失去了坚强的靠山，被旧贵族残酷杀害，变法事实上夭折。此后楚国虽在合纵中担任了几次纵约长，但国力没有任何起色。楚怀王时期更是楚国转向衰落的关键转折，楚国先后在丹阳之战、鄢郢之战中连败于秦国，又屡次被秦相张仪欺骗，楚怀王晚年甚至被秦昭王骗去秦国，客死于咸阳。楚考烈王时期更有佞臣李园暗杀春申君、把持朝局之事，楚国由此越发衰微。

尽管如此，楚国在灭国之际仍然表现出了高昂的斗志，在楚将项燕的率领下重创李信统领的灭楚秦军，取得了战国末期山东六国对秦的最大胜果，直至秦将王翦领举国秦军袭来，方才灭亡。而在二世时期的反秦浪潮中，以刘邦、项羽为代表的楚人更成为了亡秦主力。

君主世系表

楚熊蚤	不明	原名鬻熊，始以“熊”为氏
楚熊丽	不明	楚熊蚤之子
楚熊狂	不明	楚熊丽之子
楚熊绎	前 1042 年—前 1006 年	周武王始封诸侯，子爵
楚熊艾	前 1005 年—前 981 年	楚熊绎之子
楚熊亶	前 980 年—前 970 年	楚熊艾之子
楚熊胜	前 969 年—前 946 年	楚熊亶之子
楚熊杨	前 945 年—前 887 年	其兄楚熊胜死后无子，继其位为楚君
楚熊渠	前 886 年—前 877 年	楚熊杨之子
楚熊挚	前 876 年	其兄早死
楚熊延	前 875 年—前 847 年	弑其兄自立为君
楚熊勇	前 846 年—前 838 年	楚熊延之子
楚熊严	前 837 年—前 828 年	楚熊勇之弟
楚熊霜	前 827 年—前 822 年	楚熊严之子
楚熊徇	前 821 年—前 800 年	楚熊霜死，少弟季徇得立
楚熊鄂	前 799 年—前 791 年	楚熊徇之子
楚若敖	前 790 年—前 764 年	楚熊鄂之子，始有谥号
楚霄敖	前 763 年—前 758 年	楚若敖之子
楚蚡冒	前 757 年—前 741 年	楚霄敖之子
楚武王	前 740 年—前 690 年	弑其兄，自立为王
楚文王	前 689 年—前 677 年	楚武王之子
楚堵敖囏	前 676 年—前 672 年	楚文王之子
楚成王	前 671 年—前 626 年	楚文王之子，弑其兄自立
楚穆王	前 625 年—前 614 年	逼迫其父楚成王自杀后，自立为王
楚庄王	前 613 年—前 591 年	问鼎中原
楚共王	前 590 年—前 560 年	楚庄王之子
楚康王	前 559 年—前 545 年	楚共王之子

楚郏敖	前544年—前541年	楚康王之子，也称“嗣子王”
楚灵王	前540年—前529年	楚康王之子，弑其兄自立
楚王比	前529年	楚共王的第三子
楚平王	前528年—前516年	楚灵王之弟，楚共王的幼子
楚昭王	前515年—前489年	楚平王之子
楚惠王	前488年—前432年	楚昭王之子
楚简王	前431年—前408年	楚惠王之子
楚声王	前407年—前402年	楚简王之子，为盗所杀
楚悼王	前401年—前381年	楚声王之子，任用吴起变法
楚肃王	前380年—前370年	楚悼王之子
楚宣王	前369年—前340年	其兄楚肃王无子，良夫继位
楚威王	前339年—前329年	楚宣王之子，国力顶峰
楚前怀王	前328年—前299年	被秦扣留至死
楚顷襄王	前298年—前263年	楚怀王之子，母郑袖
楚考烈王	前262年—前238年	楚顷襄王之子
楚幽王	前237年—前228年	楚考烈王之子
楚哀王	前228年	楚幽王之弟
楚王负刍	前227年—前223年	其门客弑其兄哀王，自立
楚昌平君	前223年	楚考烈王之子，曾助秦平叛，官至相。后兵败身死，楚亡

齐国

齐国是周初封建时最主要的诸侯国之一，第一任国君是著名的姜太公。齐桓公时期更是任用管仲为相，对内整顿朝政、厉行改革，对外尊王攘夷，存亡续绝。九合诸侯，一匡天下。

春秋末期，齐国田氏部族逐渐强大，并最终废黜了国君齐康公，姜姓齐国为田氏取代，仍沿用齐国名号，世称“田齐”以显示别于姜姓齐国。

进入战国，齐国同其他国家一样迈入变法大潮。齐威王时，任用驺忌为相改革政治。在驺忌的建议下，齐威王下令“群臣吏民能面刺寡人之过者，受上赏；上书谏寡人者，受中赏；能谤讥于市朝，闻寡人之耳者，受下赏”，由此大开诽谤之风。军事上，则任用田忌为上将军，孙膑为军师，军威大振。公元前353年，齐国大败魏国于桂陵。公元前342年，齐又大败魏军于马陵。公元前334年，齐威王与魏惠王“会徐州相王”，正式称王，国势大盛。公元前286年，齐湣王灭宋国，南侵楚国，西侵三晋，齐国势力到达巅峰，然而也因此引发了各国的强烈不满，从而孤立于天下。公元前284年，燕昭王以乐毅为上将军，合燕、秦、韩、赵、魏攻齐，攻入临淄，连下七十余城，只剩莒城和即墨尚存，几乎灭国。

在名将田单的带领下，齐国得以艰难复国。然此后的齐国便再无振作，对外邦交也奉行亲秦政策，拒绝参与合纵，只求偏安一方。尽管如此，齐国仍未能躲过秦国兵锋。公元前221年，秦王在灭亡韩、魏、楚、燕、赵之后，以齐拒绝秦使者访齐为由，命王贲率领秦军伐齐。齐王田建出城投降，齐国灭亡。

君主世系表

齐太公	前 1046 年—前 1015 年	周武王十三年封太公于营丘，国得立
齐丁公	前 1014 年—前 976 年	姜太公之子
齐乙公	前 975 年—前 932 年	齐丁公之子
齐癸公	前 931 年—前 880 年	齐乙公之子
齐哀公	前 879 年—前 868 年	齐癸公之子
齐胡公	前 867 年—前 860 年	周夷王烹哀公，立哀公弟胡公
齐献公	前 859 年—前 851 年	哀公同母弟，攻杀胡公自立
齐武公	前 850 年—前 825 年	齐献公之子
齐历公	前 824 年—前 816 年	齐武公之子
齐文公	前 815 年—前 804 年	历公暴虐，国人怨恨，拥历公子赤
齐成公	前 803 年—前 795 年	齐文公之子
齐前庄公	前 794 年—前 731 年	齐成公之子
齐釐公	前 730 年—前 698 年	齐前庄公之子
齐襄公	前 697 年—前 686 年	齐僖公之子
齐前废公	前 686 年	弑父襄公，自立
齐桓公	前 685 年—前 643 年	父齐前废公为野人杀，争立。九合诸侯，一匡天下
齐中废公	前 643 年	齐桓公之子
齐孝公	前 642 年—前 633 年	国人杀其父齐中废公
齐昭公	前 632 年—前 613 年	孝公之子被杀，其弟继位
齐后废公	前 613 年	齐昭公之子
齐懿公	前 612 年—前 609 年	杀其兄自立
齐惠公	前 608 年—前 599 年	齐懿公被杀，齐桓公之子得立
齐顷公	前 598 年—前 582 年	齐惠公之子
齐灵公	前 581 年—前 554 年	齐顷公之子
齐后庄公	前 553 年—前 548 年	杀太子自立
齐景公	前 547 年—前 490 年	齐后庄公之弟

齐晏孺子	前 489 年	齐景公之子。(从《史记》。《左传》作安孺子)
齐悼公	前 488 年—前 485 年	齐晏孺子之兄
齐简公	前 484 年—前 481 年	齐悼公被杀，国人立之
齐平公	前 480 年—前 456 年	齐简公之弟
齐宣公	前 455 年—前 405 年	齐平公之子
齐康公	前 404 年—前 379 年	齐宣公之子
田齐太公	前 386 年—前 384 年	迁齐康公于海上食一城，田齐始
齐废公	前 383 年—前 375 年	田齐太公之子
田齐桓公	前 374 年—前 357 年	
齐威王	前 356 年—前 320 年	田齐桓公之子
齐宣王	前 319 年—前 301 年	齐威王之子
齐湣王	前 300 年—前 284 年	齐宣王之子，兵败，仅得即墨、莒二城
齐襄王	前 283 年—前 265 年	齐湣王之子
齐王建	前 264 年—前 221 年	齐襄王，降秦，齐亡

经典大战

桂陵、马陵之战

战国中期爆发于齐魏两国间的两场大战，对当时的战国格局产生了深远影响。

公元前354年，魏国大将庞涓领大军进攻赵国，包围赵都邯郸，意图一战灭赵。赵国求救于齐，齐威王遂遣大将田忌、军师孙膑救赵。田忌本欲直接救赵，孙膑却以“批亢捣虚”的道理劝阻田忌，建议他领军进攻守备空虚的魏国重镇大梁，并在魏军回援途中设下埋伏，以此逼迫庞涓放弃攻赵、回援大梁，如此既可为赵国结围，又可使魏国疲惫。田忌依计而行，庞涓果然中计，回救大梁的途中，在桂陵一带遭遇齐军埋伏。魏军由于长期作战，兵力多有消耗；又经过长期奔袭，早已疲惫不堪，结果遭受到了数十年来第一次惨重失败，这一战也由此留下了围魏救赵的著名成语。

尽管遭遇桂陵之战的惨败，但魏国仍然实力犹存。十三年后，庞涓再度领兵进攻韩国。韩国求救于齐，齐威王再度派田忌孙膑援救，而孙膑也故伎重施，再度趁魏军围攻韩都新郑之际作势进攻大梁，一方面在山路崎岖的马陵道设下埋伏，另一方面则针对庞涓恼羞成怒、轻视齐军的心理，以减灶之法伪装齐军怯弱的假象：第一日挖十万军灶，第二日减为五万，第三日又减为三万。一心想复仇雪耻的庞涓果然中计，在暮色时分抵达马陵道，被齐军包围，大败。

桂陵、马陵两战，是战国时代最负盛名的两场伏击战。

围魏救赵之桂陵战役示意图

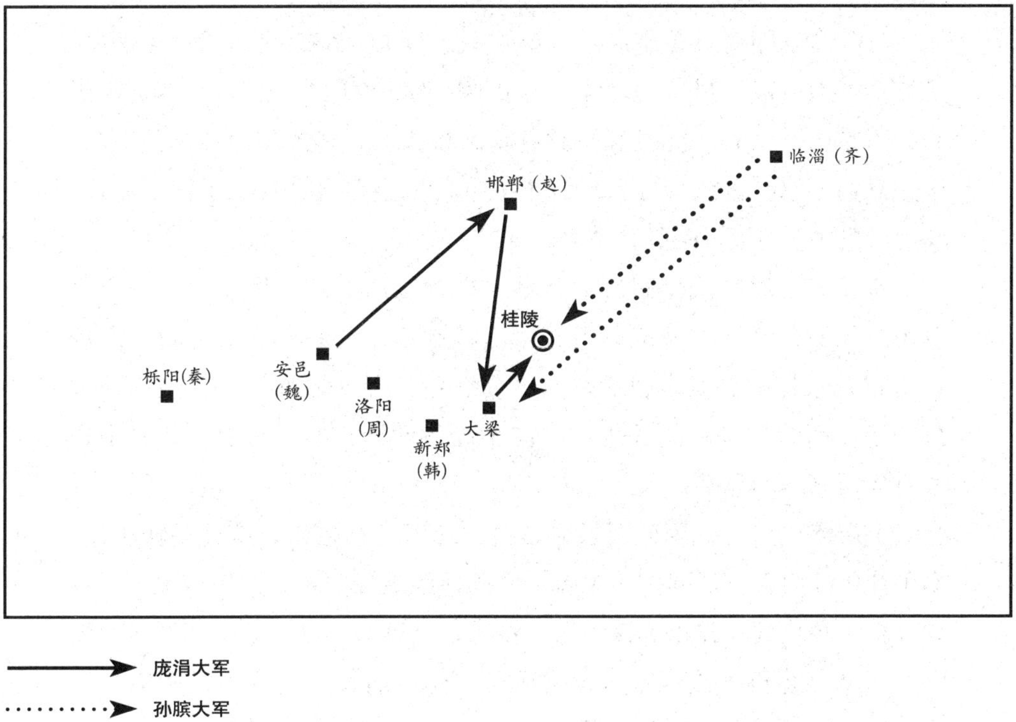

河西之战

秦国与魏国争夺战略要地河西高地一系列大战的总和，历经数十载拉锯争夺，最终以秦国获胜、夺取全部河西高地而告终。

河西高地即今日黄土高原，位于关中以北、南北流向的黄河西岸，是整个中原地带的制高点，也是关中地区的北面门户。战国前期，魏国为天下首强，又有名将吴起统领着精兵魏武卒，秦国却历经四代乱政，国力衰弱不堪。两国历经数十场大战，魏国最终全数夺取了河西高地，是为河西之战的第一阶段。

此后吴起因魏武侯猜忌而离魏，秦国则由秦献公即位，力行变法改革。经石门、少梁两战，秦军两次战胜魏军，并于少梁之战俘虏魏国丞相公叔痤。少梁之战后，秦献公病逝、秦孝公继位，任用商鞅进行变法；而魏国则将用兵重心转向了赵韩两国，秦、魏由此暂时中止了对河西高地的争夺。

十余年之后，魏国先后遭到桂陵、马陵两战惨败，就此一蹶不振。秦国却历经商鞅变法而国力大振。两国差距更加明显。此等情况下，商鞅亲自领兵攻魏，先以和谈为名，将与自己有旧的魏将公子卬诱入军中一举生擒，趁机大破魏军并逼迫魏国割地；后又一度攻占魏国旧都安邑，商鞅也因此受封商君。秦国由此在河西高地正式确立了自己的战略优势。

秦孝公死后，秦惠文王即位，派遣大将魏章领兵再度进攻河西重镇雕阴，魏国河西守将龙贾全力迎战。历经两年激战，秦军全歼魏军，俘虏了龙贾，魏国被迫将整个河西地区全数割让于秦，至此，历时数十年之久的河西之战以秦国全胜而画上了句号。

商鞅收复河西之战示意图

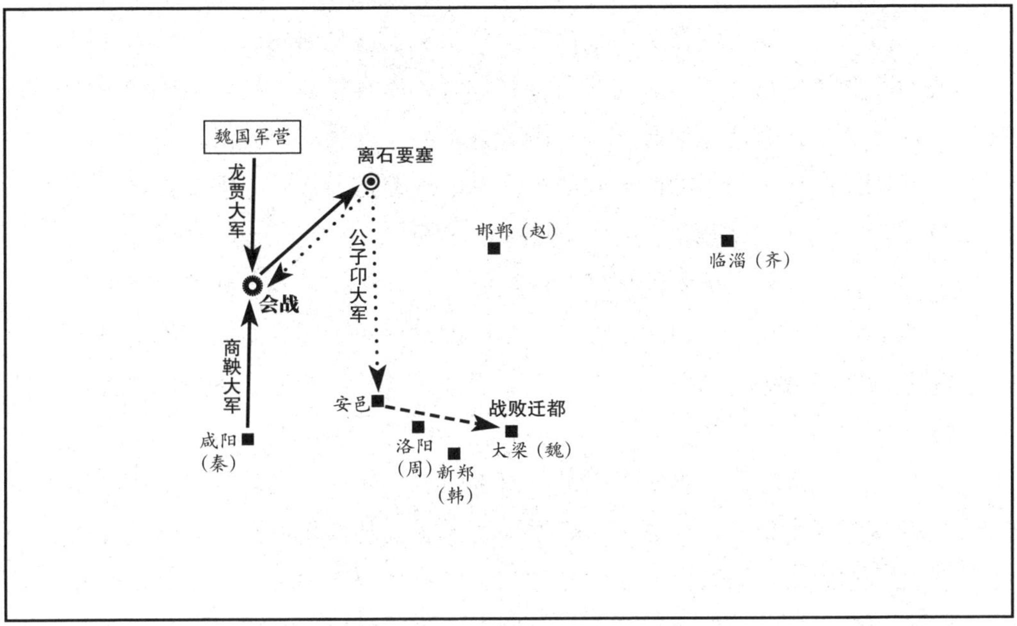

燕齐之战

几乎与白起屡败韩、魏、楚等国的同一时期，东方的燕、齐两国也爆发了大战，这也是燕国名将乐毅、齐国名将田单各自的代表战。

燕齐恩怨当上溯至燕王哙之时。燕昭王艰难复国之后，便以向齐国复仇作为毕生目标，一方面筑黄金台招贤，卑身厚币、吊死问孤以凝聚人心；另一方面遣苏秦赴齐国反间，奔走游说列国，使齐湣王陷入“西劳于宋，南疲于楚”的巨大陷阱中。燕国恢复国力之后，乐毅遂领五国联军伐齐，并在济西之战中大破齐军。后更连下七十余城，只有即墨、莒城尚存。此后，乐毅停止了对两城的强攻硬战，采取种种手段意图收买人心，以期兵不血刃拿下两城。然而此时，即墨齐人公推商旅出身的田单为守将抵御燕军，燕齐双方由此展开了漫长的较量，燕齐之战进入第二阶段。

六年相持之后，燕昭王去世，田单施展反间计，使一向与乐毅不和的燕惠王产生猜忌，夺去了乐毅军权，改派骑劫为将；又宣称即墨有鬼神之力相助，再派人向燕军散布谣言，使骑劫割俘虏之鼻、在城外挖掘齐人祖坟，从而激怒守城齐人；并遣人以诈降之法麻痹燕军。此后还将妻妾编于行伍之间，尽散资财，使守城将士饱食痛饮，集中全城耕牛千余头，束兵刃于角，灌脂束苇于尾，点燃之后趁夜纵牛出城，并精心遴选五千死士紧随其后。燕军全无戒备，遇袭大乱，即墨守军趁势杀出，一举击破围城燕军，继而收复齐国全部失地。

此役之后，燕、齐同时衰落，曾经最有实力与秦国抗衡的齐国也退出了争霸行列，天下格局由此开始转为秦赵对峙。

战国中期燕国灭齐之战示意图

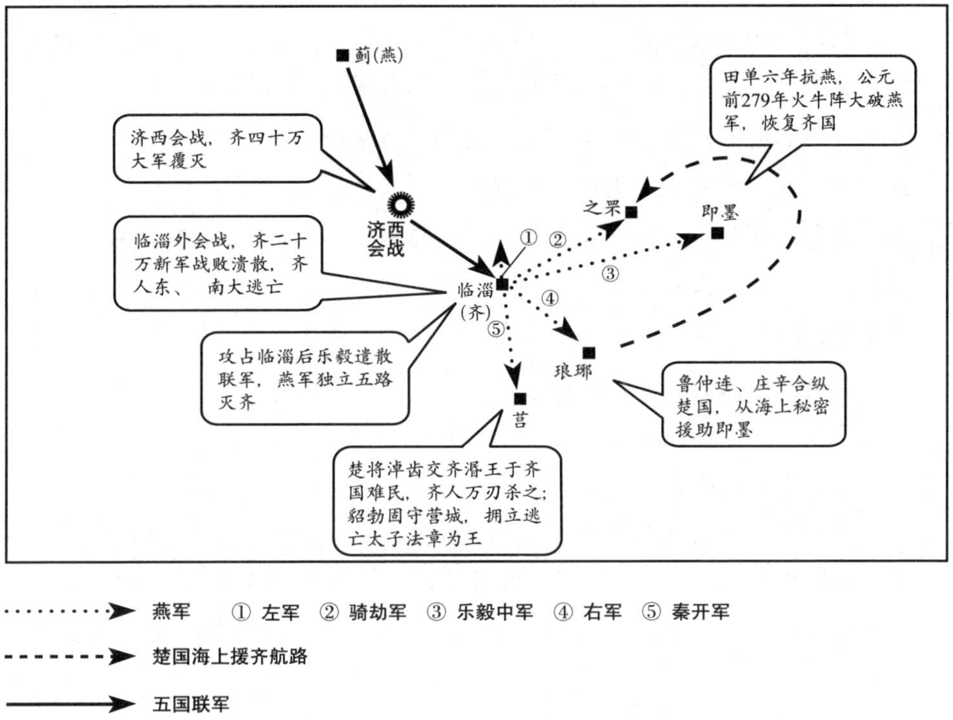

鄢郢之战

公元前279年，秦国名将白起重创韩魏两国、在中原地区确定了战略优势后，将兵锋指向了盘踞整个南中国的楚国。

当时楚国虽疆域广大、人口众多，却已由盛转衰，国中政治腐败、军力衰微，各家世族贵胄拥兵自重，一盘散沙。白起针对此种情况，采取了直捣腹心的战法。他率军由水路自汉水东下，先攻取汉水中段的要地邓城，此后推进至郢都门户鄢城之下。楚国急调各地大军来援，白起深知秦军孤军深入，不宜持久，于是凭借地利优势，在鄢城以西四百里处筑堰拦水，并修长渠直达鄢城。此后开渠灌城，鄢城东北角溃破，城中军民被溺死甚众，损失极为惨重，秦军由此占领鄢城。

此后白起长驱直入，步步进逼郢都，到达彝陵后还纵火焚烧了当地的楚王陵寝，以激发楚军与秦军决战。然而楚顷襄王无心抵抗、仓皇东逃，迁都于陈，白起遂追击至竟陵。

鄢郢之战是白起继伊阙之战后的又一场经典胜战。此役白起孤军深入，瞅准缝隙，抓住楚军聚集的时间差，以迅猛的进兵、灵活的手段直捣外强中干的楚国腹心，果然一举奏效，显示出精准的战略眼光与非凡的胆略。

此役过后，楚国再无力单独与秦抗衡，继魏国之后正式退出了争霸行列，进一步走向衰落；楚国诗人屈原也悲愤投江，并留下绝笔《怀沙》，秦国则在郢地设置了南郡，进一步夯实了对六国的战略优势，白起也因此役胜利而受封武安君。

阏与之战

赵国胡服骑射后第一次大败秦国，也是秦国商鞅变法后，六国首次大胜秦国。名将赵奢率领胡服骑射后的赵军奔袭作战、大破秦军。

阏与位于漳水上游山地，南压韩国上党，西对秦国离石，系赵国西部的第一险关。一旦越过阏与，沿漳水而下，便是邯郸西部门户武安，是故此地与武安皆为咽喉要地，必须固守。其时秦将胡阳领兵进攻阏与，另遣一部进击武安。赵惠文王召集大将讨论是否援救，廉颇、乐乘等将均以为阏与道远险狭，难以救援，独赵奢认为："其道远险狭，譬之犹两鼠斗于穴中，将勇者胜。"由此留下了"狭路相逢勇者胜"的著名典故。在赵奢的力主之下，赵国终于决定出兵。

领兵出邯郸后不久，赵奢便下令坚守营垒，并禁止进谏救援，违令者斩，以期造成赵军怯弱、惟保邯郸之假象，从而麻痹秦军。其时秦军进攻武安甚急，军中一将要求救援，立即被赵奢所斩。秦军间人刺探军情，赵奢反以酒食招待后将其遣走。

如此原地驻守二十八日不动。秦军由此以为赵军不敢来援，不料赵奢遣走秦间之后，立即集结部队，卷甲而趋，向西急进驰援阏与。此时军吏许历认为，秦军对赵军救援不以为意，必定气盛，若赵军组成纵深厚阵当能克之，并建议赵军抢在秦军之前占据阏与北山。赵奢从其言，以万余精兵占据险要，居高临下狙击秦军。秦军发现之后急忙猛攻，却因山下地势狭窄而难以尽数施展兵力，连番进攻损失惨重，最终不得已撤军。赵奢由此大破秦军、解除阏与之围，并因此役获胜而受封马服君。

长平之战

我国历史上发生最早、规模最大的包围歼灭战，也是秦、赵两强的终极对决，此役使秦国彻底摧毁了天下唯一能与自己抗衡的超级强国赵国，也使六国再也无力单独抵抗秦国，为日后统一天下奠定了深厚基础。

长平之战源于上党之变，其时秦国根据丞相范雎提出的“远交近攻”方略，意图夺取韩国战略要地——上党高地。上党郡守冯亭不愿降秦，将全郡转而献与赵国，赵孝成王在平原君赵胜的支持下决意接受上党，并派遣廉颇领兵驻防。秦国则以大将王龁领军来袭，却因廉颇坚守不出而暂时受挫。双方不断增兵于上党，数次交手互有胜负，是故不约而同展开了漫长的对峙。

为打破僵局，秦国随即开始了紧锣密鼓的信息战，有意散布“白起病危”和“秦军不畏廉颇、独畏赵括”等流言。在流言的推动作用下，赵国终于任命赵奢之子赵括取代廉颇统领长平赵军。赵括到任之后改变了廉颇一味固守的战法，积极开始准备进攻。得到此消息的白起也秘密入军，经过周密详尽的部署之后，秦、赵两军终于开始了正面交锋。

其时秦军佯装败退，将四十万赵军诱入长平开阔谷地，并派遣两支奇兵迅速插入赵军身后，构筑壁垒，借助上党山谷地形广阔却出口很少的地理特点，全数卡断各处谷口以切断赵军粮道。赵括虽有察觉并迅速反扑，但秦军壁垒已成，赵军由此陷入重围，数次突围均告失败。

赵军因饥饿而丧失战力，统帅赵括也在最后一次突围中死于阵前，幸存赵军不得已尽数降秦，为绝后患，白起下令将所有降卒尽数坑杀。

长平之战创造了战国乃至古代战争史上等而围之的军事奇迹，同时也酿造了战国时代最大的惨剧。

长平之战示意图

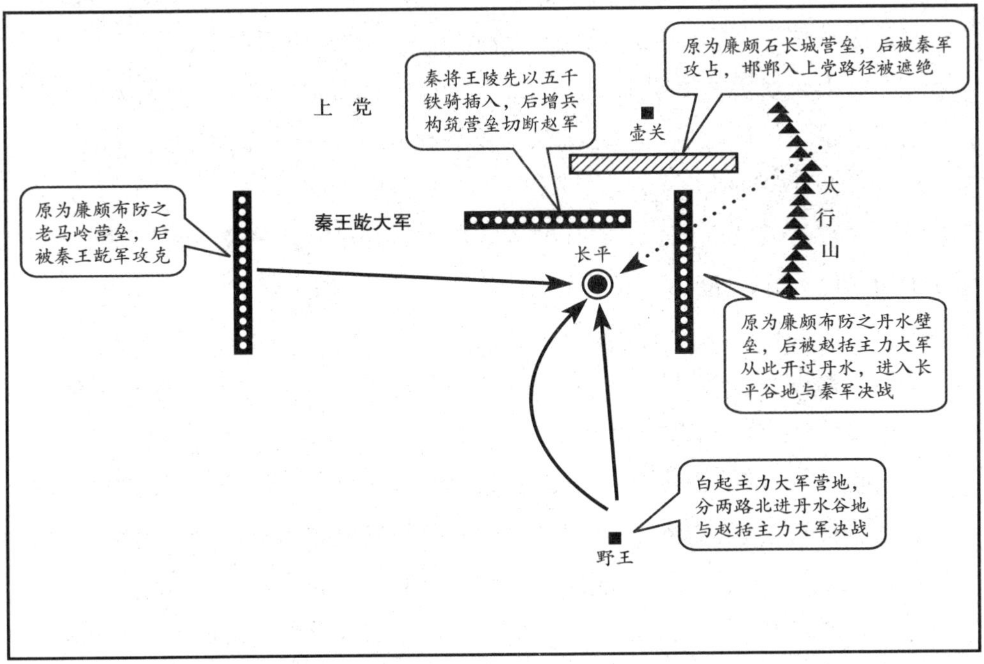

秦国大军

赵国大军

邯郸之战

紧随长平之战后，秦、赵之间的又一场大战。长平大决之后，白起想乘胜进攻赵都邯郸，由此灭亡赵国。丞相范雎却与其产生歧见，认为大战之后秦军疲惫，应进行休整，秦昭襄王[1]采纳了范雎的意见。

然不久之后，秦昭王又心生悔意，重新意图发兵攻赵，白起却认为此时已错过最佳战机，攻赵必然失败，然秦昭王并未听从白起，而是坚持发兵，直取邯郸。

此时赵国虽遭受长平之战的惨败，元气却已有所恢复，更因深恨秦国而同仇敌忾，士气极其高昂。平原君赵胜亲上城头督战，又散尽家财，将三千门客组成敢死队，夜夜出城偷袭秦军，连妻妾都编入军营，为士卒们起炊做饭、缝补衣衫。王陵大军连续猛攻近一年也没能攻克邯郸，反倒先后折损了五校（五万）人马。

此后，秦昭王改派大将王龁领兵，继续猛攻，连续围困下的邯郸终于粮草告罄。危急关头，平原君赵胜向魏国信陵君求援，自己则亲领门客赶往楚国求援，战国后期最为波澜壮阔的合纵就此展开。

魏国方面，因魏安釐王慑于秦军兵锋，信陵君魏无忌听取门客侯嬴建言，请魏王宠妃如姬盗得虎符，以魏王名义赶往军中代将，北上救赵，留下了“窃符救赵”的经典故事；楚国方面，面对平原君的请求，楚考烈王同样因畏惧秦军而犹豫不决，此时平原君门客毛遂挺身而出，半胁迫半游说促使楚王下定决心，命春申君黄歇、大将景阳领军救赵，同样留下了“毛遂自荐”的著名典故。

魏、楚两军会合之后，与守城赵军内外夹击，很快将全无防备且士气低落的秦军杀得大败，邯郸之围遂解。

---

[1] 秦昭襄王：即秦昭王嬴稷，简称秦昭王。

秦灭六国之战

秦始皇时期统一六国的战争。名将王翦、王贲父子统领秦军，先后灭亡韩、赵、燕、魏、楚、齐六国，秦王朝由此建立。

灭六国之战始于公元前229年，首要目标是近在咫尺且孱弱不堪的韩国。秦国先通过邦交途径向韩国施压，逼迫其割让南阳郡，并于接收南阳郡的次年，由内史郡守腾领兵攻克新郑，首战告捷。此后名将王翦亲自领军开始灭赵之战。秦军兵分三路，在将近一年的对峙之后，秦军一举灭赵，唯赵国公子嘉逃往代地自立代王，并着手与燕国联合抗秦。

鉴于此，秦国兵锋顺理成章指向了燕国，其间面对燕国的请降，秦王政虽有意接受，但荆轲刺秦事件彻底打碎了和平统一的希望。燕国灭亡之后，王翦之子王贲则领军南下，先行袭楚、连下十城，后又以水攻之法淹没魏都大梁、俘虏魏王假，就此灭魏。

灭楚前夕，王翦因伐楚兵力与秦王政产生分歧。秦王政采纳李信二十万大军灭楚的谋划，任命其为伐楚统帅，然大败。秦王政痛定思痛，赶赴频阳当面向王翦认错。

王翦领六十万大军开赴淮北之后，不急于与楚军交手。长期对峙之后，秦军战力、士气、彼此协同默契均达到巅峰，楚军则士气低落军心涣散。王翦立即抓住战机，使大军尽数杀出，大败楚军，杀死楚将项燕，又攻占郢都、俘获楚王，就此灭亡楚国。

一年后，王贲先后灭亡燕代残部、逼降齐国，六国遂告灭亡，天下由此统一。

秦灭六国之战前后长达十年，王翦、王贲父子凭借秦国的雄厚实力、秦王政君臣的全力支持，弃绝侥幸，坚持慎战原则，力求以最小牺牲获得最大胜果。

秦灭六国形势图

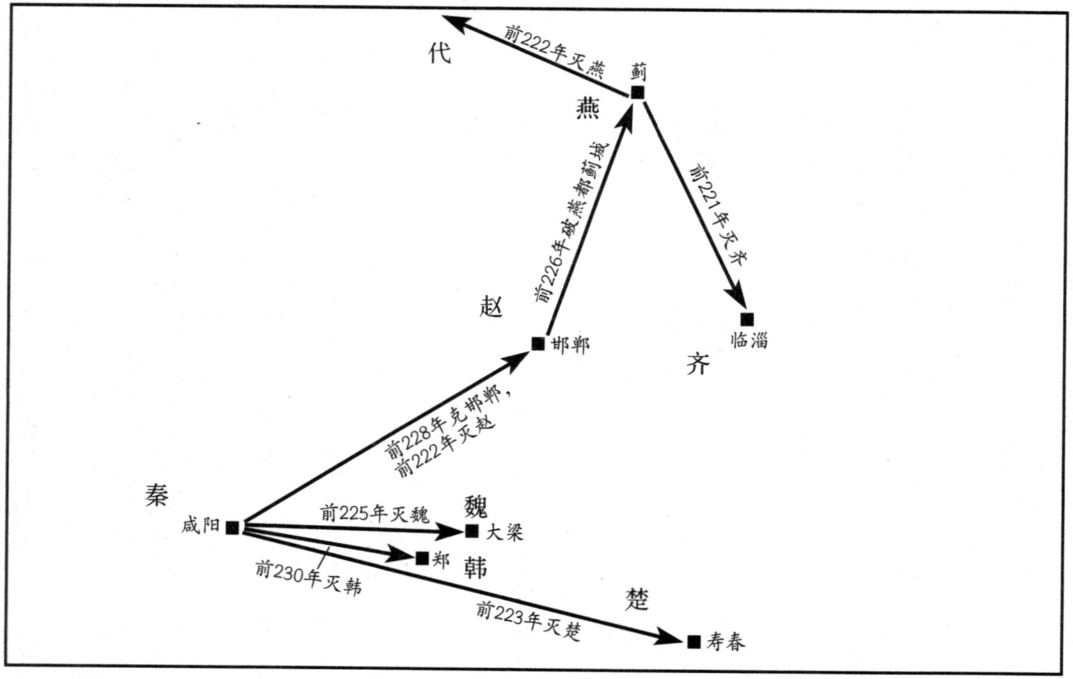
代
前222年灭燕
蓟
燕
前226年破燕都蓟城
前221年灭齐
赵
邯郸
临淄
齐
前228年克邯郸，
前222年灭赵
秦
咸阳
前225年灭魏
魏
大梁
郑
韩
前230年灭韩
楚
前223年灭楚
寿春

南定百越、北击匈奴之战

秦王朝建立后的南北两大战事。其时天下虽归于一统，然并非就此太平。秦帝国南有岭南的百越族群尚未归附；北有日渐强大的匈奴虎视眈眈。为捍卫新建立的帝国、解除南北边境隐患，秦始皇君臣开始积极为此进行筹划。

岭南百越地区，五十万军民兵分五路，由旧楚国疆域内出发，进军岭南，先降伏了闽越地区，将东瓯王、闽越王废为君长，以其地置闽中郡；此后又占领了以番禺为核心的南越地区，设立南海郡；进攻西越地区之际，统帅屠睢遭百越人偷袭而阵亡。

又因深入密林而粮草补给不济，秦军一时陷入了困境。为解决粮草难题，监御史禄打通湘、离二水，开凿灵渠，保障了粮草供应，最终使秦军得以顺利平定西越地，并置桂林郡、象郡。此后秦军驻守岭南，秦始皇又征发大批移民南下，共同与当地百越人通婚杂居，百越部族从此融入了华夏族群。

北疆九原地区，名将蒙恬领军三十万，开始了两次北击匈奴之战。此役秦军大获全胜，一举重创匈奴、拓地七百里。不久之后再度夺取高阙塞，占据阳山、北假一带，全数收复河南地。

此后，秦帝国在北疆设立九原郡、新秦中郡，并征发民众进行开发。蒙恬则主持修建了秦直道、长城两大不朽工程，从而解除了匈奴对中原的威胁。

南定百越、北击匈奴的双重胜利，对于秦帝国乃至华夏族群的生存有着深远意义。

巨鹿之战

秦帝国灭亡的关键性一战，也是主力秦军最后的绝唱悲歌。

秦始皇死于巡狩途中之际，丞相李斯与宦官赵高合谋篡改诏书，拥立少子胡亥为二世皇帝。胡亥继位之后纵情享乐，以严刑峻法残酷压迫民众，很快便引发了陈胜、吴广所领导的大泽乡起义，此后六国旧贵族与各地民众纷纷起事叛乱。

其时秦帝国两大主力分别驻守岭南北疆，无法及时回援。秦二世便将修建骊山陵的刑徒组成大军，交由少府章邯统领，并急调名将王翦之孙王离统领的北疆秦军南下。经过大半年奋战，章邯相继剿灭了多支乱军，又决意与王离秦军南北夹击盘踞河北巨鹿的新赵势力，巨鹿之战由此打响。

两支秦军中，王离负责围攻巨鹿，章邯则修筑甬道、以甬道运粮。困守巨鹿的赵王歇急忙向复辟诸侯们求援，然燕、齐、魏等诸侯畏惧秦军战力，皆作壁上观；项楚统帅宋义行至安阳便踌躇不前，次将项羽却突兀将其杀死、夺取了兵权，并积极准备北上救赵。

抵达漳水南岸后，项羽先命大将黥布北上，以游击战法反复捣毁甬道、骚扰秦军粮道，很快使秦军粮草告罄。此后下令全军打破煮饭用的釜，又在渡过漳水后凿沉所有渡船，以示一往无前的死战决心，留下“破釜沉舟”的著名典故。士气高昂的楚军无不以一当十，先击退章邯兵马，又在巨鹿城下接连九战，渐渐占据上风。始终裹足不前的诸侯见状纷纷加入战局，最终大破因粮草断绝而战力严重削弱的秦军，俘虏统帅王离，解除了巨鹿之围。

秦国官制

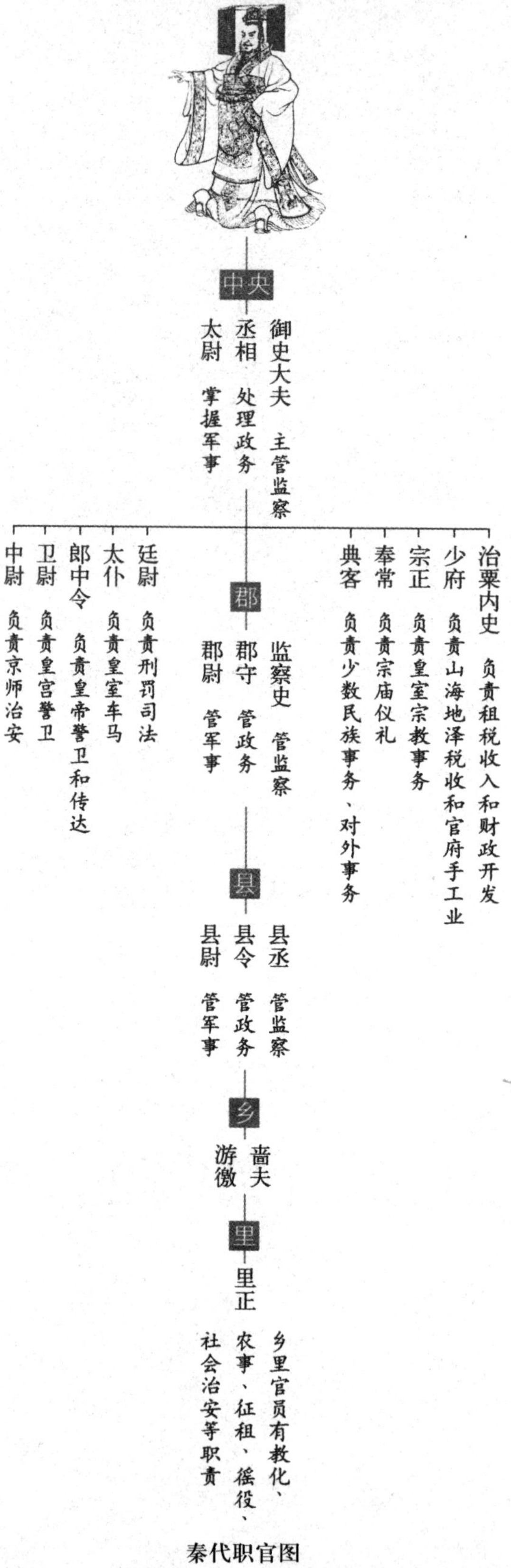

中央
御史大夫 主管监察
丞相 处理政务
太尉 掌握军事
治粟内史 负责租税收入和财政开发
少府 负责山海地泽税收和官府手工业
宗正 负责皇室宗教事务
奉常 负责宗庙仪礼
典客 负责少数民族事务、对外事务
廷尉 负责刑罚司法
太仆 负责皇室车马
郎中令 负责皇帝警卫和传达
卫尉 负责皇宫警卫
中尉 负责京师治安
郡
监察史 管监察
郡守 管政务
郡尉 管军事
县
县丞 管监察
县令 管政务
县尉 管军事
乡
啬夫
游徼
里
里正
乡里官员有教化、农事、征租、徭役、社会治安等职责

秦代职官图

秦朝政权机构最高权力者为皇帝，皇帝下设三公（太尉、丞相、御史大夫）。

丞相下设中尉，九卿（卫尉、郎中令、太仆、廷尉、典客、奉常、宗正、少府、治粟内史）并管理下属各郡。

郡设郡尉、郡守、监察史。郡守管理下属各县。

县设县尉、县令、县丞。县令管下属各乡，乡下设游徼、三老、啬夫（管大乡）、有秩（管小乡）。

三老管理下属各亭，亭设亭长。亭长管理下属各里，里设里长。

中央官制

秦朝中央官制的最大特征是皇权的至高无上。强大的君权以及对旧公族特权的不断削弱，也是秦国最后灭亡山东各国，统一中国的一个重要的原因。

秦王嬴政称始皇帝后，建立了由丞相、御史大夫、国尉、九卿等组成的中央政府，辅佐皇帝管理全国军政事务。

丞相

最高的行政官，上承皇帝诏命，下统百官，总揽政务。掌金印紫绶。(《汉书 · 百官公卿表》："相国、丞相，皆秦官，金印紫绶，掌丞天子助理万机。") 秦国丞相之设始于秦武王二年，是年设左、右丞相。秦昭王三十二年，改相国。秦王嬴政未亲政时，以吕不韦为相邦，并置丞相昌平君，其间或左右二相并置，或设独相，或称相国。秦始皇统一全国后，定制置丞相一人，以李斯为之，秦二世诛李斯后，以赵高为相，因其为阉人而称中丞相。秦制，出任丞相的人均受封侯爵。

御史大夫

秦创置御史大夫，掌监察百官，为副丞相。掌银印青绶。(《汉书 · 百官公卿表上》："御史大夫，秦官，位上卿，银印青绶，掌副丞相。"《通典 · 职官典二》："秦无司空，置御史大夫以贰于相。") 与战国时列国普遍设置的负责记录与档案管理的御史不同，秦国的御史专掌纠察百官，是中国古代专门监察官制度的发端。御史大夫属官有两丞，一为御史丞，为大夫之副；一为御史中丞。其中御史中丞因为统领侍御史和诸郡监御史，可以命令御史按章纠弹百官，权力尤重。

九卿

仰丞相政令，分掌国事。掌银印青绶。九卿之属有负责皇室事务的如奉常，有负责国家政务的如廷尉。

卫尉　掌皇宫诸门屯兵。属官一公车司马令，凡吏民上书、四方贡献、朝廷征召等按法律要用公家车马，公车司马令即掌其事；属官二卫士令统领诸宫门卫兵。

郎中令　掌殿中议论、宾赞、受奏事、宫廷宿卫之事（《秦会要》：及主诸郎之在殿中侍卫，故曰郎中令）。郎中令的属官有负责议论的大夫；负责宾客迎送、接受群臣奏事的谒者；供奉宫廷、等待受职的诸郎；以及期门、羽林等禁卫军。

大夫，为专门的谏议官，无定员，有谏议大夫、太中大夫、中大夫、谏大夫等各类官称（《齐职仪》：秦置谏议大夫，掌议论，无常员，多至数十人，属郎中令）。

谒者，掌殿廷朝会礼仪、接受臣民章奏。置七十人，秩六百石。秦朝的谒者也常常作为朝廷的专使出外处理临时公事。

郎，为待选之官，有评议国事的议郎，有陪侍皇帝车驾的中郎、侍郎等，无定员，除授常达千人之多。《汉书·百官公卿表》记载，议郎，中郎秩比六百石，侍郎秩比四百石，郎中秩比三百石。中郎分统于五官中郎将、左中郎将、右中郎将，郎中分统于车郎中将、户郎中将、骑郎中将。郎一般取自公卿等官僚子弟，一方面作为皇帝的扈从，一方面学习政务，是秦汉之际出仕的重要途径。

仆射，原为战车上的射手。秦朝则侍中、尚书、谒者、博士等官署皆置，为本署副长官，长官为令。《太平御览》卷二〇一："秦汉之世，委政公卿，尚书之职，掌封奏，令赞文书，仆射主开闭，令不在，则仆射奏下其事。"

太仆 本为周朝官职，秦朝沿置，掌皇家车马。赵高出任郎中令之前任此职。

廷尉 最高司法官，属官有廷尉丞。廷尉署有狱，称廷尉狱，大臣有罪则下廷尉狱。

典客 掌诸侯与少数民族部族首领朝觐事务、接待诸郡县上计吏。属官有行人，备临时差遣远方。

奉常 掌宗庙祭祀礼仪（《通典·职官七》："奉常，周为春官宗伯，掌邦礼，秦改奉常。"），银印青绶，秩中二千石（九卿皆同）。属官有负责宫廷音乐的太乐；负责太庙祭祀事务的太祝；负责皇帝饮食以及祭祀用食物供奉的太宰（与周朝的太宰不同）；负责管理巫医的太医；负责观察天时星象兼皇家史官的太史；负责应皇帝诏命进行卜筮太卜。

宗正 又称宗令，掌皇族亲属及登记宗室谱牒。皇族宗室有罪，则绝其属籍。属官有宗正丞。

少府 掌皇帝私产，照料皇帝日常生活起居。属官有：

御府令、御府丞，掌皇帝服饰织造与保管；

尚冠令、尚冠丞，掌皇帝各种礼服所需的皇冠；

尚衣令、尚衣丞，掌服侍皇帝更衣；

尚食令、尚食丞，掌服侍皇帝饮食；

尚沐令、尚沐丞，掌皇帝洗浴；

尚席令、尚席丞，掌皇帝就寝用具；

尚书令、尚书丞、尚书仆射，掌宫中文书发启、呈送皇帝；

太官令、太官丞，掌烹调皇帝饮食，主御膳食；

宦者令，掌宫中诸宦官；

中书谒者令、中书谒者丞，掌内宫导引、接待、典仪等，以宦官充；

太医令、太医丞，掌皇帝与后宫医药；
都水长、都水丞，掌诸郡县水利事务，在各重要水系都派驻官署；
乐府令、乐府丞，掌宫廷音乐的排练、演奏、整理，以及音乐艺人的管理；
永巷令，掌后宫宦官、宫女的生活，以及宫人犯罪的惩处。

少府的这些属官中，尚书、中书谒者两个官署对后世各个朝代的政制发展有深远的影响，其余诸“尚”后转为女官。

治粟内史　掌诸谷物、金玉之贮，相当于国库司库。属官有太仓令、太仓丞，掌国库中粮食的贮存；有平准令、平准丞，掌京师及诸郡物价（《通典·职官八》）。

列卿

掌银印青绶。列卿之属有中尉、将作少府、典属国、内史、主爵中尉、詹事、将行。

中尉　掌京师治安、兼管消防，是京城的卫戍长官。中尉署有丞、左右中侯、千牛等官佐。属官有武库令、武库丞，掌军器制造、贮存；有静室令，皇帝出巡时负责担任清道夫。

将作少府　掌皇宫等公共建筑事务，本署有两丞，左右中侯。属官有石室令、东园主章令、主章长、左校令、右校令、前校令、后校令、中校令。石室掌建筑石料、东园主章令掌木匠、主章长掌伐大木、五校掌营建。五校所属多为刑徒。

典属国　专掌召抚西南诸夷。

主爵中尉　掌诸侯以下诸爵的封赠及宾客祭祀飨食等事务。

詹事　太子卿，掌太子家，统领太子宫臣，秩二千石，詹事丞副之。属官有：

太子家令，掌太子家刑罚、饮食、仓储、奴婢等事；

太子率更令，掌漏刻、礼乐等；

卫率，掌太子侍卫；

中庶子，侍从太子；

太子舍人，掌太子文书；

太子洗马，太子出，则洗马为前驱；

少庶子，掌太子诸庶务；

太子仆，掌太子家车马。

秦朝虽然详细设置了太子宫官，但却未正式册立过太子。

将行 掌皇后礼仪。

皇后卫尉，掌皇后卫队；

皇后少府，掌皇后私人事务；

皇后少仆，掌皇后车马。

武将官制

国尉

最高武职，统领诸军，负责各级军官的任免与考核。国尉在战国时期的晋、赵等国也有设置，职掌相类。秦朝的国尉职务与汉朝的太尉相当，但不列于三公，地位较低，与卿相若。

护军都尉

执掌军政，统领诸将。掌禁军，参与武将的选补事务，遇将军率军出征时，则驻该军监督军政。

将军

秦朝仿周朝制度，设置前将军、后将军、左将军、右将军，位上卿，率军镇守边郡。掌金印紫绶。另置上将军、将军，为临时职务。有大征伐时选武将出任，军还即撤任。

地方官制

战国时期诸侯国普遍施行郡县制度，秦国设县始自秦孝公十二年商鞅变法。秦始皇二十六年，正式划分天下为三十六郡，后来陆续增设至四十余郡。

咸阳是国都所在地，不设郡守而由朝廷直辖，其长官为内史（《汉书·百官公卿表》：内史，周官，秦因之，掌治京师），位同九卿，得参与朝政。内史属官有：

都水长、都水 掌水利；

铁官长、铁官 掌冶金、制造农器；

廪牺令、廪牺丞 掌粮食仓库和牧养祭祀用牲畜。

郡作为一级行政地方，军民兼治。郡设郡守、监御史、郡尉三个互不隶属的主要官员。

郡守 郡的长官，边地多为武将，内地多以郎官出任，银印青绶，秩二千石。秦朝的郡守权力非常大，除了由朝廷直接任免的县令县长、负责监察郡治的监御史、负责统领驻军与管理治安的郡尉三者外，郡的其他官员均由郡守自行任免。

监御史 隶属御史中丞，负责监察郡守与其他官员。

郡尉 掌郡驻军，主治安，缉盗贼，银印青绶，秩比二千石，直辖于朝廷，与郡守相抗礼。郡尉属官有丞，内地诸郡设丞一人，大郡两人。边塞诸郡百里置都尉一人，都尉辖士史、尉史各二，掌边塞卫戍。关隘之处置关都尉，隶属本郡郡尉。

郡丞 郡的次官，辅佐郡守综理郡政，铜印黑绶，秩六百石。郡守缺位或不能理事时，郡丞代行郡守职务。属官有卒史、主簿、牧师令等。边塞诸郡另置长史，管理兵马军政，与郡丞同秩。

县为秦朝最低一级行政地方，秦朝的正式官职也仅仅设在县一级。一些部族地区设道。

县令、县长 秦朝按县的人口多寡，万人以上的县置县令、以下的县置县长。县令铜印黑绶，秩千石至六百石；县长铜印黄绶，秩六百石至五百石。县令与县长都是县的行政长官。

县丞 县的次官，职比郡丞，铜印黄绶，秩四百石。

县尉 掌治安、捕盗之事，职比郡丞，惟不掌兵，秩同县丞。

功曹 掌县吏的考绩等第升降。

令史 管理文书档案。

狱掾 县狱的典狱长。

文无害 所谓公平吏，掌巡查监狱，复查案卷，以防冤狱。

厩驺 掌一县车马之政。

仓吏 县库的长官。

治狱吏 狱吏，县狱的狱卒。

乡亭 县以下置乡，乡以下置亭，亭以下置里，是以宗族为核心的居民自治组织。

三老 一乡德高望重者充任，掌教化，有所谓孝悌仁义之家可以申报郡县予以表彰，并可以推荐优良子弟出任郡县吏。

有秩、啬夫 人口五千人的乡，由郡指派一人为有秩；不足五千人的乡，由县指派一人为啬夫。两者职责相同，都是调解邻里纠纷、帮助政府收取赋税、安排徭役。

游徼 为徭役的一种，掌巡察地方、缉捕盗贼。

亭长 吏职，也是徭役的一种。掌同啬夫。亭长之属为亭父、求盗两卒，前者负责本亭保洁，后者负责追逐盗贼。

诸子百家

法家

《汉志》曰："盖出于理官。信赏必罚，以辅礼制。《易》曰先王以明罚饬法，此其所长也。及刻者为之，则无教化，去仁爱，专任刑法而欲以致治，至于残害至亲，伤恩薄厚。"

法家以在法理学方面作出的卓越贡献而闻名，对于法律的起源、本质、作用以及法律同社会经济、时代要求、国家政权、伦理道德、风俗习惯、自然环境以及人口、人性的关系等基本的问题都做了探讨，而且卓有成效。

法家是对先秦历史进程影响最大的学派，主要有法治、术治、势治三大流派。其中法派变革精神与实践精神为诸子百家之最，对重建天下秩序的战略规划也最具可操作性，战国的几波变法浪潮均由法家人士发起。而秦统一的历史过程，正是沿着法家设计的战略路线图进行的。

法家最强调因时变法，不拘泥于时势，主要观点有：因时变法、富国强兵、以法治国、定分止争。法家认为人性好利，如果放任自流，人们将因无序竞争而自相残杀，故而倡导明法定分重建秩序。法家倡导"王子犯法与庶民同罪"的司法原则，这是一大历史进步。除法制建设外，法家在提高行政效率、推广先进生产技术等方面贡献良多。但法家的文化专制等愚民政策，也对历史造成了深远的负面影响。

法家经典主要有《法经》《管子》《商君书》《申子》《慎子》《韩非子》等。代表人物：商鞅、韩非。

儒家

儒家以人性本善论和人们恪守传统的精神需求为理论根基，继承发扬了周王道以民为本、礼乐教化、仁爱忠恕等思想。

儒家仁政以天下大同为最高境界，以小康为现世目标。但先秦儒家实现这些宏伟目标的途径，却是恢复周礼，恢复井田，兴灭国，继绝世——倒退回西周礼制社会。儒家以周公旦的正统传人自居，其复古主张表面上是对周礼乐文明的全面继承，但这与已经变化了的社会时势格格不入。

儒家素来以传播仁义大道为宗旨，耻于谈论利益，并将实用技艺贬斥为小技，与兵、农、工、医、纵横等经世致用之学关系疏远。这使得儒家仁政既缺乏抵御战争风险的能力，又不能有效解决经济民生疑难。故而儒家被时代潮流逼上祭坛做牺牲。

儒家虽生不逢时，却因最重视经典和教育，仍发展成战国一大显学。据《韩非子·显学》：“自孔子之死也，有子张之儒，有子思之儒，有颜氏之儒，有孟氏之儒，有漆雕氏之儒，有仲良氏之儒，有孙氏之儒，有乐正氏之儒。”后世儒家虽获得了独尊地位，成为历代王朝的主要意识形态，但自身也在岁月侵蚀中僵化变形了。

儒家经典主要有《易》《诗》《书》《礼》《春秋》五经和《论语》《孟子》《大学》《中庸》四书等。代表人物：孔子、孟子。

墨家

墨家是诸子百家中罕见的以人民为本位的学派，也是唯一一个政侠团体。

墨家最高宗旨是“兴天下之利，除天下之害”，并由此延伸出十大主张：兼爱、非攻、尚贤、尚同、节用、节葬、天志、明鬼、非乐、非命。墨家追求人人“兼相爱，交相利”，列国间没有侵略战争，且“官无常贵，民无终贱，有能则举之，无能则下之”（尚贤）的理想世界。为此，墨家弟子以烈士殉道精神坚持苦行救世，遂成风行天下的显学。

除了思想上的建树外，墨家在逻辑学与科技方面贡献良多。

唯有先秦的社会土壤，才能催生出墨家；秦及之后的任何时代，都不可能涌现墨家这样的学派式社会团体。墨家不以任何国家的法令为准则，而只以本学派信念与纪律为行动准则，对自己认定的非正义国家行为断然狙击，具有乱政乱法的游侠特质。唯其如此，墨家难以见容于任何国家秩序，难以见容于统一稳定的大一统帝国时代。墨家的消亡几乎是必然的，未绝于秦，必绝于汉。

墨子死后，墨家分为相里氏之墨、邓陵氏之墨、相夫氏之墨。其中一派入秦，成为秦统一天下的重要助力。随着战国末期环境的变化，墨家逐渐融入了列国朝野，不再作为独立的学派团体存在。

墨家经典主要有《墨子》等。代表人物：墨子。

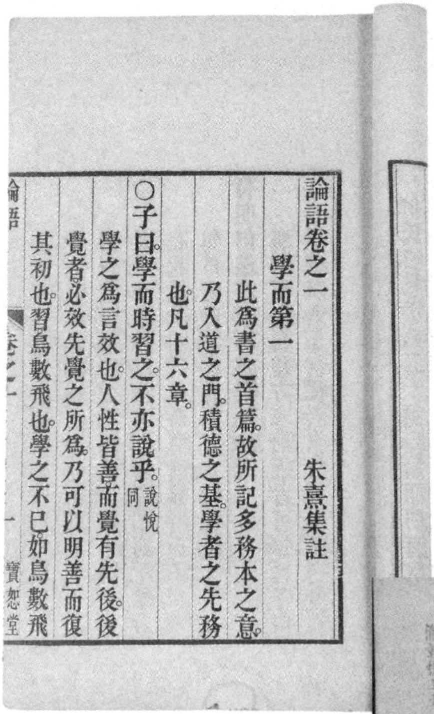

論語卷之一　朱熹集註

學而第一

此爲書之首篇故所記多務本之意乃入道之門積德之基學者之先務也凡十六章

○子曰學而時習之不亦說乎說悅同

學之爲言效也人性皆善而覺有先後後覺者必效先覺之所爲乃可以明善而復其初也習鳥數飛也學之不已如鳥數飛

論語　卷之一　一　寶恕堂

儒家经典《论语》

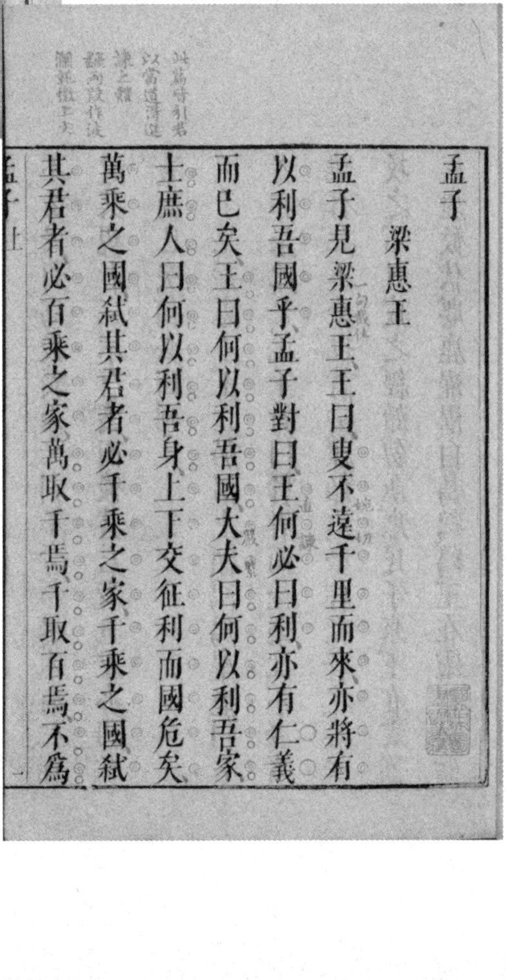

孟子

梁惠王

孟子見梁惠王王曰叟不遠千里而來亦將有以利吾國乎孟子對曰王何必曰利亦有仁義而已矣王曰何以利吾國大夫曰何以利吾家士庶人曰何以利吾身上下交征利而國危矣萬乘之國弒其君者必千乘之家千乘之國弒其君者必百乘之家萬取千焉千取百焉不爲

孟子　上　一

儒家经典《孟子》

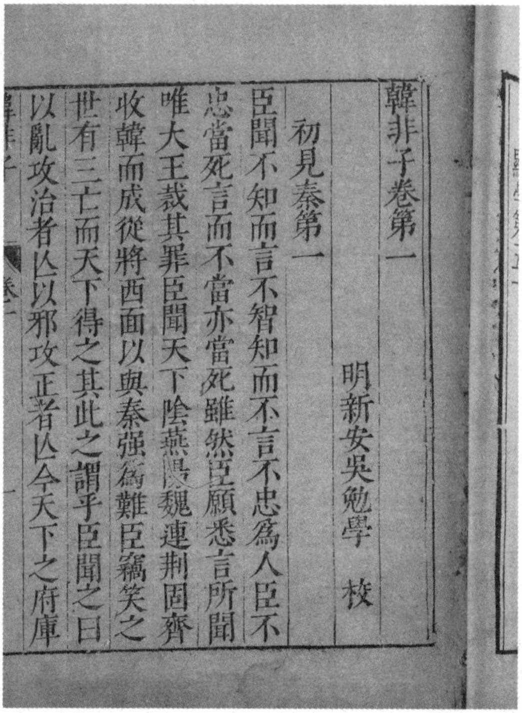
韓非子卷第一
明新安吳勉學　校
初見秦第一
臣聞不知而言不智知而不言不忠爲人臣不
忠當死言而不當亦當死雖然臣願悉言所聞
唯大王裁其罪臣聞天下陰燕陽魏連荆固齊
收韓而成從將西面以與秦強爲難臣竊笑之
世有三亡而天下得之其此之謂乎臣聞之曰
以亂攻治者亡以邪攻正者亡今天下之府庫

法家经典《韩非子》

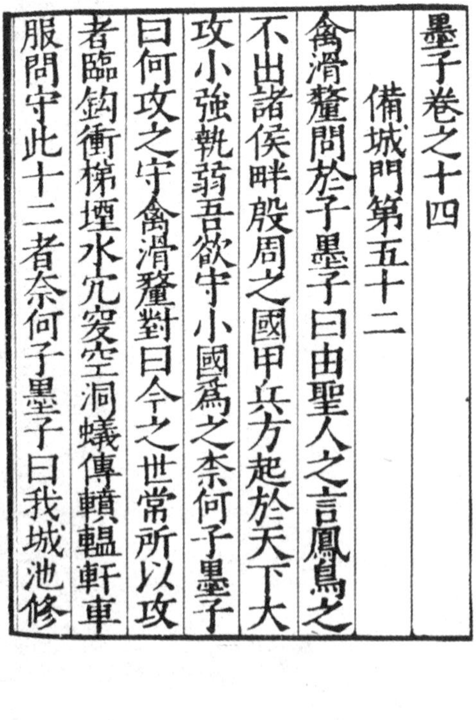
墨子卷之十四
備城門第五十二
禽滑釐問於子墨子曰由聖人之言鳳鳥之
不出諸侯畔殷周之國甲兵方起於天下大
攻小強執弱吾欲守小國爲之柰何子墨子
曰何攻之守禽滑釐對曰今之世常所以攻
者臨鉤衝梯堙水穴突空洞蟻傅轒轀軒車
服問守此十二者柰何子墨子曰我城池修

墨家经典《墨子》

道家经典《道德经》

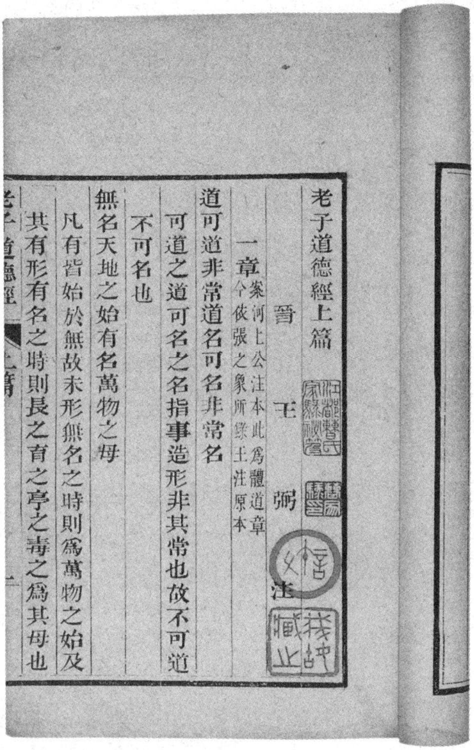
老子道德經上篇　晉　王弼　注

一章　案河上公注本此爲體道章今依張之象所錄王注原本

道可道非常道名可名非常名

可道之道可名之名指事造形非其常也故不可道不可名也

無名天地之始有名萬物之母

凡有皆始於無故未形無名之時則爲萬物之始及其有形有名之時則長之育之亭之毒之爲其母也

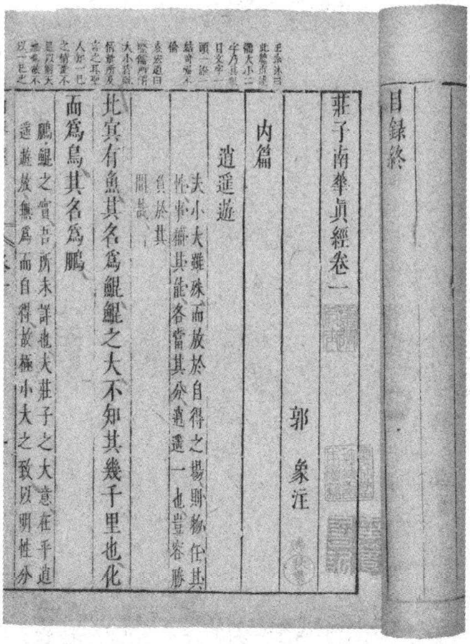
目錄終

莊子南華眞經卷一　郭　象注

內篇

逍遥遊

夫小大雖殊而放於自得之場則物任其性事稱其能各當其分逍遥一也豈容勝負於其間哉

北冥有魚其名爲鯤鯤之大不知其幾千里也化而爲鳥其名爲鵬

鵬鯤之實吾所未詳也夫莊子之大意在乎逍遥遊放無爲而自得故極小大之致以明性分

道家经典《庄子》

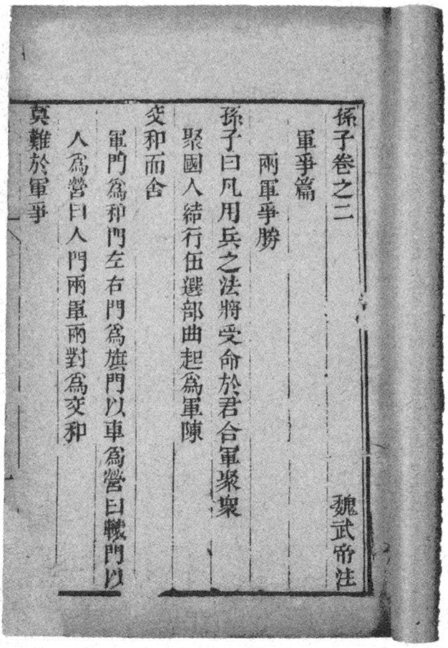
孫子卷之二　魏武帝注

軍爭篇

兩軍爭勝

孫子曰凡用兵之法將受命於君合軍聚衆交和而舍

軍門爲和門左右門爲旗門以車爲營曰轅門以人爲營曰人門兩軍相對爲交和

莫難於軍爭

兵家经典《孙子兵法》

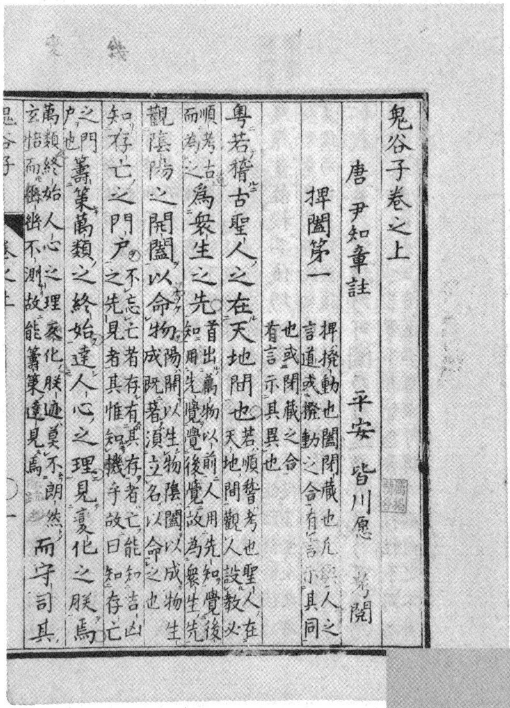
鬼谷子卷之上

唐 尹知章註　平安 皆川愿 考閱

捭闔第一 捭撥動也闔閉藏也凡與人之言道或撥動之令有言示其同也或閉藏之令有言示其異也

粵若稽古聖人之在天地間也若順稽考也聖人在天地間觀人設教必順考古為衆生之先首出萬物以前人用先知覺後知用先覺覺後覺故為衆生先觀陰陽之開闔以命物陽開以生物陰闔以成物生成既著須立名以命之也知存亡之門戶不忘亡者存有其存者亡能知吉凶之先見者其惟知機乎故曰知存亡之門戶也籌策萬類之終始達人心之理見變化之朕焉萬類終始人心之理變化朕迹莫不朗然玄悟而無幽不測故能籌策達見焉而守司其

纵横家经典《鬼谷子》

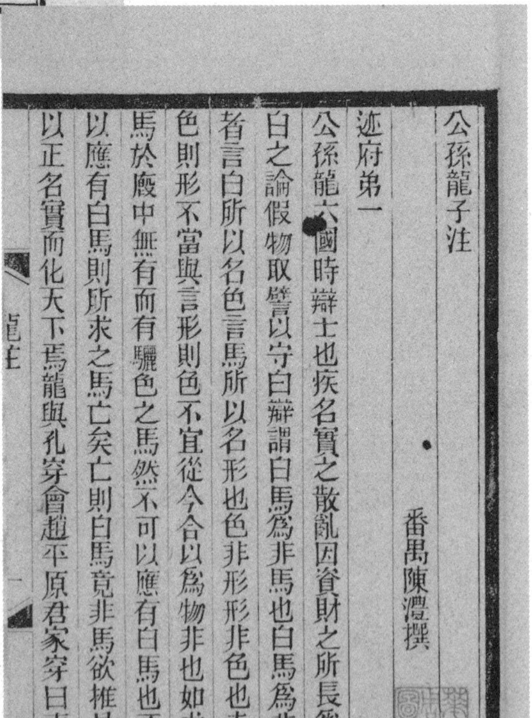
公孫龍子注

番禺陳澧撰

迹府弟一

公孫龍六國時辯士也疾名實之散亂因資材之所長爲守白之論假物取譬以守白辯謂白馬爲非馬也白馬爲非馬者言白所以名色言馬所以名形也色非形形非色也夫言色則形不當與言形則色不宜從今合以爲物非也如求白馬於廄中無有而有驪色之馬然不可以應有白馬也不可以應有白馬則所求之馬亡矣亡則白馬竟非馬欲推是辯以正名實而化天下焉龍與孔穿會趙平原君家穿曰素聞

名家经典《公孙龙子》

计然家经典《计然子》

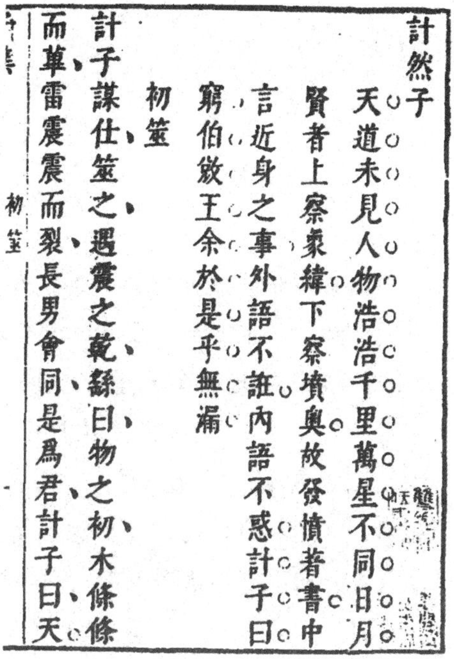

計然子

天道未見人物浩浩千里萬星不同日月賢者上察象緯下察墳典故發憤著書中言近身之事外語不誑内語不惑計子曰窮伯欲王余於是乎無漏

初筮

計子謀仕筮之遇震之乾繇曰物之初木條條而革雷震震而裂長男會同是爲君計子曰天

計然子　初筮

杂家经典《吕氏春秋》

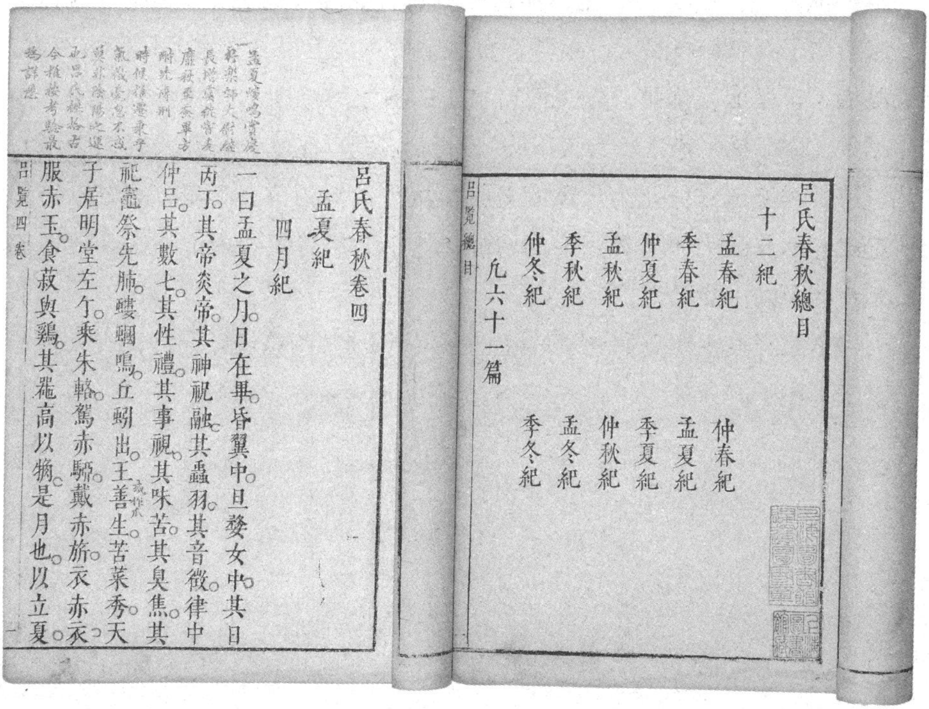

呂氏春秋卷四

孟夏紀

四月紀

一曰孟夏之月日在畢昏翼中旦婺女中其日丙丁其帝炎帝其神祝融其蟲羽其音徵律中仲呂其數七其性禮其事視其味苦其臭焦其祀竈祭先肺螻蟈鳴丘蚓出王善生苦菜秀天子居明堂左个乘朱輅駕赤騮載赤旂衣赤衣服赤玉食菽與雞其器高以觕是月也以立夏

呂覽四卷

呂氏春秋總目

十二紀

孟春紀　仲春紀

季春紀　孟夏紀

仲夏紀　季夏紀

孟秋紀　仲秋紀

季秋紀　孟冬紀

仲冬紀　季冬紀

凡六十一篇

呂覽總目

道家

道家主张先观而后执，通过观察，以整个宇宙的本质运转（道）建立起自然主义宇宙观，并推导出清静无为、顺应自然的治世理念。

传统观点认为道家消极避世，这个看法有失片面。司马谈在《论六家要旨》中道："道家使人精神专一，动合无形，赡足万物。其为术也，因阴阳之大顺，采儒墨之善，撮名法之要，与时迁移，应物变化，立俗施事，无所不宜，指约而易操，事少而功多。"由此可见，超脱旷达的道家并不是看破红尘逃遁人世，而是顺应自然规律，无为而无不为。

其实道家在诸子百家中地位极为特殊。史学家吕思勉在《先秦学术概论》中称："道家之学，实为诸家之纲领。诸家皆于明一节之用，道家则总揽其全，诸家皆其用，而道家则其体。"道家的思维方式与养心之术对诸子百家影响最大、最深远。从某种意义上说，法家、兵家、医家、纵横家等学派，都是"先观而后执"的道家思维在不同社会领域的演变结果。庄子称"道术将为天下裂"，指的正是"道术"分化为百家学说的过程。先秦道家分化为出世的老庄学派与入世的黄老学派。前者发扬了道家心术，致力于个体生命的清静无为；而后者倡导内道外法，致力于整个社会的清静无为。

道家经典主要有《老子》《庄子》《列子》《阴符经》等。代表人物：老子、庄子。

兵家

兵家是中国古代对战略家与军事家的统称，又特指先秦时代专门研究战争的学派。诸子百家或多或少谈及战争，但全方位研究军事并指导军事实践的只有兵家学派。

兵家自诞生起，就不仅仅局限于研究阵法战术。影响战争胜负的政治、经济、外交、文化、天文地理、民心向背等因素，都是兵家人士留心的焦点。换言之，兵家追求的是民族存亡之道，是安国全军之道。《司马法》云："故国虽大，好战必亡；天下虽安，忘战必危。"这句话最能代表先秦兵家对战争的整体态度。《汉书·艺文志·兵书略》将兵家著作分为兵权谋、兵形势、兵阴阳、兵技巧四类。这四类兵书覆盖了所有与战争相关的领域。

春秋战国时代是中国古典军事史上的兵学最高峰。在列国征战的大争之世，无论是大国兼并小国，还是弱国抵御强国，兵家始终发挥着中流砥柱的作用。秦统一天下，结束战乱割据，是入秦的百家士人共同努力的结果。但完成最后一击，正是执掌三军的兵家名将。可以说，只要战争没有从人类社会消亡，兵家智慧的价值就永远存在。到了今天，兵家谋略不再局限于军事领域。商界与体育界也大量借鉴先秦兵家智慧来提高竞争力。

先秦兵家经典主要有《司马法》《孙子兵法》《吴子兵法》《孙膑兵法》《六韬》《尉缭子》等。代表人物：孙武、吴起。

纵横家

纵横家又称策士、游说之士，是诸子百家中专攻外交智慧的学派。纵横家一生揣摩列国形势格局，游说诸侯，为所选邦国谋划王霸之策。小国策士利用大国间的矛盾，智退强敌保存本邦。大国策士游说他国权臣，诱导对方采取利于本国的决策。

纵横家大体上分为合纵与连横两大流派。《韩非子》说："纵者，合众弱以攻一强也；横者，事一强以攻众弱也。"经过战国前期的变法浪潮，天下进入了一个均势格局。由于列强之间实力不相上下，为了打破均衡，都千方百计地壮大自己的实力并削弱竞争对手。合纵派主要是联合山东列国封锁西方的秦国（有时针对东方的齐国），连横派则主要以秦国为核心拉拢分化合纵阵营。这便是纵横之争。

纵横策士由于邦国联盟的需要，常常兼任几国丞相。如合纵派的苏秦据传曾自佩山东六国相印。连横派的张仪当过秦国和魏国丞相。世人也因此称他们朝秦暮楚，事无定主，反复无常。策士有颠倒黑白的口才，但他们真正的功夫是理清纷繁复杂的天下形势，缔造有利于本国的外交战略格局。随着天下一统，策士赖以生存的多极化世界格局消失，纵横家也集体淡出了历史舞台，成为绝唱。

纵横家经典主要有《鬼谷子》《苏子》等。代表人物：苏秦、张仪。

名家

名家是诸子百家中专门研究名实关系与辩论术的学派。名家主要分“合同异”和“离坚白”两派。“合同异”强调事物的统一性，“离坚白”强调事物的差异性。名家的惠施、宋钘、尹文、公孙龙子先后提出的二十一个论战命题，件件与常识背道而驰，叫人匪夷所思，被称为名家二十一事！

由于名家精通辩论术，在争鸣中常常占上风。其他学派不满名家诡辩，纷纷钻研名实关系。如荀子写下《正名》篇，系统剖析了名与实的问题。墨子则发扬逻辑思维特长，对诸多物事进行了“科学”的定义。法家借鉴了该学说，将循名责实确立为法治基本原则。而庄子则以《齐物论》超越了名实之辨。讲究“名不正则言不顺”的儒家，也发展了自己的名学。以此观之，名家虽然远离经济民生和天下大势，只讨论形而上的纯思辨问题，但其对中国哲学与逻辑学的贡献却不可小觑。

随着诸子百家名学体系的逐渐完善，以及百家争鸣社会土壤的消失，一味辩论纯哲学问题的名家逐渐淡出人们的视野。

名家经典主要有《尹文子》《惠子》《公孙龙子》等。代表人物：惠施、公孙龙。

阴阳家

阴阳家是战国时主要学派之一，以提倡阴阳五行学说为宗旨，故名阴阳家，又称“阴阳五行家”或“五行家”。

“阴阳”的概念最早见于《易经》，“五行”（金、木、水、火、土）的概念最早见于《尚书》。但两种观念的产生，可以追溯到更久远的年代。到战国时代，阴阳和五行渐渐合流，形成一种新的观念模式，便是以“阴阳消长，五行转移”为理论基础的宇宙观。阴阳家认为，任何一个王朝和邦国，都有一种上天赋予的德性。这种德性用五行来表示，就是金、木、水、火、土五种德性。这个国家的为政特点，必须与它的德性相符合，它所崇尚的颜色即国色，也必须与它的德性相符合。唯有这样，该国才能在上天佑护下安稳顺畅地运行。这便是著名的“五德终始”政治学说。

秦统一之后，确定水德，政主刑杀，尚黑色，也是受此说影响。

阴阳五行说包含了天文、历法、气象和地理学的知识，是后世所有神秘文化学派的基础。易家、星象家、占候家、堪舆家、相师、方术士都是阴阳家学派的不同分支。秦以后，阴阳家学说一部分被董仲舒融入儒家，另一部分演变为各种方术玄学，阴阳家群体不再以学派面貌出现。

阴阳家经典主要有《邹子终始》《容成子》《杂阴阳》《阴阳五行时令》等。代表人物：邹衍。

计然家

计然家，又叫轻重家。先秦时代的经济学家，主要研究国家的经济发展问题，讲究的便是察民生而知利害。

计然学派诞生于春秋，是先秦思想家群体中少见的推崇商业经济的代表。其核心主张是：国家应该以发展商业、周流货物为本，从而使农末俱利，国家富裕。

计然学派的经典理论是“平粜齐物，关市不乏，治国之道也”，具体经济措施有通货物、振百工、平物价、轻税赋、重水利、兴农桑。计然学派的价格理论在中国经济史上独树一帜——“夫粜，二十病农，九十病末；末病则财不出，农病则草不辟矣。上不过八十，下不减三十，则农末俱利。平粜齐物，关市不乏，治国之道也。”即粮价在三十到八十间浮动，就能兼顾农商利益。

计然学派经典有《计然子》。该书是越国名臣范蠡隐退后辑录老师计然之言论，并参以自己见解所成。全书七策八千余言，说的便是一个致富术。富国富人，字字精到，天下商旅呼之为“绝世富经”，名士则称之为“计然七策”。《史记》称“计然之策七，越用其五而得意”。计然家经典主要有《计倪子》《计然万物录》《范子计然》等。代表人物：计然、范蠡、蔡泽。

杂家

杂家是战国末至汉初的思想学派，以博采各家之说见长，以“兼儒墨，合名法”为特点，“于百家之道无不贯通”。

诸子百家在不断相互切磋中，充分吸收其他学派的智慧壮大自己。经过春秋战国的漫长争鸣论战后，人们逐步认识到百家众技“皆有所长，时有所用”。正如《庄子·天下》所说：“（诸子百家）譬如耳目鼻口，皆有所明，不能相通！”过分拘泥于一家一派，有失偏颇。因此到了战国末期，理念各异的百家逐步走向融合。

杂家学派以罕见的包容并蓄态度，将法、儒、墨、道、兵、纵横、阴阳家与农家等实用学派知识融为一体。与其他学派不同，杂家学派总结性多于原创性。杂家学派最大的贡献就是，对中国古典政治文明的方方面面进行了相对系统的梳理总结。以吕氏春秋学派为代表的杂家，由于吕不韦在权力斗争中失势被搁置。秦统一后选择了法家韩非子学派为意识形态。秦朝灭亡后，汉朝先后选择了道家黄老学派与董仲舒改良的儒家为意识形态。杂家学派沦为九流之一。

先秦杂家经典主要有《尸佼子》《吕氏春秋》等。代表人物：吕不韦。

注：关于诸子百家的分类有几种不同意见。《大秦帝国》主要展现的学派有法、儒、墨、道、兵、纵横、名、阴阳、计然、杂十家。

秦风

秦军兵种

“(秦军) 闻战，顿足徒裼，犯白刃，蹈炉炭，断死于前者，皆是也。”

——《韩非子·初见秦》

“秦人捐甲徒裼以趋敌，左挈人头，右挟生虏。”

——《史记·张仪列传》

“齐之技击不可以遇魏氏之武卒，魏氏之武卒不可以遇秦之锐士。”

——《荀子·议兵》

秦军的发展水平大致分为三个阶段：

商鞅变法前，由于特殊的地理环境和政治环境，造就了秦特殊的尚武精神。为了生存，秦人不得不与戎狄进行了数百年的争夺和搏杀。在与西戎的血泪融合中“杂戎狄之俗”，不断总结经验，步、骑、车三个兵种基本成型。

商鞅变法之后，商鞅专门针对秦人尚武却勇于私斗的民族特性，建立了极其严格近乎苛刻的连坐制度和奖励制度。“(令) 有军功者，各以率受上爵；为私斗者，各以轻重被刑大小”，杀敌者重赏，私斗者重罚。同时强力确保法令的推行。这一举措获得了极好的效果，这一时期秦国的步兵、骑兵和水兵得到了长足的发展和蜕变。

统一后的秦军则通过对战国时代战争的总结，形成了较为成熟的军队管理制度和理念。首先，“不攻无过之城，不杀无罪之人”；其次，在军队的治理上，秦国将领更看重“以法治军”的重要，从军队的管理、教育、训练和作战各个方面保证“制必先定”、“以法治军”。

经过这三个阶段的发展，秦国最终形成了各有特色、趋于完备的以步兵、车兵、骑兵、水兵四个兵种为基础的系统化的国家军队。

车兵

战车部队是春秋时期中原大多数国家军队中的主力兵种。当时一个国家拥有战车数量的多少，往往被用作衡量其实力强弱的主要标准。战车一“乘”则意味着五十至一百个徒兵，因此一些被称为“千乘之国”的国家实质上是拥有五万至十万人左右的有效兵力。

进入战国时期之后，虽然步兵的重新崛起，使得限制条件众多、不够机动灵活、重创之后无法快速恢复的车兵在军队中的位置结构相对降低而不再成为核心，但是车兵仍然在战争中占有一定地位。首先，对一个国家军力的衡量标志，依旧基本采用“车千乘”“车六百乘”这类语句；其次，战车也是当时军团排兵布阵中不可缺少的一环。而《楚辞·九歌·国殇》中也有对战国时期车战惊心动魄的描写：“盾牌手里拿，身披犀牛甲。敌我车轮两交错，刀剑相砍杀。”

在秦国，车兵的主要作用也从最早的战争核心变为辅助步骑大军进行平原地区作战。进攻时用以冲陷敌阵，打乱敌军的战斗队形；防御时将战车布为阵垒，阻止或迟滞敌军的冲击；行军时置于前锋和两翼，有利于保障部队的安全；在以步兵为主的军阵中，战车则主要配合步兵完成阵地布置和辅助防守。

步兵

步兵是秦国军队构成中的主体，灵活性大，能适应各种地形、天候和战斗形式，尤其利于在险阻复杂环境下行动，因而其区分和装备都较其他兵种复杂，使用也较其他兵种广泛。尤其是在战国“兵以诈立”、“兵不厌诈”的大背景之下，灵活多变的步兵越来越受到战国的青睐。《史记》和《战国策》等古籍常见的“（秦有）战车万乘，奋击百万”、“虎贲之士百余万，车千乘，骑万匹”等记载，也侧面反映了这个事实。

进入战国，随着商鞅变法的进行，秦国大力推行郡县普遍征兵制。这使得大量庶民涌入军队，加之以秦剑和秦弩为代表的成熟的青铜兵器冶炼技术与先进的兵器制造技术的催化，以弩兵和精锐兵团为特色的步兵军团越发呈加速发展态势并被大规模组建。历史记载："齐有技击，魏有武卒，秦有锐士。"可见秦在精锐步兵选编方面的要求十分严苛。以曾威震天下、将秦国压迫于一隅的魏国武卒为例："魏氏之武卒，以度取之，衣三属之甲，操十二石之弩，负服矢五十，置戈其上，冠胄带剑，赢三日之粮，日中而趋百里。"也就是说，披三层盔甲，荷戈带剑，拿着十二石的弓弩，负矢囊内装弩箭五十支，携三日口粮，半天能走一百里者，方能入选。

在编制方面，秦五人为伍，设伍长一人；二伍为什，设什长一人；五什为屯，设屯长一人；二屯为百，设百将一人；五百人，设五百主一人；一千人，设二五百主一人。其中，"二五百主"也称"千人"，已属中级军官。

骑兵

骑兵也是秦国的重要兵种之一。秦人养马起家，不仅出了造父那样的非凡御手，还因养马为周立功。据《史记》记载："非子居犬丘，好马及畜，善养息之。犬丘人言之周孝王，孝王召使主马于汧渭之间，马大蕃息。"加之地处西陲，在与戎狄的长期融合过程中，更是在戎狄骑兵的基础上加以中原先进的弓弩和训练技术编练骑兵。因此，早在春秋时期，秦国就组建了战斗力强大的骑兵军团。《韩非子·十过篇》也有记载："（秦以）革车五百乘，畴骑二千，步卒五万，辅重耳入之于晋，立为晋君。"

秦骑士个个精强勇悍，一律穿短甲，以持弓弩为主，兼有少量持戈或短剑者。不仅是人，秦对军马考核也极为严格，凡上交车骑部队的军马，均须身高"五尺八寸以上"，奔驰羁系要得心应手，驮乘跋涉要有耐力，否则主管官吏会被视为训练调教不力，要受处罚。而且在军马考核中，成绩落后，主管官吏也要受罚，甚至革职。秦俑坑出土的鞍马，高度正好一米三三以上，则从侧面反映了秦军对军马选择的严格。

秦骑兵的编制，以秦始皇陵出土的兵马俑情况看，很可能是四骑一组，三组一列，九列一百零八骑为一队，并能属战车六乘。

水军

水军也称楼船士，是秦代武装力量的组成部分，其数量仅次于步兵，远远超过车兵和骑兵。虽说水军在战国时期仅为辅助，但其规模、潜力和发展趋势不可小觑。

巴蜀特殊的地理环境使其有机会发展舟师水军。据记载，早在公元前5世纪，蜀王就建造“鹦鹉舟”航行于江上。秦纳巴蜀之后，以巴蜀为基地，大兴水师，规模十分宏大。史料记载“秦为太白船万艘”，“司马错率巴蜀众十万，大舶船万艘，米六百万斛，浮江伐楚”，“（秦）舫船载卒，一舫载五十人，与三月之粮，下水而浮，一日行三百余里”。其规模可见一斑。

在统一战争中，尤其是对楚国和百越的战争中，秦水师也起到了至关重要的作用。史料记载，百越地区路途偏远，道阻且长。秦人正是在创造性地连通珠江水系和漓江水系之后，又巧妙地运用“万艘”兵船将兵员、粮食等一应器械运达百越，最终将其纳入华夏版图。

水军战船主要分为大型楼船和轻捷艨艟、斗舰等两类，以利水上作战时大、小部队及轻、重战舰之间互相配合。在战斗方式方面，战国时期水军主要采用“钩拒之法，远则钩之，近则拒之”。当敌军处于劣势时，“钩”能把敌军的船钩住，不让它逃跑；当敌军处于优势时，“拒”能抵挡住敌军的船只，不让它追击。再配以强弓劲弩，秦水师声威大盛。

秦军服饰

秦甲

秦军兵士的服饰中，甲衣是依兵种作战实用性而配备的，以冠饰形式和甲衣色彩的不同来区分官兵地位。

在春秋以前，战士的护体设备主要是皮甲，战国时虽然出现了铁甲，但皮甲仍是重要的装备。秦军相比其他六国则有进一步的发展，装备有坚实精密的金属盔甲，品类完备，制作精密。甲衣由前甲（护胸腹）、后甲（护背腰）、披膊（肩甲）、盆领（护颈项）、臂甲（护臂）和手甲（护手）等部分组成，视兵种、身份、战斗需要的不同而各有不同。

将官所穿的甲衣，胸前、背后未缀甲片，皆绘几何形彩色花纹。全身共有甲片一百六十片，甲片形状为四方形，用皮条或牛筋穿组固定，呈“V”字形并钉有铆钉。另在两肩装有类似皮革制作的披膊，胸背及肩部等处还露出彩带结头。

普通战士的装束，胸部的甲片都是上片压下片，腹部的甲片，都是下片压上片，以便于活动。所有甲片都由中间向两侧叠压，肩部甲片的组合与腹部相同。在肩部、腹部和颈下周围的甲片都用连甲带连接，所有甲片上都有甲钉，其数二三四枚不等，最多者不超过六枚。

秦国兵器

秦剑

秦剑为青铜所制，剑身呈柳叶状，又细又长又尖，长度均在 81 ～ 94.8 厘米，远远超过战国时期其他几国的长剑（长度一般在 50 ～ 65 厘米），在格斗中显然更容易刺到对方。秦剑虽长却不易折断的秘密在于，它的铜锡配比让青铜剑的硬度和韧性结合得恰到好处。出土的秦剑还在剑身上镀了铬，一方面使剑锋利异常，一方面起到了防腐的作用。

秦铍

铍是古代著名长兵器之一。铍的外形极似短剑，铍之锋和短剑相同，平脊两刃，铍身断面为六边形，形制极像短剑，长 30 ～ 35 厘米，后端为扁形或矩形的茎，在茎端开有圆孔，以便穿钉固定在长柄上。长柄是长 3~3.5 米的积竹柄或木柄。铍与长柄组装后，是一种极其锐利的刺杀兵器。铍之（即长柄）有积竹、木柄两类，而铍本身也有扁茎铜铍和铜铍两种。铜铍主要流行于战国时期的楚、赵等国，扁茎铜铍则主要流行于秦国。

秦弩

秦弩与弓不同，秦弩必须用脚蹬、借助全身的力量才能上弦。同时，为求弩机更坚固，开始在弩机外加装铜郭强化机槽。据估计，这种秦弩的射程应该能够达到 300 米，有效杀伤距离在 150 米之内，远远高于当时任何一种弓。此外，秦弩上装有特殊部件“望山”，为秦弩机上的简易瞄准器，借此秦军远程攻击的精准度得到了一定程度的保障。

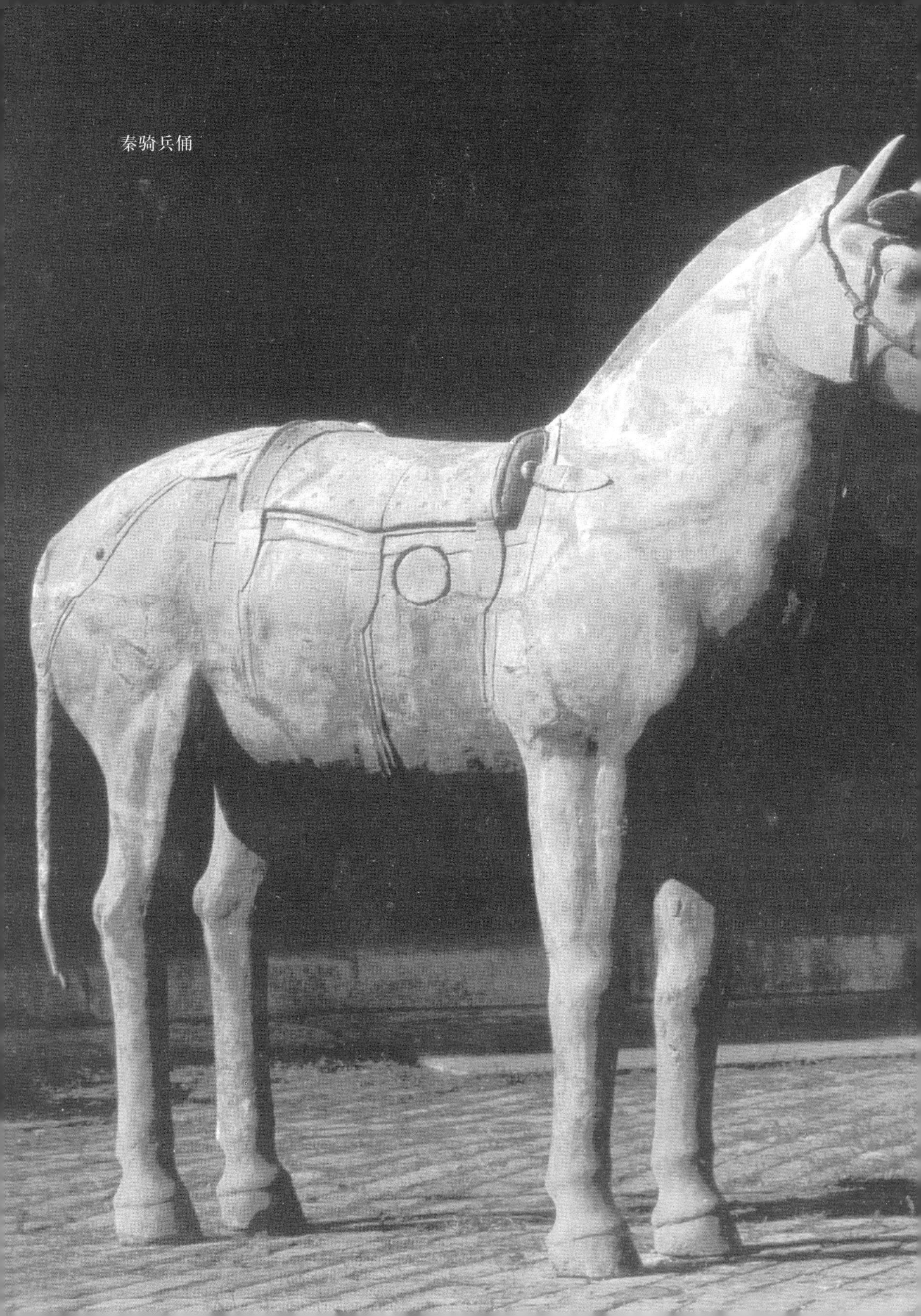
秦骑兵俑

秦步兵跪射俑

秦武士俑

秦将军俑

秦武士俑发式

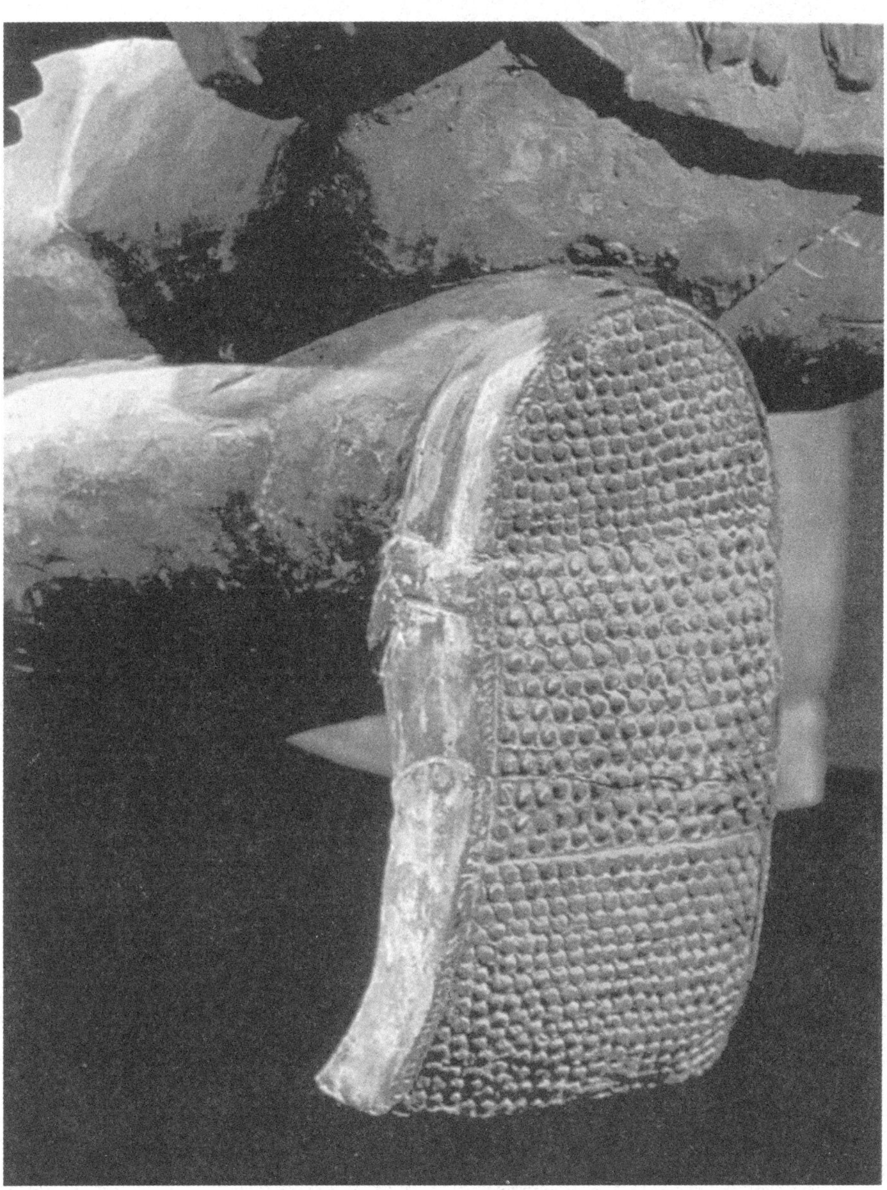

秦跪射俑鞋底

连弩之车

所谓“连弩”，连意为连属，指箭矢上系有绳，可以回收。连弩之车最早见于《墨子·备高临》：“备临以连弩之车。”据记载，它有“两轴三轮”，可能以车为架，以辘轳引弦；箭矢长“十尺”，矢端连系绳索，如同弋射，可用辘轳卷收。《六韬·虎韬·军用》载有“大黄参连弩大扶胥”，就是这种战车。车上的连弩，可发十尺长的箭，单是铜制机郭就有一石30钧（合今34千克）重。

秦箭

与一般带倒刺的箭头不同，秦弩箭的箭头是三棱形的。专家经过风洞测试之后发现这种箭头完全符合空气动力学原理，不容易受到风速、风向等客观条件的限制，大大提高了秦箭的命中率。

吴钩和殳

吴钩（也称金钩），钩体如弯曲的镰刀，分身、柄两部分，一次铸成。钩身齐头，截面呈枣核形，对开两刃。柄系实心的椭圆体，通长71.2厘米，宽2.3～3.3厘米。因流行于吴越地区，故此称之为“吴钩”，也是一种仪卫兵器。

殳其实就是一种棍状兵器，带有浓厚的原始兵器色彩。在普通木棍的一端套上青铜头，以加强木棍的杀伤力。不过进入战国之世，这种简单而又精美的兵器渐渐被其他更实用也更强劲的兵器代替而退出了战争舞台，最终沦落为象征权力和荣誉的礼器。

攻城器（云梯、投石车、临冲车）

云梯的发明者相传是公输般。战国时期的云梯由三部分构成：底部装有车轮，可以移动；梯身可上下仰俯，靠人力扛抬，倚架于城墙壁上；梯顶端装有钩状物，用以钩援城缘，并可保护梯首免遭守军的推拒和破坏。

投石车问世于“弹”后，也就是石弹出现更早，先有“弹”后有

“机”。据《范蠡兵法》记载，“飞石重十二斤，为机发，行三百步”。

临冲车是大型战车，每车 24 人推，8 个车轮，车上竖旗立鼓，载武士数名，装备矛、戟、强弩。车外用坚厚的皮革遮蔽，利用自身的高度，从车中直接向城内射击，也可用来接近城墙，破坏女墙（垛墙），直接攻打城墙上的守敌。

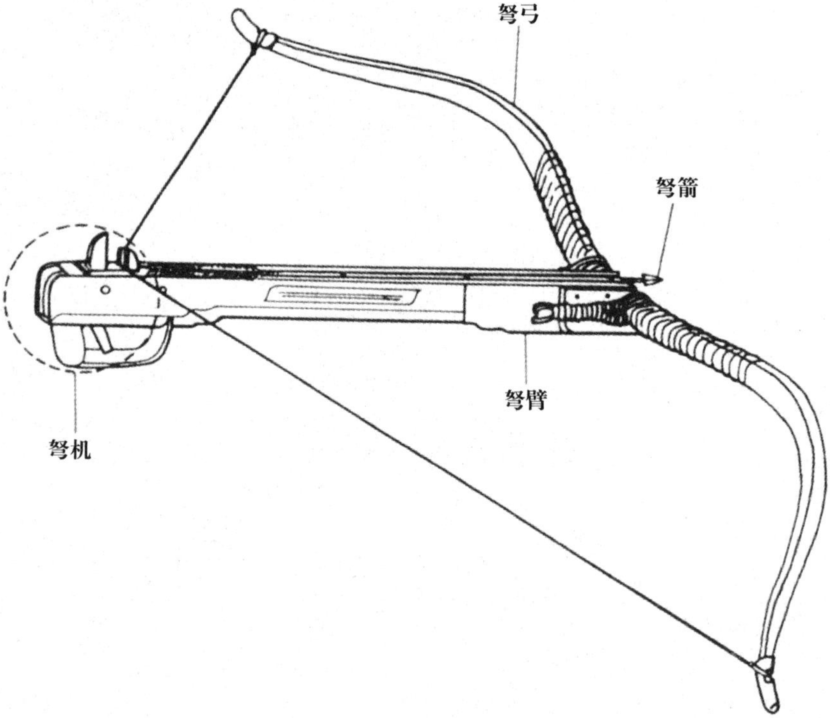

战国弩复原图

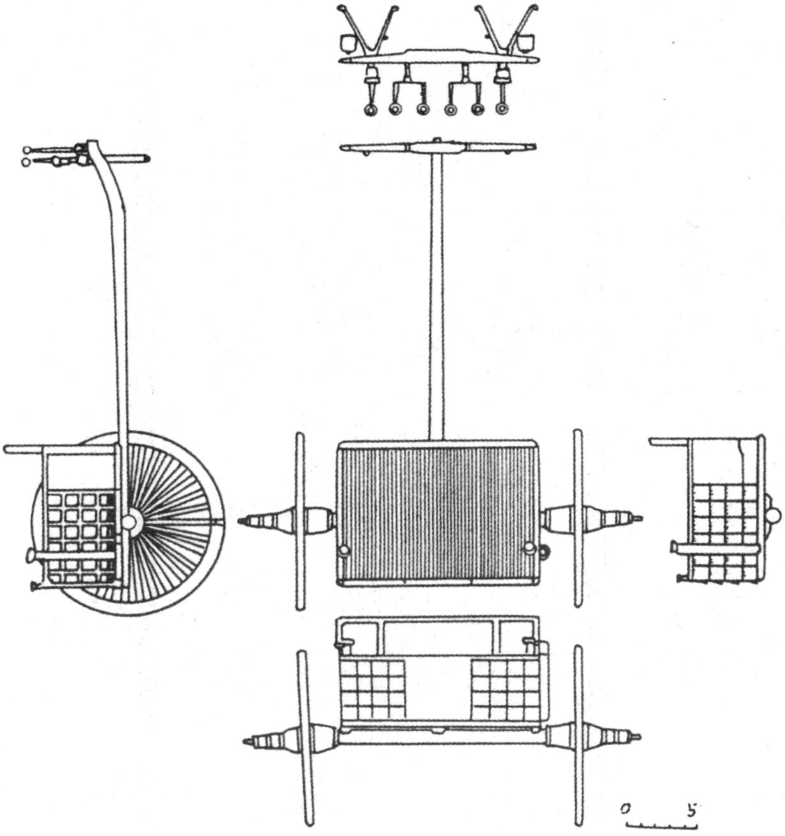

战国中期战车结构复原图

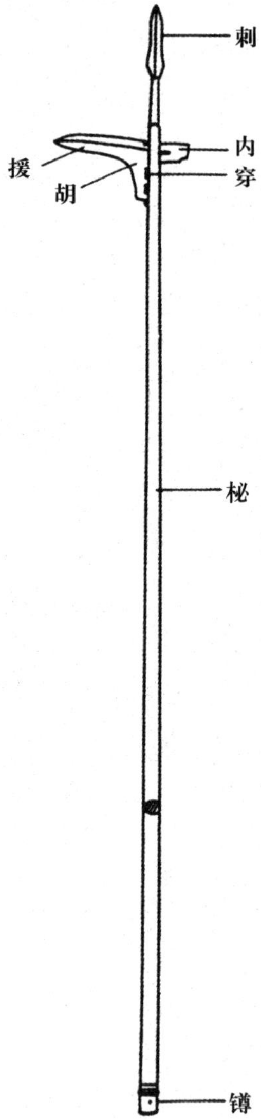

铜戟

彩绘木柲铜矛

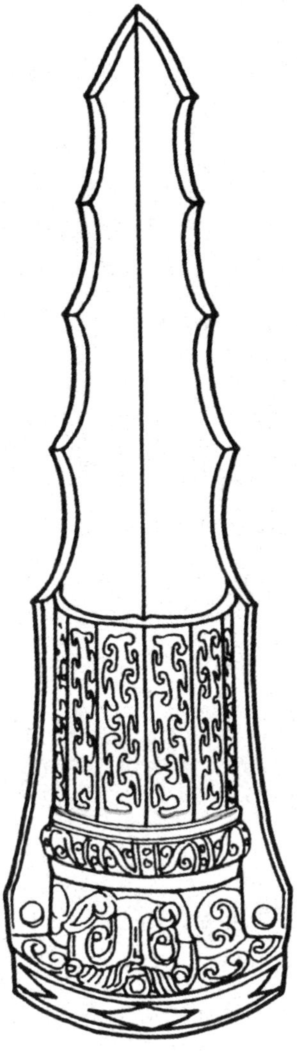

矛状铜车軎

秦之礼仪

祭礼

祭祀神鬼、祖先等礼仪的总称，祭祀者向所祭对象敬献祭品，以表达自己的敬畏之心，并期冀获得所祭对象的庇佑。《左传》有“国之大事，在祀与戎”的说法，是为华夏礼仪之首。

冠笄礼

古代的成人礼，男子二十行冠礼，女子十五行笄礼，标志着行礼者正式成人，从此真正担负起社会责任，包括择日、戒宾（邀请亲友）、筮宾（以占卜方式选择德高望重者主持）、加冠（笄）、取表字等环节。

射礼

来源于儒家六艺之一的“射艺”，类似射箭比赛，但兼有运动、礼仪、宴饮等内涵，体现的是华夏先民的尚武精神。

昏礼

婚礼，因在黄昏时举行而得名，取阳往阴来、阴阳交汇之意。其时的婚礼气氛与如今的热闹喜庆大不相同，讲究简朴肃穆。新婚夫妇衣着也非大红，而是玄黑色礼服。共计纳采、问名、纳吉、纳征、请期、亲迎六礼，又以合卺（共用一杯饮酒）同牢（共食一牲之肉）为标志。

法律体系

在《史记》《汉书》等史料中，秦法被公认为残暴严苛。不过出土秦简显示，真实情况远不如传说夸张。1975年，考古学家在湖北省云梦县发现了一处秦墓，墓主名“喜”，生活于秦昭王后期到秦始皇时期，曾担任当地的司法官吏。在他的墓中出土了大量记录秦代的法律条文、案例，经整理后被命名为“云梦睡虎地秦简”。这些法律条文是从商鞅变法时期开始逐步建立的，目前已知的秦法体系，由以下内容构成：

1.秦律

已知三十余种，内容不仅限刑法，而是涵盖了社会生活的方方面面，相当于行政法规：《田律》规定了播种、保护山林等细节，《厩苑律》对饲养牲畜有明确规定，《仓律》规定了如何储存和保管粮食，从军要遵循《军爵律》，《工律》《工人程》规定手工业方面的管理，管理经商的有《金布律》《关市律》，吏员则要受《置吏律》《除吏律》管理。

2.“命”“令”

朝廷针对一些特定事件临时发布的命令。如商鞅变法时急需开垦大量农田，公布过《垦草令》《为田开阡陌令》。焚书坑儒时，始皇帝发布过《焚书令》，《里耶秦简》出现过《兴徭令》等。大部分“命”“令”只在一段时间内适用，有些也会以律条形式固定下来，这类文件分为“命”“令”两种：“命”具有指导性作用，大意是告诉各地“可以做某事”，统一天下后也叫“制”；“令”也叫“诏”，具有强制性，即要求“必须做某事”。

3.“式”

类似诉讼法，规定各种案件的审判原则，也包括调查、勘验、审讯、查封等方面的规定，《封诊式》就包括大量现场勘验调查笔录，《治狱程式》则规定了讯狱要求、爰书格式。

4.法律解释

官府针对疑难司法问题提供的解答，《法律答问》就以问答形式，对一些案例、专有法律名词进行了规定和说明。

5.法律文告

类似地方性法规，各级地方官在自己管理的郡县内发布的文告，“睡虎地秦简”中有南郡守“腾”在郡内发布的一篇文告。

6.“课”“程”

生产领域的标准，课是考核的意思，程是规格的意思，比如规定工匠干活的数量与质量的《工人程》，规定牧人饲养牛羊标准的《牛羊课》。

7.“廷行事”

以前的判例，可以作为后来断案的参考，《法律答问》多次提到。“廷”指郡县各级的官府，“行事”是已确定并实施的案例判决。

完善的法律体系，使秦国号称“治道运行，诸产得宜，皆有法式”。从内容来看，秦法存在较为明显的“轻罪重刑”的特点，这主要是当时的历史条件所限。死刑花样繁多，包括“斩”“弃市”“戮”“枭首”“坑杀”“车裂”“腰斩”等。但从实际生活中来看，死刑并不多见，“云梦睡虎地秦简”共记载了200多个秦朝案件，真正判处死刑的只有5起，有期徒刑、无期徒刑也很少见，最常见刑罚基本以不削弱罪犯的劳动能力为前提，包括：

肉刑：“黥”（脸上刺字）、“耐”（刮胡子）、“髡”（剃秃头）、“劓”（割鼻子）、“斩趾”（砍脚）等。

劳役刑："候""司寇""隶臣妾""鬼薪 / 白粲""城旦 / 舂"等。

缴纳罚金："赀"。

诸多细节更显示，秦法有科学合理的一面。《法律答问》强调根据犯罪者是否成年，区分其法律责任；也要求民众有见义勇为的义务。《封诊式》有关于自首的规定，并严格限制刑讯逼供。《张家山汉简》《岳麓秦简》还显示，当事人可通过"乞鞫"为自己谋求再审的机会。

由于秦法体系的实用性与合理性，秦末刘邦尽管一度提出"约法三章"的口号，但汉朝建立后，萧何依旧在《秦律》基础上制定了《九章律》，《张家山汉简》中的许多内容甚至可与"云梦睡虎地秦简"互相印证和补充。秦朝创立的法律体系，基本被汉朝继承了下来。

日常生活

衣

在秦国，普通百姓的衣服被称为“襦”或“裋 [shù] 褐”，以麻布为主要原料，为便于劳作，衣袖通常很紧或短袖，需要像现在穿睡衣一样把两边衣领“衽”交叠，然后系腰带。“衽”必须左领压右领，在别人眼中形成一个“y”，这叫“右衽”。“左衽”只有死者和游牧民族才会穿。下身衣物被称为“裳”，类似裙子，双腿套有两根裤腿“绔”[kù]，也叫“胫衣”。天下统一后，官府还要求各国民众都戴上黑头巾，这就是“黔首”这个词的由来。

上层社会的穿着则考究得多，男子头上要戴“冠”。每个贵族男子成年后，都要举行“冠礼”，由长辈负责为自己戴上“冠”，除睡觉、洗澡等少数情况，都要戴着它，否则会被视为失礼。如果是君王，则要带“冕”，它是在冠上增加一块被称作“延”的长木板，前后各垂有一些珠玉串“旒”。君王的礼服则是“玄衣纁 [xūn] 裳”，玄色是黑中微透红的颜色，“纁 [xūn]”指红色微透黄。

不同的社会阶层，服饰的式样、材质、颜色等都有极为细致的规定。《秦律》规定，底层民众即便有钱，也不能穿华丽衣服上街。人们还将衣服赋予了深远含义，将它视为区分文明与野蛮的标志，衣服与礼仪正是“华夏”一词的本意：“中国有礼仪之大，故称夏；有章服之美，谓之华。”

食

当时的主食是小米，又名“稷”“粟”“谷”“禾”等，口感不佳但产量很高，因此得到广泛种植，数千年来一直是中国人的主要口粮，人们还将它和代表土地的“社”相提并论，当作一个国家最重要的两样事物，“社稷”就是这样来的。

如今人们熟悉的大部分蔬菜，秦时都没有，当时出现频率最高的是“葵”，即冬苋菜。其次是“藿”，这是大豆的豆苗，它们是当时平民的主要蔬菜，常见的还有“瓜”，有可能是瓠 [hù] 瓜（嫩葫芦）或者香瓜。穷苦百姓也经常去采摘野菜，《大秦帝国》中的“苦菜”在《诗经·采苓》中就有记载：“采苦采苦，首阳之下”，它如今的名称是败酱草，已经只用作中药了。当时人们把这些菜用水和粮食、肉一起煮成羹，或腌成咸菜“菹”[zū]，也有用水焯完切碎，拌上调料来食用。

对平民百姓而言，除非祭祀、节日等重大场合，否则肉食通常难以吃到。他们的肉食来源大多是鱼肉、鸡肉、猪肉，狗肉在当时也很流行，狗屠甚至是热门职业。条件好些的家庭能吃到羊肉，牛肉只有从军后才能吃。因为耕牛是当时的重要劳力，秦朝有专门的法律保护耕牛。相对而言，上层社会吃肉的机会要更多，以至于“肉食者”被视为这一阶层的指代。

不过烹调手段与现在有很大不同，最常见的是煮，不放调料，把大块的肉甚至整只猪羊放入青铜器“鼎”中，用白水煮，后来鼎还演变为王权的化身。周王室拥有的九鼎被不少诸侯觊觎，楚庄王也问过九鼎的轻重，留下“问鼎中原”的典故。其他常见做法还有烤肉串“炙”、把生肉切成片蘸调料吃的“脍”，把生肉捣成肉酱再加入调料的“醢”等。

当时的人也很爱喝酒，但此时酿酒技术不高，一般都是粮食煮烂后加上酒母酿成的，过程很短，更没有经过蒸馏，这导致酒酿好后常掺有杂质，需要过滤，才有“浊酒”的说法；酒的度数也非常低，且往往带些甜味，更像是酒精饮料，所以古人才会动不动就“斗酒诗百篇”。鸿门宴上樊哙更能一口气喝一斗酒，《水浒传》“智取生辰纲”那节，杨志带领的军汉们甚至买酒来解渴。

住

当时的居民区叫“里巷”，是封闭式结构，外面围墙上有门，由“里监门”专门看管，工作是每天早晨起来开门、晚上关门，日常还负责防火防盗。这道门也叫“闾”，住在“闾”左面的人家就是“闾左”，可免除徭役。陈胜作为“闾左”被秦二世征发，这意味着朝廷连免除服役的人家都开始强制征发，要把百姓逼得没有活路。

“里”中的住宅排成长条，中间留有固定宽度的纵深通道“巷”，每家住宅叫“室”，每“里”的“室”数不等，一“里”约有百人上下。平民住宅的墙壁大多是土筑的，院中普遍植有桑树，还会各自凿井，常见设施还包括粮仓、狗窝、猪圈、排污管道，以及用于祭祀的祠木。

当时的宫殿则都坐落在高耸的夯土台基上，殿顶有着“四阿五脊”的说法，即四面斜坡、五条屋脊，包括一条正脊、四条垂脊。宫殿的墙壁不是砖石而是夯土，墙面粉刷成红色、白色，有的还有彩色壁画。地面以方砖铺地，多为朱红色或者青灰色，柱上裹以带花纹的丝织品，被称为“木衣绨绣，土被朱紫”。

行

当时绝大部分出行都要靠步行，骑马并不普遍，上层社会出行一般乘坐马车，天子可以乘六匹马拉的车，四匹马拉的车被称为“驷”，这就是“驷马难追”的由来。

在中国，车的历史极为久远，相传黄帝时代已出现。“車”字正是车的象形模拟。当时的车，各个部位都有专门称呼，车厢叫“舆”，“舆”两边立的栏杆和木板叫“軫”，车轮中心是一个有孔的圆木，叫“毂”，用以贯轴。车轮的边框叫“辋”。连接“辋”和“毂”的是“辐”，一般有 30 根。四周辐条向车毂集中的样子，被称为“辐辏”。驾车部分的构件主要有“辕”“轭”。“辕”是一根直木或稍弯曲的木杠，连接车与马，前端拴着一根弯曲的横木“轭”。不驾车的时候，还要在车轮下塞入楔形木块，以阻止车轮转动；行车时也必须先将其拿开，这块木头就被称为“轫”，所以启程又叫“发轫”。后来又泛指事情的开端。

最早的车用于作战，一般由两马或四马驾挽，每车一般有三人，“车左”是车长，手持弓箭射击，也负责指挥战车；中间的“御者”是司机，负责赶马；“车右”也叫“骖乘”，负责近战。战车数量往往被当作衡量一国军事力量的标准，一辆战车叫一“乘”。春秋战国时，由于车战发达，战车的多少成为一个国家强弱的标志，史书经常有所谓“千乘之国”“万乘之国”的说法。

秦人则对于车马的感情格外深厚，《诗经》的《小戎》就有对车马的描写，秦始皇统一中国后也实行“车同轨”，兵马俑更出土了铜车马的模型，号称镇馆之宝。

秦代遗址

雍城遗址

秦德公元年（前677年）到秦献公二年（前383年）雍城一直是秦国的国都。其位置在今陕西宝鸡凤翔县城南，雍水河之北、纸坊河以西的黄土台原上，城垣平面呈不规则方形，方向北偏西15度。东西长3300米，南北宽3200米，总面积约10.56平方千米。遗址还包括了秦公一号大墓。

栎阳城遗址

商鞅变法发生地，“徙木立信”的故事发生在这里。位于现在西安市阎良区武屯镇关庄村一带，现存南墙残长1640米，西墙残长1420米。发现城内居址15处，其中有2座大型夯土基址。城外还有大型墓葬区。2016年1月，考古学家在这里面首次发现了清晰的“栎阳”陶文。

咸阳宫遗址

位于咸阳市东偏北15千米左右的窑店镇，1974—1975年，考古学家在咸阳城址北部的阶地上，约相当于中轴线的位置，发现一组高台宫殿建筑遗址，复原后可知，这是一组东西对称的高台宫殿，由跨越谷道的飞阁连接。在商鞅变法之后的150年里，这里一直是大秦帝国的都城，直到秦末毁于项羽的纵火。

商鞅封邑遗址

位于商洛市丹凤县古城村。1984年为配合312国道扩改建工程，前来探查的考古人员在当地发掘出众多先秦文物，其中包括几枚“商”字瓦当，证明这里是战国时期商鞅的封地。史料记载，商鞅在秦国变法成功后，又领军从魏国手中夺回河西地区，因战功受封商君，封于商地十五邑，但只享有封地赋税收入，对封地没有治权。丹凤县当地的蟒岭，在《大秦帝国》中被设定为商鞅的埋骨之所。

函谷关遗址

位于现在河南省三门峡市灵宝市，战国时期是秦国“四塞”之首，地形狭长，号称“车不方轨，马不并辔”，如同深谷中抽出一条长函，由此得名。历史上六国共组织过五次重大的合纵，其中至少四次与函谷关相关。

长平之战纪念馆

位于现在山西省高平市永禄乡，长平之战的古战场所在地。1995年，考古学家在当地发现一处尸骨坑，出土大量的尸骨和刀币、布币、半两、箭头、带钩等文物。秦之后相当多的史籍在记载长平之战时，都沿用“白起坑赵”的说法。坑，在古代汉语里具有“活埋”的表意。因此，后来不少史学文章便称白起“活埋了赵国40万战俘”，但谁也说不清这40万人究竟是怎么活埋的。长平之战一号尸骨坑的发掘，对此作了有力的澄清：许多尸骨上有遭砍、射的痕迹，还有的仅有躯干而无头颅，包括射进人的胯骨中的短箭头，均说明这些赵国士兵都是被杀死后掩埋的。活埋之说不能成立。

白起墓与白起祠

白起墓位于现在咸阳城东郊，渭河北岸任家咀，秦时此地称杜邮。1970年，中国人民解放军三五三〇工厂在施工时，曾发现公之墓道，出土兵器、佩剑等文物数件，现存咸阳博物馆。白起墓呈圆形，底部直径19米，墓高8米，1982年，白起墓被陕西省人民政府列为重点文物保护单位。

白起祠位于今陕西眉县常兴镇白家村。历经岁月变迁，风雨侵蚀，白起城早已成残垣断壁，白起冢也已夷为平地，现只存白起祠。白起祠堂虽经两次修葺，但由于年代久远，已摇摇欲坠。2009 年 4 月，白家村的 360 多名白起后裔自发在村外为先祖白起立起了一座纪念碑，希望彰显白家村厚重的人文内涵。

郑国渠首遗址

位于现在陕西省泾阳县，是当年郑国渠的入水口“瓠口”所在。公元前 246 年，秦始皇采纳韩国水工郑国关于引泾灌田的建议，历时 10 年修成，其间郑国的间谍身份一度败露，但秦始皇依旧对其保持信任，渠成后以其名字命名。

秦始皇帝陵

位于现在西安市临潼区城东 5 千米处的骊山北麓，秦始皇埋葬于此。始建于秦王政元年（公元前 246 年），秦二世二年（公元前 208 年）才建设完成，历时 39 年，最高峰时期有号称 70 万人修建。它分为地上、地下两部分，地上陵园秦末被项羽摧毁，地下部分至今没有受到任何盗掘或破坏。考古显示，《史记》中对于里面的描写大多是真实的。

秦长城遗址

国内目前有多处，内蒙古鄂尔多斯、包头，宁夏固原，陕西榆林等地均有。以包头市的秦长城遗址为例，累计长度为 120 千米，大多修筑于山峦北坡、依山就险，和人们熟悉的明长城不一样，山谷隘口和平川地带大多用夯土筑成，山地则多用石砌或土石混筑。

秦直道起点

位于现在陕西省淳化县。公元前 212 年秦始皇为北击匈奴，命大将蒙恬率 30 万军队和民夫修建直道，全长“千八百里”，笔直如矢，号称“堑山堙谷”。起点即在淳化县的林光宫遗址，它同时也是汉代甘泉宫遗址。

灵渠

位于广西壮族自治区兴安县内，于公元前214年通航。灵渠流向由东向西，将湘江和漓江相连，是世界上最古老的运河之一。《大秦帝国》小说中描述其“循岩而上，建瓴而下”，构思精妙，为岭南化入华夏文明建立了巨大的功勋。

大事年表

前 383 年	秦献公将国都迁至栎阳。
前 381 年	秦孝公出生。
前 374 年	周太史儋对秦献公做出“周秦合十七岁而霸王出”的预言。
前 370 年	楚肃王卒，吴起被楚国贵族射杀。
前 364 年	秦魏石门之战，秦军胜，斩首 6 万。
前 362 年	少梁之战，俘虏魏相公孙痤。
前 361 年	秦献公卒，秦孝公继位。
	诸侯不与秦会盟，视其为戎狄。秦孝公图谋变法，开始求贤。
	卫鞅西入秦，由景监引荐给秦孝公。
前 359 年	卫鞅三说孝公，与甘龙、杜挚等争论变法，得到秦孝公支持，商鞅变法开始。变法初期百姓苦不堪言。
前 358 年	齐威王烹杀恶吏，开始整顿吏治。驺忌鼓琴游说齐威王。
前 356 年	秦国百姓体会到变法好处。卫鞅任左庶长。
前 355 年	韩昭侯任命申不害进行变法，推行术治。
前 353 年	齐魏桂陵之战，魏军大败。
前 352 年	卫鞅升任大良造，领兵迫降安邑。
前 350 年	秦国迁都咸阳，筑冀阙，郡县制推行全国，开阡陌。
前 343 年	齐威王与魏惠王比宝，认为人才是真正的国宝。
前 342 年	齐魏马陵之战，魏军再次大败，庞涓战死。
	驺忌诬陷田忌，田忌攻驺忌未果逃亡。
前 340 年	卫鞅攻魏，虏魏公子卬，受封商君。
前 338 年	秦孝公死，秦惠文王继位。
	商鞅被诬告谋反，遭车裂。
前 336 年	魏惠王见孟子等人。
前 334 年	齐、魏徐州相王。
前 332 年	苏秦赴燕游说燕文公，燕文公使其游说六国合纵。
	秦惠文王将其女嫁燕太子。
前 331 年	公子卬与魏战，虏魏将龙贾，斩首 8 万。
前 328 年	张仪相秦。

前 318 年	公孙衍联合五国伐秦，楚怀王为纵约长，至函谷关而退。
前 316 年	司马错伐蜀。
	燕王哙禅让于子之，引发燕国内乱。
前 314 年	燕太子平、将军市被起兵反子之。
	齐国趁燕国内乱攻来，大肆烧杀掠夺后撤军。
前 313 年	张仪以 600 里土地诈楚怀王，破齐楚之盟。
前 312 年	秦楚丹阳之战，虏其将屈匄，斩首 8 万。秦军又攻楚汉中，取地 600 里，置汉中郡。
前 311 年	秦惠王死，秦武王继位，张仪辞相。
	燕昭王即位，黄金台求贤。
前 309 年	张仪死于魏。
前 308 年	秦韩宜阳之战。
前 307 年	甘茂攻克宜阳，秦武王入洛阳，举鼎受伤暴毙。
	赴燕为质的秦昭王归国即位，其母芈王妃摄政，即宣太后。
前 306 年	赵武灵王开始胡服骑射改革，与公子成等守旧势力进行争论。
	严君樗里疾为秦相。
前 305 年	秦国公子壮发动季君之乱失败，秦惠文后牵涉其中，同样被诛。
前 301 年	秦蜀侯反叛，司马错定蜀。
前 299 年	赵武灵王退位，传位于子赵何，即赵惠文王，以肥义为相，自居赵主父。
	赵主父亲自入秦，当面见秦昭王。
	楚怀王被骗入秦，遭秦人扣押。
前 297 年	楚怀王逃秦入赵被遣返，当年死于秦国，归楚入葬。
前 296 年	赵国灭中山。
	齐、韩、魏合纵攻秦入函谷关。
前 295 年	赵主父欲使长子赵章与赵何共分赵国，遭群臣反对未果。
	赵章、公子成相继在沙丘宫作乱，将赵主父困入宫中，活活饿死。
	乐毅离赵至魏。燕昭王礼贤下士，毅为魏适燕，燕王任之为亚卿。
前 293 年	伊阙之战，白起一举斩首韩魏联军 24 万。

前 288 年	秦齐互称西帝、东帝，后在苏秦游说下取消帝号。
前 287 年	齐国灭宋，引起列国普遍不满。在苏秦游说下，秦国没有进行干预。
前 286 年	司马错进攻魏国河内，秦国置河东郡。
前 284 年	乐毅为燕国上将军，领合纵联军伐齐，几乎灭亡齐国。
	齐湣王出逃时为楚将淖齿所杀，太子法章逃入莒城。
	田单在即墨抵御乐毅。
前 279 年	秦楚鄢郢之战，白起水淹鄢城。
	燕惠王疑乐毅，使骑劫代将，乐毅亡于赵。
	田单以火牛阵大破燕军，收复齐国失地。
	秦昭王、赵惠文王渑池会盟，蔺相如维护赵国尊严。
前 278 年	白起火烧夷陵，取以郢地为南郡，楚王走，受封武安君。
前 270 年	范雎死里逃生入秦。
前 269 年	秦赵阏与之战，赵奢胜秦。
前 266 年	赵惠文王卒，赵孝成王即位。
前 265 年	触龙劝赵太后。
前 262 年	秦攻韩上党，上党降赵，秦因此攻赵，长平之战爆发。
前 260 年	3 年对峙之后，白起大破赵军，尽数坑杀降卒。
前 259 年	王陵攻赵都邯郸，邯郸之战打响。
	嬴政出生。
前 257 年	白起因触怒秦昭王被贬黜并赐死。
	信陵君窃符救赵，春申君门客毛遂游说楚考烈王发兵救赵。
	秦军被魏楚联军击败，撤军。
前 256 年	西周君背秦，秦攻西周。灭西周君，迁九鼎入秦。
前 251 年	秦昭王死，秦孝文王继位，除丧后继位 3 日卒（从《史记·秦本纪》。《史记·吕不韦传》及《秦本纪》索隐作一年而卒），秦庄襄王继位，实行宽政。
	燕国认为赵国衰败，发兵攻赵，却被廉颇大败。

前 249 年	吕不韦相秦。
	东周君谋秦，吕不韦诛之，尽纳其地，初置三川郡。
前 247 年	信陵君魏无忌率五国联军攻秦，败秦于河外。
	秦庄襄王卒，太子政立。
前 246 年	韩国水工郑国入秦，修建郑国渠，图谋以此耗费秦国国力。
前 239 年	秦长安君成反叛失败。
前 238 年	秦王政行冠礼，亲政。
	秦长信侯嫪毐反叛失败。
	楚李园杀春申君，把持朝政。
前 237 年	吕不韦因与嫪毐叛乱牵连而被免相，使其居洛阳封地。
	郑国间人身份暴露，秦王政下逐客令，因李斯谏阻而取消，并命郑国继续修渠。
	韩王安与韩非图谋弱秦。
	尉缭子入秦，建议秦王以间战分化六国。
前 235 年	吕不韦饮鸩自裁。
前 234 年	秦赵平阳之战，杀赵将扈辄，斩首 10 万。
前 233 年	秦赵肥下之战，李牧击败秦军，受封武安君。
	韩非使秦，因弱秦事败而下狱，死于狱中。
	韩王向秦国称臣。
前 232 年	燕太子丹为质于秦，因秦王待自己无礼而恼怒，逃亡归燕。
前 231 年	韩献南阳地。
前 230 年	内史腾灭韩，俘韩王安，以韩地为颍川郡。
	秦发生地震，大饥荒。
前 229 年	秦军兵分 3 路灭赵，赵将李牧领军抗秦。
	秦人以反间计除去李牧。
前 228 年	王翦击溃赵军，占领邯郸，虏赵王迁，赵国灭亡。
	秦王来到邯郸，坑杀旧仇。
	赵公子嘉逃往代地，自立代王。
	楚公子负刍夺取王位。

前 227 年	荆轲刺秦王，失败。
	王翦破燕代联军于易水之西。
前 226 年	秦军攻克蓟城，燕王喜、太子丹逃向辽东，李信追击，逼迫燕王喜杀太子丹。
	王贲攻楚，取十余城。
前 225 年	王贲水淹大梁，大梁城坏，俘魏王假，就此灭魏。
前 224 年	王翦李信就灭楚兵力发生分歧，秦王以李信为将攻楚，李信大败。
	秦王赶往频阳向王翦谢罪，重命其为将灭楚。
	王翦以逸待劳，待楚军退兵之际杀出，大破楚军。
前 223 年	秦军正式灭楚。
	楚昌文君死，项燕自杀（从《史记·秦本纪》。《六国年表》系项燕自杀于上年）。
前 222 年	王贲攻辽东、代地，先后虏燕王喜、代王嘉，灭燕代。
前 221 年	王贲自燕南攻齐，逼降齐国，天下遂告一统。
	秦王政创制，自称始皇帝。
	分天下 36 郡，收天下兵，铸金人 12，徙天下豪富于咸阳。
前 220 年	始皇第 1 次巡狩，巡视陇西边防事。
前 219 年	始皇第 2 次巡狩，上邹峄山、泰山，作琅邪台，立石刻颂德；遣徐市求仙；过彭城捞九鼎不得；使刑徒伐湘山树。
前 218 年	始皇第 3 次巡狩，博浪沙遇张良行刺，大索天下不得。
前 216 年	使黔首自实田。
	始皇微行咸阳时再次在兰池遇刺。
前 215 年	始皇第 4 次巡狩，部署反击匈奴事宜。
	蒙恬领军 30 万北击匈奴大胜，夺取河南地。
前 214 年	征发民众平定岭南百越部族，设立岭南 3 郡。始修长城。
前 213 年	继续征发移民，修长城、戍守南越地。
	下达焚书令。
前 212 年	坑儒事件。
	扶苏因劝谏而被遣往上郡（今陕西榆林东南），任监军。

前 211 年	陨石坠落被刻“始皇帝死而地分”字样。
	传言山鬼预言“明年祖龙死”。
前 210 年	最后一次巡狩。
	七月丙寅，秦始皇崩于沙丘平台。
	李斯、赵高阴谋篡改遗诏，立胡亥为太子，赐死扶苏、蒙恬。
	始皇帝葬于骊山。
前 209 年	二世巡狩。
	复作阿房宫。
	大肆屠戮大臣及众皇子公主。
	陈胜、吴广大泽乡起义，陈自立楚王。
	江东项梁、项羽叔侄起兵反秦，各地旧贵族纷纷起兵作乱。
前 208 年	陈胜部将周文领兵攻入函谷关，抵达戏水。
	章邯领刑徒军大破周文，先后扫灭多家复辟势力，定陶之战中击杀项梁。
	丞相冯去疾、冯劫自裁。
	李斯入狱，被腰斩于咸阳。
前 207 年	巨鹿之战，项羽破釜沉舟全歼秦军。
	赵高指鹿为马，逼迫胡亥自裁，欲自行称帝未果，改立子婴为帝。
	子婴计杀赵高，仍称秦王。
	刘邦攻破武关，进逼咸阳。
前 206 年	子婴领残余宗室降刘邦。
	项羽入关中，杀子婴，纵火焚烧咸阳，大秦帝国宣告灭亡。

《大秦帝国》·史源

第一部《黑色裂变》

第二部 《国命纵横》

第三部 《金戈铁马》

第四部 《阳谋春秋》

第五部 《铁血文明》

第六部 《帝国烽烟》

第一部 《黑色裂变》

秦魏少梁之战

《史记·秦本纪》

（秦献公）二十三年，与魏晋战少梁，虏其将公孙痤。

《史记·魏世家》

（魏惠王）九年……与秦战少梁，虏我将公孙痤，取庞。秦献公卒，子孝公立。

《史记·赵世家》

（赵成侯）十二年，秦攻魏少梁，赵救之。十三年，秦献公使庶长国伐魏少梁，虏其太子、痤。

六国会盟

《史记·田敬仲完世家》

威王二十三年，与赵王会平陆。二十四年，与魏王会田于郊。魏王问曰："王亦有宝乎？"威王曰："无有。"梁王曰："若寡人国小也，尚有径寸之珠照车前后各十二乘者十枚，奈何以万乘之国而无宝乎？"威王曰："寡人之所以为宝与王异。吾臣有檀子者，使守南城，则楚人不敢为寇东取，泗上十二诸侯皆来朝。吾臣有肦子者，使守高唐，则赵人不敢东渔于河。吾吏有黔夫者，使守徐州，则燕人祭北门，赵人祭西门，徙而从者七千馀家。吾臣有种首者，使备盗贼，则道不拾遗。将以照千里，岂特十二乘哉！"梁惠王惭，不怿而去。

《史记·赵世家》

（赵成侯）十七年，成侯与魏惠王遇葛孽。十九年，与齐、宋会平陆，与燕会阿。

《史记·魏世家》

惠王元年，初，武侯卒也，子罃与公中缓争为太子。公孙颀自宋入赵，自赵入韩，谓韩懿侯曰："魏罃与公中缓争为太子，君亦闻之乎？今魏罃得王错，挟上党，固半国也。因而除之，破魏必矣，不可失也。"懿侯说，乃与赵成侯合军并兵以伐魏，战于浊泽，魏氏大败，魏君围。赵谓韩曰："除魏君，立公中缓，割地而退，我且利。"韩曰："不可。杀魏君，人必曰暴；割地而退，人必曰贪。不如两分之。魏分为两，不强于宋、卫，则我终无魏之患矣。"赵不听。韩不说，以其少卒夜去。惠王之所以身不死，国不分者，二家谋不和也。若从一家之谋，则魏必分矣。故曰"君终无适子，其国可破也"。

秦平戎狄之战

《史记·秦本纪》

于是乃出兵东围陕城，西斩戎之獂王。

秦孝公求贤

《史记·秦本纪》

孝公元年，河山以东强国六，与齐威、楚宣、魏惠、燕悼、韩哀、赵成侯并。淮泗之间小国十余。楚、魏与秦接界。魏筑长城，自郑滨洛以北，有上郡。楚自汉中，南有巴、黔中。周室微，诸侯力政，争相并。秦僻在雍州，不与中国诸侯之会盟，夷翟遇之。孝公于是布惠，振孤寡，招战士，明功赏。下令国中曰："昔我缪公自岐雍之间，修德行武，东平晋乱，以河为界，西霸戎翟，广地千里，天子致伯，诸侯毕贺，为后世开业，甚光美。会往者厉、躁、简公、出子之不宁，国家内忧，未遑外事，三晋攻夺我先君河西地，诸侯卑秦，丑莫大焉。献公即位，镇抚边境，徙治栎阳，且欲东伐，复缪公之故地，修缪公之政令。寡人思念先君之意，常痛于心。宾客群臣有能出奇计强秦者，吾且尊官，与之分土。”

商鞅变法

《史记·秦本纪》

卫鞅闻是令下，西入秦，因景监求见孝公。

二年，天子致胙。

三年，卫鞅说孝公变法修刑，内务耕稼，外劝战死之赏罚，孝公善之。甘龙、杜挚等弗然，相与争之。卒用鞅法，百姓苦之；居三年，百姓便之。乃拜鞅为左庶长。其事在《商君》语中。

七年，与魏惠王会杜平。八年，与魏战元里，有功。十年，卫鞅为大良造，将兵围魏安邑，降之。十二年，作为咸阳，筑冀阙，秦徙都之。并诸小乡聚，集为大县，县一令，四十一县。为田开阡陌。东地渡洛。十四年，初为赋。十九年，天子致伯。二十年，诸侯毕贺。秦使公子少官率师会诸侯逢泽，朝天子。

二十一年，齐败魏马陵。

二十二年，卫鞅击魏，虏魏公子卬。封鞅为列侯，号商君。

《战国策·秦策·卫鞅亡魏入秦》

卫鞅亡魏入秦，孝公以为相，封之于商，号曰“商君”。商君治秦，法令至行，公平无私，罚不讳强大，赏不私亲近，法及太子，黥劓其傅。期年之后，道不拾遗，民不妄取，兵革大强，诸侯畏惧。然刻深寡恩，特以强服之耳。

《商君书·更法》

孝公平画，公孙鞅、甘龙、杜挚三大夫御于君。虑世事之变，讨正法之本，求使民之道。

君曰：“代立不忘社稷，君之道也；错法务民主张，臣之行也。今吾欲变法以治，更礼以教百姓，恐天下之议我也。”

公孙鞅曰："臣闻之，'疑行无成，疑事无功'。君亟定变法之虑，殆无顾天下之议之也。且夫有高人之行者，固见负于世；有独知之虑者，必见骜于民。语曰，'愚者暗于成事，知者见于未萌。民不可与虑始，而可与乐成。'郭偃之法曰，'论至德者，不和于俗；成大功者，不谋于众。'法者所以爱民也，礼者所以便事也。是以圣人苟可以强国，不法其故，苟可以利民，不循其礼。"

孝公曰："善！"

甘龙曰："不然。臣闻之，'圣人不易民而教，知者不变法而治'。因民而教者，不劳而功成；据法而治者，吏习而民安。今若变法，不循秦国之故，更礼以教民，臣恐天下之议君，愿孰察之。"

公孙鞅曰："子之所言，世俗之言也。夫常人安于故习，学者溺于所闻。此两者，所以居官而守法，非所与论于法之外也。三代不同礼而王，五霸不同法而霸。故知者作法，而愚者制焉；贤者更礼，而不肖者拘焉。拘礼之人不足与言事，制法之人不足与论变。君无疑矣。"

杜挚曰："臣闻之，'利不百，不变法；功不十，不易器'。臣闻，'法古无过，循礼无邪'。君其图之！"

公孙鞅曰："前世不同教，何古之法？帝王不相复，何礼之循？伏羲、神农，教而不诛；黄帝、尧、舜，诛而不怒；及至文、武，各当时而立法，因事而制礼。礼、法以时而定；制、令各顺其宜；兵甲器备，各便其用。臣故曰：'治世不一道，便国不必法古。'汤、武之王也，不修古而兴；夏、殷之灭也，不易礼而亡。然则反古者未必可非，循礼者未足多是也。君无疑矣。"

孝公曰："善！吾闻穷巷多怪，曲学多辨。愚者笑之，智者哀焉；狂夫之乐，贤者丧焉。拘世以议，寡人不之疑矣。"于是遂出《垦草令》。

《史记·商君列传》

商君者，卫之诸庶孽公子也，名鞅，姓公孙氏，其祖本姬姓也。鞅少好刑名之学，事魏相公叔座为中庶子。公叔座知其贤，未及进。会座病，魏惠王亲往问病，曰："公叔病有如不可讳，将奈社稷何？"公叔曰："座之中庶子公孙鞅，年虽少，有奇才，愿王举国而听之。"王嘿然。王且去，座屏人言曰："王即不听用鞅，必杀之，无令出境。"王许诺而去。公叔座召鞅谢曰："今者王问可以为相者，我言若，王色不许我。我方先君后臣，因谓王即弗用鞅，当杀之。王许我。汝可疾去矣，且见禽。"鞅曰："彼王不能用君之言任臣，又安能用君之言杀臣乎？"卒不去。惠王既去，而谓左右曰："公叔病甚，悲乎，欲令寡人以国听公孙鞅也，岂不悖哉！"

公叔既死，公孙鞅闻秦孝公下令国中求贤者，将修缪公之业，东复侵地，乃遂西入秦，因孝公宠臣景监以求见孝公。孝公既见卫鞅，语事良久，孝公时时睡，弗听。罢而孝公怒景监曰："子之客妄人耳，安足用邪！"景监以让卫鞅。卫鞅曰："吾说公以帝道，其志不开悟矣。"后五日，复求见鞅。鞅复见孝公，益愈，然而未中旨。罢而孝公复让景监，景监亦让鞅。鞅曰："吾说公以王道而未入也。请复见鞅。"鞅复见孝公，孝公善之而未用也。罢而去。孝公谓景监曰："汝客善，可与语矣。"鞅曰："吾说公以霸道，其意欲用之矣。诚复见我，我知之矣。"

卫鞅复见孝公。公与语，不自知膝之前于席也。语数日不厌。景监曰："子何以中吾君？吾君之欢甚也。"鞅曰："吾说君以帝王之道比三代，而君曰，'久远，吾不能待。且贤君者，各及其身显名天下，安能邑邑待数十百年以成帝王乎？'故吾以强国之术说君，君大说之耳。然亦难以比德于殷周矣。"

孝公既用卫鞅，鞅欲变法，恐天下议己。卫鞅曰："疑行无名，疑事无功。且夫有高人之行者，固见非于世；有独知之虑者，必见敖于民。愚者暗于成事，知者见于未萌。民不可与虑始而可与乐成。论至德者不和于俗，成大功者不谋于众。是以圣人苟可以强国，不法其故；苟可以利民，不循其礼。"孝公曰："善。"甘龙曰："不然。圣人不易民而教，知者不变法而治。因民而教，不劳而成功；缘法而治者，吏习而民安之。"卫鞅曰："龙之所言，世俗之言也。常人安于故俗，学者溺于所闻。以此两者居官守法可也，非所与论于法之外也。三代不同礼而王，五伯不同法而霸。智者作法，愚者制焉；贤者更礼，不肖者拘焉。"杜挚曰：

"利不百，不变法；功不十，不易器。法古无过，循礼无邪。"卫鞅曰："治世不一道，便国不法古。故汤武不循古而王，夏殷不易礼而亡。反古者不可非，而循礼者不足多。"孝公曰："善。"以卫鞅为左庶长，卒定变法之令。令民为什伍，而相牧司连坐。不告奸者腰斩，告奸者与斩敌首同赏，匿奸者与降敌同罚。民有二男以上不分异者，倍其赋。有军功者，各以率受上爵；为私斗者，各以轻重被刑大小。僇力本业，耕织致粟帛多者复其身。事末利及怠而贫者，举以为收孥。宗室非有军功论，不得为属籍。明尊卑爵秩等级，各以差次名田宅，臣妾衣服以家次。有功者显荣，无功者虽富无所芬华。令既具，未布，恐民之不信，已乃立三丈之木于国都市南门，募民有能徙置北门者予十金。民怪之，莫敢徙。复曰"能徙者予五十金"。有一人徙之，辄予五十金，以明不欺。卒下令。

令行于民期年，秦民之国都言初令之不便者以千数。于是太子犯法。卫鞅曰："法之不行，自上犯之。"将法太子。太子，君嗣也，不可施刑，刑其傅公子虔，黥其师公孙贾。明日，秦人皆趋令。行之十年，秦民大说，道不拾遗，山无盗贼，家给人足。民勇于公战，怯于私斗，乡邑大治。秦民初言令不便者有来言令便者，卫鞅曰"此皆乱化之民也"，尽迁之于边城。其后民莫敢议令。于是以鞅为大良造。将兵围魏安邑，降之。居三年，作为筑冀阙宫庭于咸阳，秦自雍徙都之。而令民父子兄弟同室内息者为禁。而集小乡邑聚为县，置令、丞，凡三十一县。为田开阡陌封疆，而赋税平。平斗桶权衡丈尺。行之四年，公子虔复犯约，劓之。居五年，秦人富强，天子致胙于孝公，诸侯毕贺。

《新序》

秦孝公保崤函之固，以广雍州之地，东并河西，北收上郡，国富兵强，长雄诸侯，周室归籍，四方来贺，为战国霸君，秦遂以强，六世而并诸侯，亦皆商君之谋也。夫商君极身无二虑，尽公不顾私，使民内急耕织之业以富国，外重战伐之赏以劝戎士。法令必行，内不阿贵宠，外不偏疏远。是以令行而禁止，法出而奸息……今卫鞅内刻刀锯之刑，外深铁钺之诛，步过六尺者有罚，弃灰于道者被刑。一日临渭，而论囚七百馀人。渭水尽赤，号哭之声动于天地，畜怨积仇比于丘山。

申不害变法

《史记·韩世家》

（韩昭侯）八年，申不害相韩，修术行道，国内以治，诸侯不来侵伐。

《史记·老子韩非列传》

申不害者，京人也，故郑之贱臣。学术以干韩昭侯，昭侯用为相。内修政教，外应诸侯，十五年。终申子之身，国治兵强，无侵韩者。

齐威王整肃吏治

《战国策·齐策·邹忌讽齐威王纳谏》

邹忌修八尺有余，而形貌昳丽。朝服衣冠，窥镜，谓其妻曰："我孰与城北徐公美？"其妻曰："君美甚，徐公何能及公也！"城北徐公，齐国之美丽者也。忌不自信，而复问其妾曰："吾孰与徐公美？"妾曰："徐公何能及君也？"旦日，客从外来，与坐谈，问之："吾与徐公孰美？"客曰："徐公不若君之美也！"明日，徐公来，孰视之，自以为不如；窥镜而自视，又弗如远甚。暮，寝而思之，曰："吾妻之美我者，私我也；妾之美我者，畏我也；客之美我者，欲有求于我也。"

于是入朝见威王，曰："臣诚知不如徐公美。臣之妻私臣，臣之妾畏臣，臣之客欲有求于臣，皆以美于徐公。今齐地方千里，百二十城，宫妇左右莫不私王，朝廷之臣莫不畏王，四境之内莫不有求于王：由此观之，王之蔽甚矣。"王曰："善。"乃下令："群臣、吏民能面刺寡人之过者，受上赏；上书谏寡人者，受中赏；能谤讥于市朝，闻寡人之耳者，受下赏。"令初下，群臣进谏，门庭若市；数月之后，时时而间进；期年之后，虽欲言，无可进者。

燕、赵、韩、魏闻之，皆朝于齐。此所谓战胜于朝廷。

《史记·田敬仲完世家》

威王初即位以来，不治，委政卿大夫，九年之间，诸侯并伐，国人不治。于是威王召即墨大夫而语之曰："自子之居即墨也，毁言日至。然吾使人视即墨，田野辟，民人给，官无留事，东方以宁。是子不事吾左右以求誉也。"封之万家。召阿大夫语曰："自子之守阿，誉言日闻。然使使视阿，田野不辟，民贫苦。昔日赵攻甄，子弗能救。卫取薛陵，子弗知。是子以币厚吾左右以求誉也。"是日，烹阿大夫，及左右尝誉者皆并烹之。遂起兵西击赵、卫，败魏于浊泽而围惠王。惠王请献观以和解，赵人归我长城。于是齐国震惧，人人不敢饰非，务尽其诚。齐国大治。诸侯闻之，莫敢致兵于齐二十余年。

稷下论战

《史记·田敬仲完世家》

驺忌子以鼓琴见威王，威王说而舍之右室。须臾，王鼓琴，驺忌子推户入曰："善哉鼓琴！"王勃然不说，去琴按剑曰："夫子见容未察，何以知其善也？"驺忌子曰："夫大弦浊以春温者，君也；小弦廉折以清者，相也；攫之深，醳之愉者，政令也；钧谐以鸣，大小相益，回邪而不相害者，四时也：吾是以知其善也。"王曰："善语音。"驺忌子曰："何独语音，夫治国家而弭人民皆在其中。"王又勃然不说曰："若夫语五音之纪，信未有如夫子者也。若夫治国家而弭人民，又何为乎丝桐之间？"驺忌子曰："夫大弦浊以春温者，君也；小弦廉折以清者，相也；攫之深而舍之愉者，政令也；钧谐以鸣，大小相益，回邪而不相害者，四时也。夫复而不乱者，所以治昌也；连而径者，所以存亡也：故曰琴音调而天下治。夫治国家而弭人民者，无若乎五音者。"王曰："善。"

驺忌子见三月而受相印。淳于髡见之曰："善说哉！髡有愚志，愿陈诸前。"驺忌子曰："谨受教。"淳于髡曰："得全全昌，失全全亡。"驺忌子曰："谨受令，请谨毋离前。"淳于髡曰："狶膏棘轴，所以为滑也，然而不能运方穿。"驺忌子曰："谨受令，请谨事左右。"淳于髡曰："弓胶昔干，所以为合也，然而不能傅合疏罅。"驺忌子曰："谨受令，请谨自附于万民。”淳于髡曰：“狐裘虽敝，不可补以黄狗之皮。”驺忌子曰：“谨受令，请谨择君子，毋杂小人其间。”淳于髡曰：“大车不较，不能载其常任；琴瑟不较，不能成其五音。”驺忌子曰：“谨受令，请谨修法律而督奸吏。”淳于髡说毕，趋出，至门，而面其仆曰：“是人者，吾语之微言五，其应我若响之应声，是人必封不久矣。”居期年，封以下邳，号曰成侯。

……

宣王喜文学游说之士，自如驺衍、淳于髡、田骈、接予、慎到、环渊之徒七十六人，皆赐列第，为上大夫，不治而议论。是以齐稷下学士复盛，且数百千人。

《孟子·离娄上》

淳于髡曰：“男女授受不亲，礼与？”

孟子曰：“礼也。”

曰：“嫂溺，则援之以手乎？”

曰：“嫂溺不援，是豺狼也。男女授受不亲，礼也；嫂溺，援之以手者，权也。”

曰：“今天下溺矣，夫子之不援，何也？”曰：“天下溺，援之以道；嫂溺，援之以手——子欲手援天下乎？”

《孟子·公孙丑上》

孟子曰：“人皆有不忍人之心。先王有不忍人之心，斯有不忍人之政矣。以不忍人之心，行不忍人之政，治天下可运之掌上。所以谓人皆有不忍人之心者，今人乍见孺子将入于井，皆有怵惕恻隐之心——非所以内交于孺子之父母也，非所以要誉于乡党朋友也，非恶其声而然也。由是观之，无恻隐之心，非人也；无羞恶之心，非人也；无辞让之心，非人也；无是非之心，非人也。恻隐之心，仁之端也；羞恶之心，义之端也；辞让之心，礼之端也；是非之心，智之端也。人之有是四端也，犹其有四体也。有是四端而自谓不能者，自贼者也；谓其君不能者，贼其君者也。凡有四端于我者，知皆扩而充之矣，若人之始然，泉之始达。苟能充之，足以保四海；苟不充之，不足以事父母。”

《荀子·性恶》

人之性恶，其善者伪也。

今人之性，生而有好利焉，顺是，故争夺生而辞让亡焉；生而有疾恶焉，顺是，故残贼生而忠信亡焉；生而有耳目之欲，有好声色焉，顺是，故淫乱生而礼义文理亡焉。然则从人之性，顺人之情，必出于争夺，合于犯分乱理而归于暴。故必将有师法之化，礼义之道，然后出于辞让，合于文理，而归于治。用此观之，然则人之性恶明矣，其善者伪也。

……

孟子曰：“人之学者，其性善”。曰：是不然！是不及知人之性，而不察乎人之性伪之分者也。凡性者，天之就也，不可学，不可事。礼义者，圣人之所生也，人之所学而能，所事而成者也。不可学、不可事之在人者，谓之性；可学而能、可事而成之在人者，谓之伪：是性伪之分也。今人之性，目可以见，耳可以听。夫可以见之明不离目，可以听之聪不离耳，目明而耳聪，不可学明矣。孟子曰：“今人之性善，将皆失丧其性故也。”曰：若是，则过矣。今人之性，生而离其朴，离其资，必失而丧之。用此观之，然则人之性恶明矣。所谓性善者，不离其朴而美之，不离其资而利之也。使夫资朴之于美，心意之于善，若夫可以见之明不离目，可以听之聪不离耳，故曰目明而耳聪也。今人之性，饥而欲饱，寒而欲暖，劳而欲休，此人之情性也。今人饥，见长而不敢先食者，将有所让也；劳而不敢求息者，将有所代也。夫子之让乎父，弟之让乎兄；子之代乎父，弟之代乎兄，此二行者，皆反于性而悖于情也。然而孝子之道，礼义之文理也。故顺情性则不辞让矣，辞让则悖于情性矣。用此观之，然则人之性恶明矣，其善者伪也。

……

孟子曰：“人之性善。”曰：是不然！凡古今天下之所谓善者，正理平治也；所谓恶者，偏险悖乱也。是善恶之分也已。今诚以人之性固正理平治邪？则有恶用圣王，恶用礼义矣哉！虽有圣王礼义，将曷加于正理平治也哉！今不然，人之性恶。故古者圣人以人之性恶，以为偏险而不正，悖乱而不治，故为之立君上之势以临之，明礼义以化之，起法正以治之，重刑罚以禁之，使天下皆出于治，合于善也。是圣王之治而礼义之化也。今当试去君上之势，无礼义之化，去法正之治，无刑罚之禁，倚而观天下民人之相与也；若是，则夫强者害弱而夺之，众者暴寡而哗之，天下之悖乱而相亡不待顷矣。用此观之，然则人之性恶明矣，其善者伪也。

故善言古者必有节于今，善言天者必有征于人。凡论者，贵其有辨合、有符验。故坐而言之，起而可设，张而可施行。今孟子曰“人之性善”，无辨合符验，坐而言之，起而不可设，张而不施行，岂不过甚矣哉！故性善则去圣王，息礼义矣；性恶则与圣王，贵礼义矣。故隐栝之生，为枸木也；绳墨之起，为不直也。立君上，明礼义，为性恶也。用此观之，然则人之性恶明矣，其善者伪矣。直木不待隐栝而直者，其性直也；枸木必将待隐栝矫烝然后直者，以其性不直也。今人之性恶，必将待圣王之治，礼义之化，然后皆出于治，合于善也。用此观之，然则人之性恶明矣，其善者伪也。

齐魏桂陵之战

《史记·田敬仲完世家》

（齐威王）二十六年，魏惠王围邯郸，赵求救于齐。齐威王召大臣而谋曰：“救赵孰与勿救？”驺忌子曰：“不如勿救。”段干朋曰：“不救则不义，且不利。”威王曰：“何也？”对曰：“夫魏氏并邯郸，其于齐何利哉？且夫救赵而军其郊，是赵不伐而魏全也。故不如南攻襄陵以弊魏，邯郸拔而乘魏之弊。”威王从其计。

其后成侯驺忌与田忌不善，公孙阅谓成侯忌曰：“公何不谋伐魏，田忌必将。战胜有功，则公之谋中也；战不胜，非前死则后北，而命在公矣。”于是成侯言威王，使田忌南攻襄陵。十月，邯郸拔，齐因起兵击魏，大败之桂陵。于是齐最强于诸侯，自称为王，以令天下。

《史记·赵世家》

（赵成侯）二十一年，魏围我邯郸。二十二年，魏惠王拔我邯郸，齐亦败魏于桂陵。二十四年，魏归我邯郸，与魏盟漳水上。

《史记·魏世家》

（魏惠王）十八年，拔邯郸。赵请救于齐，齐使田忌、孙膑救赵，败魏桂陵。

《孙膑兵法·擒庞涓》

昔者，梁君将攻邯郸，使将军庞涓、带甲八万至于茬丘。齐君闻之，使将军忌子、带甲八万至……竞。庞子攻卫□□□，将军忌〔子〕……卫□□，救与……曰："若不救卫，将何为？"孙子曰："请南攻平陵。平陵，其城小而县大，人众甲兵盛，东阳战邑，难攻也。吾将示之疑。吾攻平陵，南有宋，北有卫，当涂有市丘，是吾粮涂绝也。吾将示之不知事。"于是徒舍而走平陵。……陵，忌子召孙子而问曰："事将何为？"孙子曰："都大夫孰为不识事？"曰："齐城、高唐。"孙子曰："请取所……二大夫□以□□□减□□都横卷四达环涂□横卷所□阵也。环涂铍甲之所处也。吾未甲劲，本甲不断。环涂击柀其后，二大夫可杀也。"于是段齐城、高唐为两，直将蚁傅平陵。挟菑环涂夹击其后，齐城、高唐当术而大败。将军忌子召孙子问曰："吾攻平陵不得而亡齐城、高唐，当术而厥。事将何为？"孙子曰："请遣轻车西驰梁郊，以怒其气。分卒而从之，示之寡。"于是为之。庞子果弃其辎重，兼取舍而至。孙子弗息而击之桂陵，而禽庞涓。故曰，孙子之所以为者尽矣。

齐魏马陵之战

《史记·田敬仲完世家》

（齐宣王）二年，魏伐赵。赵与韩亲，共击魏。赵不利，战于南梁。宣王召田忌复故位。韩氏请救于齐。宣王召大臣而谋曰："蚤救孰与晚救？”驺忌子曰：“不如勿救。”田忌曰：“弗救，则韩且折而入于魏，不如蚤救之。”孙子曰：“夫韩、魏之兵未弊而救之，是吾代韩受魏之兵，顾反听命于韩也。且魏有破国之志，韩见亡，必东面而诉于齐矣。吾因深结韩之亲而晚承魏之弊，则可重利而得尊名也。”宣王曰：“善。”乃阴告韩之使者而遣之。韩因恃齐，五战不胜，而东委国于齐。齐因起兵，使田忌、田婴将，孙子为师，救韩、赵以击魏，大败之马陵，杀其将庞涓，虏魏太子申。其后三晋之王皆因田婴朝齐王于博望，盟而去。

《史记·魏世家》

（魏惠王）三十年，魏伐赵，赵告急齐。齐宣王用孙子计，救赵击魏。魏遂大兴师，使庞涓将，而令太子申为上将军。过外黄，外黄徐子谓太子曰：“臣有百战百胜之术。”太子曰：“可得闻乎？”客曰：“固愿效之。”曰：“太子自将攻齐，大胜并莒，则富不过有魏，贵不益为王。若战不胜齐，则万世无魏矣。此臣之百战百胜之术也。”太子曰：“诺，请必从公之言而还矣。”客曰：“太子虽欲还，不得矣。彼劝太子战攻，欲啜汁者众。太子虽欲还，恐不得矣。”太子因欲还，其御曰：“将出而还，与北同。”太子果与齐人战，败于马陵。齐虏魏太子申，杀将军涓，军遂大破。

《史记·秦本纪》

（秦孝公）二十一年，齐败魏马陵。

秦魏河西之战

《史记·商君列传》

其明年，齐败魏兵于马陵，虏其太子申，杀将军庞涓。其明年，卫鞅说孝公曰：“秦之与魏，譬若人之有腹心疾，非魏并秦，秦即并魏。何者？魏居领阨之西，都安邑，与秦界河而独擅山东之利。利则西侵秦，病则东收地。今以君之贤圣，国赖以盛。而魏往年大破于齐，诸侯畔之，可因此时伐魏。魏不支秦，必东徙。东徙，秦据河山之固，东乡以制诸侯，此帝王之业也。”孝公以为然，使卫鞅将而伐魏。魏使公子卬将而击之。军既相距，卫鞅遗魏将公子卬书曰：“吾始与公子欢，今俱为两国将，不忍相攻，可与公子面相见，盟，乐饮而罢兵，以安秦魏。”魏公子卬以为然。会盟已，饮，而卫鞅伏甲士而袭虏魏公子卬，因攻其军，尽破之以归秦。魏惠王兵数破于齐秦，国内空，日以削，恐，乃使使割河西之地献于秦以和。而魏遂去安邑，徙都大梁。梁惠王曰：“寡人恨不用公叔座之言也。”卫鞅既破魏还，秦封之於、商十五邑，号为商君。

《史记·秦本纪》

（秦孝公）二十二年，卫鞅击魏，虏魏公子卬。封鞅为列侯，号商君……（秦惠王）七年，公子卬与魏战，虏其将龙贾，斩首八万。

《史记·魏世家》

（魏惠王）三十一年，秦、赵、齐共伐我，秦将商君诈我将军公子卬而袭夺其军，破之。秦用商君，东地至河，而齐、赵数破我，安邑近秦，于是徙治大梁。

《史记·赵世家》

（赵肃侯）十一年，秦孝公使商君伐魏，虏其将公子卬。赵伐魏。

秦孝公去世、秦惠王车裂商鞅

《史记·秦本纪》

孝公卒，子惠文君立。是岁，诛卫鞅。鞅之初为秦施法，法不行，太子犯禁。鞅曰：“法之不行，自于贵戚。君必欲行法，先于太子。太子不可黥，黥其傅师。”于是法大用，秦人治。及孝公卒，太子立，宗室多怨鞅，鞅亡，因以为反，而卒车裂以徇秦国。

《史记·魏世家》

（魏惠王）三十三年，秦孝公卒，商君亡秦归魏，魏怒，不入。

《史记·商君列传》

商君相秦十年，宗室贵戚多怨望者。赵良见商君。商君曰："鞅之得见也，从孟兰皋，今鞅请得交，可乎？"赵良曰："仆弗敢愿也。孔丘有言曰：'推贤而戴者进，聚不肖而王者退。'仆不肖，故不敢受命。仆闻之曰：'非其位而居之曰贪位，非其名而有之曰贪名。'仆听君之义，则恐仆贪位贪名也。故不敢闻命。"商君曰："子不说吾治秦与？"赵良曰："反听之谓聪，内视之谓明，自胜之谓强。虞舜有言曰：'自卑也尚矣。'君不若道虞舜之道，无为问仆矣。"商君曰："始秦戎翟之教，父子无别，同室而居。今我更制其教，而为其男女之别，大筑冀阙，营如鲁卫矣。子观我治秦也，孰与五羖大夫贤？"赵良曰："千羊之皮，不如一狐之掖；千人之诺诺，不如一士之谔谔。武王谔谔以昌，殷纣墨墨以亡。君若不非武王乎，则仆请终日正言而无诛，可乎？"商君曰："语有之矣，貌言华也，至言实也，苦言药也，甘言疾也。夫子果肯终日正言，鞅之药也。鞅将事子，子又何辞焉！"赵良曰："夫五羖大夫，荆之鄙人也。闻秦缪公之贤而愿望见，行而无资，自粥于秦客，被褐食牛。期年，缪公知之，举之牛口之下，而加之百姓之上，秦国莫敢望焉。相秦六七年，而东伐郑，三置晋国之君，一救荆国之祸。发教封内，而巴人致贡；施德诸侯，而八戎来服。由余闻之，款关请见。五羖大夫之相秦也，劳不坐乘，暑不张盖，行于国中，不从车乘，不操干戈，功名藏于府库，德行施于后世。五羖大夫死，秦国男女流涕，童子不歌谣，舂者不相杵。此五羖大夫之德也。今君之见秦王也，因嬖人景监以为主，非所以为名也。相秦不以百姓为事，而大筑冀阙，非所以为功也。刑黥太子之师傅，残伤民以骏刑，是积怨畜祸也。教之化民也深于命，民之效上也捷于令。今君又左建外易，非所以为教也。君又南面而称寡人，日绳秦之贵公子。《诗》曰：'相鼠有体，人而无礼。人而无礼，何不遄死。'以《诗》观之，非所以为寿也。公子虔杜门不出已八年矣，君又杀祝欢而黥公孙贾。《诗》曰：'得人者兴，失人者崩。'此数事者，非所以得人也。君之出也，后车十数，从车载甲，多力而骈胁者为骖乘，持矛而操闟戟者旁车而趋。此一物不具，君固不出。《书》曰：‘恃德者昌，恃力者亡。’君之危若朝露，尚将欲延年益寿乎？则何不归十五都，灌园于鄙，劝秦王显岩穴之士，养老存孤，敬父兄，序有功，尊有德，可以少安。君尚将贪商于之富，宠秦国之教，畜百姓之怨，秦王一旦捐宾客而不立朝，秦国之所以收君者，岂其微哉？亡可翘足而待。”商君弗从。

后五月而秦孝公卒，太子立。公子虔之徒告商君欲反，发吏捕商君。商君亡至关下，欲舍客舍。客人不知其是商君也，曰：“商君之法，舍人无验者坐之。”商君喟然叹曰：“嗟乎，为法之敝一至此哉！”去之魏。魏人怨其欺公子卬而破魏师，弗受。商君欲之他国。魏人曰：“商君，秦之贼。秦强而贼入魏，弗归，不可。”遂内秦。商君既复入秦，走商邑，与其徒属发邑兵北出击郑。秦发兵攻商君，杀之于郑黾池。秦惠王车裂商君以徇，曰：“莫如商鞅反者！”遂灭商君之家。

《战国策·秦策·卫鞅亡魏入秦》

孝公行之八年，疾且不起，欲传商君，辞不受。孝公已死，惠王代，后莅政有顷，商君告归。人说惠王曰：“大臣太重者国危，左右太亲者身危。今秦妇人婴儿，皆言商君之法，莫言大王之法。是商君反为主，大王更为臣也。且夫商君，固大王仇雠也，愿大王图之。”商君归还，惠王车裂之，而秦人不怜。

第二部 《国命纵横》

秦惠王平义渠之战

《史记·秦本纪》

（秦惠王）十一年，县义渠。归魏焦、曲沃。义渠君为臣。更名少梁曰夏阳。

《史记·匈奴列传》

其后义渠之戎筑城郭以自守，而秦稍蚕食，至于惠王，遂拔义渠二十五城。惠王击魏，魏尽入西河及上郡于秦。

公孙衍入秦

《史记·秦本纪》

（秦惠王）五年，阴晋人犀首为大良造。六年，魏纳阴晋，阴晋更名宁秦。

《史记·张仪列传》

犀首者，魏之阴晋人也，名衍，姓公孙氏。与张仪不善。

张仪为秦之魏，魏王相张仪。犀首弗利，故令人谓韩公叔曰："张仪已合秦魏矣，其言曰'魏攻南阳，秦攻三川'。魏王所以贵张子者，欲得韩地也。且韩之南阳已举矣，子何不少委焉以为衍功，则秦魏之交可错矣。然则魏必图秦而弃仪，收韩而相衍。"公叔以为便，因委之犀首以为功。果相魏。张仪去。

义渠君朝于魏。犀首闻张仪复相秦，害之。犀首乃谓义渠君曰："道远不得复过，请谒事情。"曰："中国无事，秦得烧掇焚杅君之国；有事，秦将轻使重币事君之国。"其后五国伐秦。会陈轸谓秦王曰："义渠君者，蛮夷之贤君也，不如赂之以抚其志。”秦王曰：“善。”乃以文绣千纯，妇女百人遗义渠君。义渠君致群臣而谋曰：“此公孙衍所谓邪？”乃起兵袭秦，大败秦人李伯之下。

张仪已卒之后，犀首入相秦。尝佩五国之相印，为约长。

苏秦第一次游说

《史记·苏秦列传》

苏秦者，东周雒阳人也。东事师于齐，而习之于鬼谷先生。

出游数岁，大困而归。兄弟嫂妹妻妾窃皆笑之，曰：“周人之俗，治产业，力工商，逐什二以为务。今子释本而事口舌，困，不亦宜乎！”苏秦闻之而惭，自伤，乃闭室不出，出其书遍观之。曰：“夫士业已屈首受书，而不能以取尊荣，虽多亦奚以为！”于是得周书《阴符》，伏而读之。期年，以出揣摩，曰：“此可以说当世之君矣。”求说周显王。显王左右素习知苏秦，皆少之。弗信。

乃西至秦。秦孝公卒。说惠王曰：“秦四塞之国，被山带渭，东有关河，西有汉中，南有巴蜀，北有代马，此天府也。以秦士民之众，兵法之教，可以吞天下，称帝而治。”秦王曰：“毛羽未成，不可以高蜚；文理未明，不可以并兼。”方诛商鞅，疾辩士，弗用。

《战国策·秦策·苏秦始将连横》

苏秦始将连横说秦惠王，曰：“大王之国，西有巴、蜀、汉中之利，北有胡、貉、代、马之用，南有巫山、黔中之限，东有肴、函之固。田肥美，民殷富，战车万乘，奋击百万，沃野千里，蓄积饶多，地势形便，此所谓‘天府’之，天下之雄国也。以大王之贤，士民之众，车骑之用，兵法之教，可以并诸侯，吞天下，称帝而治，愿大王少留意，臣请奏其效。”

秦王曰：“寡人闻之，毛羽不丰满者不可以高飞；文章不成者不可以诛罚；道德不厚者，不可以使民；政教不顺者，不可以烦大臣。今先生俨然不远千里而庭教之，愿以异日。”苏秦曰：“臣固疑大王不能用也。昔者神农伐补遂，黄帝伐涿鹿而禽蚩尤，尧伐驩兜，舜伐三苗，禹伐共工，汤伐有夏，文王伐崇，武王伐纣，齐桓任战而伯天下。由此观之，恶有不战者乎？古者使车毂击驰，言语相结，天下为一；约中连横，兵革不藏；文士并饬，诸侯乱惑，万端俱起，不可胜理；科条既备，民多伪态；书策稠注，百姓不足；上下相愁，民无所聊；明言章理，兵甲愈起；辩言伟服，战攻不息；繁称文辞，天下不治；舌弊耳聋，不见成功；行义约信，天下不亲。于是，乃废文任武，厚养死士，缀甲厉兵，效胜于战场。夫徒处而致利，安坐而广地，虽古五帝、三王、五伯，明主贤君，常欲佐而致之，其势不能，故以战续之。宽则两军相攻，迫则杖戟相撞，然后可建大功。是故兵胜于外，义强于内；武立于上，民服于下。今欲并天下，凌万乘，诎敌国，制海内，子元元，臣诸侯，非兵不可！今之嗣主，忽于至道，皆惛于教，乱于治，迷于言，惑于语，沉于辩，溺于辞。以此论之，王国不能也。”

说秦王书十上而说不行。黑貂之裘弊，黄金百斤尽，资用乏绝，去秦而归。羸滕履蹻，负书担橐，形容枯槁，面目黎黑，状有归色。归至家，妻不下纴，嫂不为炊，父母不与言。苏秦喟叹曰：“妻不以为夫，嫂不以我为叔，父母不以我为子，是皆秦之罪也！”乃夜发书，陈箧数十，得《太公阴符》之谋，伏而诵之，简练以为《揣》、《摩》。读书欲睡，引锥自刺其股，血流至足。曰：“安有说人主不能出其金玉锦绣，取卿相之尊者乎？”期年，《揣》、《摩》成，曰：“此真可以说当世之君矣！”

张仪第一次游说

《史记·张仪列传》

张仪者，魏人也。始尝与苏秦俱事鬼谷先生，学术，苏秦自以不及张仪。

张仪已学而游说诸侯。尝从楚相饮，已而楚相亡璧，门下意张仪，曰：“仪贫无行，必盗相君之璧。”共执张仪，掠笞数百，不服，醳之。其妻曰：“嘻！子毋读书游说，安得此辱乎？”张仪谓其妻曰：“视吾舌尚在不？”其妻笑曰：“舌在也。”仪曰：“足矣。”

《史记·越王勾践世家》

王无彊时，越兴师北伐齐，西伐楚，与中国争强。当楚威王之时，越北伐齐，齐威王使人说越王曰："越不伐楚，大不王，小不伯。图越之所为不伐楚者，为不得晋也。韩、魏固不攻楚。韩之攻楚，覆其军，杀其将，则叶、阳翟危；魏亦覆其军，杀其将，则陈、上蔡不安。故二晋之事越也，不至于覆军杀将，马汗之力不效。所重于得晋者何也？"越王曰："所求于晋者，不至顿刃接兵，而况于攻城围邑乎？愿魏以聚大梁之下，愿齐之试兵南阳莒地，以聚常、郯之境，则方城之外不南，淮、泗之间不东，商、於、析、郦、宗胡之地，夏路以左，不足以备秦，江南、泗上不足以待越矣。则齐、秦、韩、魏得志于楚也，是二晋不战分地，不耕而获之。不此之为，而顿刃于河山之间以为齐秦用，所待者如此其失计，奈何其以此王也！"齐使者曰："幸也越之不亡也！吾不贵其用智之如目，见豪毛而不见其睫也。今王知晋之失计，而不自知越之过，是目论也。王所待于晋者，非有马汗之力也，又非可与合军连和也，将待之以分楚众也。今楚众已分，何待于晋？"越王曰："奈何？"曰："楚三大夫张九军，北围曲沃、於中，以至无假之关者三千七百里，景翠之军北聚鲁、齐、南阳，分有大此者乎？且王之所求者，斗晋楚也；晋楚不斗，越兵不起，是知二五而不知十也。此时不攻楚，臣以是知越大不王，小不伯。复雠、庞、长沙，楚之粟也；竟泽陵，楚之材也。越窥兵通无假之关，此四邑者不上贡事于郢矣。臣闻之，图王不王，其敝可以伯。然而不伯者，王道失也。故愿大王之转攻楚也。"

楚灭越之战

《史记·越王勾践世家》

于是越遂释齐而伐楚。楚威王兴兵而伐之，大败越，杀王无强，尽取故吴地至浙江，北破齐于徐州。而越以此散，诸族子争立，或为王，或为君，滨于江南海上，服朝于楚。

齐魏相王、列国混战

《史记·田敬仲完世家》

明年，与魏襄王会徐州，诸侯相王也。

《史记·魏世家》

襄王元年，与诸侯会徐州，相王也。

《史记·赵世家》

（赵武灵王）八年，韩击秦，不胜而去。五国相王，赵独否，曰："无其实，敢处其名乎！"令国人谓已曰"君"。

《史记·韩世家》

（韩宣惠王）十一年，君号为王。与赵会区鼠。

《史记·楚世家》

楚威王七年，齐孟尝君父田婴欺楚，楚威王伐齐，败之于徐州。

《史记·秦本纪》

（秦惠王）四年，天子致文武胙。齐、魏为王……十三年四月戊午，魏君为王，韩亦为王。

《战国策·中山策·犀首立五王》

犀首立五王，而中山后持。齐谓赵、魏曰："寡人羞与中山并为王，愿与大国伐之，以废其王。"

中山闻之，大恐。召张登而告之曰："寡人且王，齐谓赵、魏曰，羞与寡人并为王，而欲伐寡人。恐亡其国，不在索王。非子莫能吾救。"登对曰："君为臣多车重币，臣请见田婴。"中山之君遣之齐。

见婴子曰："臣闻君欲废中山之王，将与赵、魏伐之，过矣。以中山之小，而三国伐之，中山虽益废王，犹且听也。且中山恐，必为赵、魏废其王而务附焉。是君为赵、魏驱羊也，非齐之利也。岂若中山废其王而事齐哉？”田婴曰：“奈何？”张登曰：“今君召中山，与之遇而许之王，中山必喜而绝赵、魏。赵、魏怒而攻中山，中山急而为君难其王，则中山必恐，为君废王事齐。彼患亡其国，是君废其王而亡其国，贤于为赵、魏驱羊也。”田婴曰：“诺。”

张丑曰：“不可。臣闻之，‘同欲者相憎，同忧者相亲’。今五国相与王也，负海不与焉。此是欲皆在为王，而忧在负海。今召中山，与之遇而许之王，是夺五国而益负海也。致中山而塞四国，四国寒心；必先与之王而故亲之，是君临中山而失四国也。且张登之为人也，善以微计荐中山之君久矣，难信以为利。”

田婴不听，果召中山君而许之王。张登因谓赵、魏曰：“齐欲伐河东。何以知之？齐羞与中山之为王甚矣，今召中山，与之遇而许之王，是欲用其兵也。岂若令大国先与之王，以止其遇哉？”赵、魏许诺，果与中山王而亲之。中山果绝齐而从赵、魏。

苏秦促成六国合纵

《史记·苏秦列传》

乃东之赵。赵肃侯令其弟成为相，号奉阳君。奉阳君弗说之。

去游燕，岁余而后得见。说燕文侯曰：“燕东有朝鲜、辽东，北有林胡、楼烦，西有云中、九原，南有呼沱、易水，地方二千余里，带甲数十万，车六百乘，骑六千匹，粟支数年。南有碣石、雁门之饶，北有枣栗之利，民虽不佃作而足于枣栗矣。此所谓天府者也。

“夫安乐无事，不见覆军杀将，无过燕者。大王知其所以然乎？夫燕之所以不犯寇被甲兵者，以赵之为蔽其南也。秦赵五战，秦再胜而赵三胜。秦赵相毙，而王以全燕制其后，此燕之所以不犯寇也。且夫秦之攻燕也，逾云中、九原，过代、上谷，弥地数千里，虽得燕城，秦计固不能守也。秦之不能害燕亦明矣。今赵之攻燕也，发号出令，不至十日而数十万之军军于东垣矣。渡呼沱，涉易水，不至四五日而距国都矣。故曰秦之攻燕也，战于千里之外；赵之攻燕也，战于百里之内。夫不忧百里之患而重千里之外，计无过于此者。是故原大王与赵从亲，天下为一，则燕国必无患矣。”

文侯曰：“子言则可，然吾国小，西迫强赵，南近齐，齐、赵强国也。子必欲合从以安燕，寡人请以国从。”

于是资苏秦车马金帛以至赵。而奉阳君已死，即因说赵肃侯曰：“天下卿相人臣及布衣之士，皆高贤君之行义，皆原奉教陈忠于前之日久矣。虽然，奉阳君妒而君不任事，是以宾客游士莫敢自尽于前者。今奉阳君捐馆舍，君乃今复与士民相亲也，臣故敢进其愚虑。

“窃为君计者，莫若安民无事，且无庸有事于民也。安民之本，在于择交，择交而得则民安，择交而不得则民终身不安。请言外患，齐秦为两敌而民不得安，倚秦攻齐而民不得安，倚齐攻秦而民不得安。故夫谋人之主，伐人之国，常苦出辞断绝人之交也。原君慎勿出于口。请别白黑，所以异阴阳而已矣。君诚能听臣，燕必致旃裘狗马之地，齐必致鱼盐之海，楚必致橘柚之园，韩、魏、中山皆可使致汤沐之奉，而贵戚父兄皆可以受封侯。夫割地包利，五伯之所以覆军禽将而求也；封侯贵戚，汤武之所以放弑而争也。今君高拱而两有之，此臣之所以为君原也。

“今大王与秦，则秦必弱韩、魏；与齐，则齐必弱楚、魏。魏弱则割河外，韩弱则效宜阳，宜阳效则上郡绝，河外割则道不通，楚弱则无援。此三策者，不可不孰计也。

“夫秦下轵道，则南阳危；劫韩包周，则赵氏自操兵；据卫取卷，则齐必入朝秦。秦欲已得乎山东，则必举兵而乡赵矣。秦甲渡河逾漳，据番吾，则兵必战于邯郸之下矣。此臣之所为君患也。

“当今之时，山东之建国莫强于赵。赵地方二千余里，带甲数十万，车千乘，骑万匹，粟支数年。西有常山，南有河漳，东有清河，北有燕国。燕固弱国，不足畏也。秦之所害于天下者莫如赵，然而秦不敢举兵伐赵者，何也？畏韩、魏之议其后也。然则韩、魏，赵之南蔽也。秦之攻韩、魏也，无有名山大川之限，稍蚕食之，傅国都而止。韩、魏不能支秦，必入臣于秦。秦无韩、魏之规，则祸必中于赵矣。此臣之所为君患也。

“臣闻尧无三夫之分，舜无咫尺之地，以有天下；禹无百人之聚，以王诸侯；汤武之士不过三千，车不过三百乘，卒不过三万，立为天子，诚得其道也。是故明主外料其敌之强弱，内度其士卒贤不肖，不待两军相当而胜败存亡之机固已形于胸中矣，岂掩于众人之言而以冥冥决事哉！

“臣窃以天下之地图案之，诸侯之地五倍于秦，料度诸侯之卒十倍于秦，六国为一，并力西乡而攻秦，秦必破矣。今西面而事之，见臣于秦。夫破人之与破于人也，臣人之与臣于人也，岂可同日而论哉！

“夫衡人者，皆欲割诸侯之地以予秦。秦成，则高台榭，美宫室，听竽瑟之音，前有楼阙轩辕，后有长姣美人，国被秦患而不与其忧。是故夫衡人日夜务以秦权恐愒诸侯以求割地，故原大王孰计之也。

“臣闻明主绝疑去谗，屏流言之迹，塞朋党之门，故尊主广地强兵之计臣得陈忠于前矣。故窃为大王计，莫如一韩、魏、齐、楚、燕、赵以从亲，以畔秦。令天下之将相会于洹水之上，通质，刳白马而盟。要约曰：‘秦攻楚，齐、魏各出锐师以佐之，韩绝其粮道，赵涉河漳，燕守常山之北。秦攻韩魏，则楚绝其后，齐出锐师而佐之，赵涉河漳，燕守云中。秦攻齐，则楚绝其后，韩守城皋，魏塞其道，赵涉河漳、博关，燕出锐师以佐之。秦攻燕，则赵守常山，楚军武关，齐涉勃海，韩、魏皆出锐师以佐之。秦攻赵，则韩军宜阳，楚军武关，魏军河外，齐涉清河，燕出锐师以佐之。诸侯有不如约者，以五国之兵共伐之。’六国从亲以宾秦，则秦甲必不敢出于函谷以害山东矣。如此，则霸王之业成矣。”

赵王曰：“寡人年少，立国日浅，未尝得闻社稷之长计也。今上客有意存天下，安诸侯，寡人敬以国从。”乃饰车百乘，黄金千溢，白璧百双，锦绣千纯，以约诸侯。

是时周天子致文武之胙于秦惠王。惠王使犀首攻魏，禽将龙贾，取魏之雕阴，且欲东兵。苏秦恐秦兵之至赵也，乃激怒张仪，入之于秦。

于是说韩宣王曰：“韩北有巩、成皋之固，西有宜阳、商阪之塞，东有宛、穰、洧水，南有陉山，地方九百余里，带甲数十万，天下之强弓劲弩皆从韩出。溪子、少府时力、距来者，皆射六百步之外。韩卒超足而射，百发不暇止，远者括蔽洞胸，近者镝弇心。韩卒之剑戟皆出于冥山、棠溪、墨阳、合赙、邓师、宛冯、龙渊、太阿，皆陆断牛马，水截鹄雁，当敌则斩，坚甲铁幕，革抉㕮芮，无不毕具。以韩卒之勇，被坚甲，跖劲弩，带利剑，一人当百，不足言也。夫以韩之劲与大王之贤，乃西面事秦，交臂而服，羞社稷而为天下笑，无大于此者矣。是故原大王孰计之。

“大王事秦，秦必求宜阳、成皋。今兹效之，明年又复求割地。与则无地以给之，不与则弃前功而受后祸。且大王之地有尽而秦之求无已，以有尽之地而逆无已之求，此所谓市怨结祸者也，不战而地已削矣。臣闻鄙谚曰：‘宁为鸡口，无为牛后。’今西面交臂而臣事秦，何异于牛后乎？夫以大王之贤，挟强韩之兵，而有牛后之名，臣窃为大王羞之。”

是韩王勃然作色，攘臂瞋目，按剑仰天太息曰：“寡人虽不肖，必不能事秦。今主君诏以赵王之教，敬奉社稷以从。”

又说魏襄王曰：“大王之地，南有鸿沟、陈、汝南、许、郾、昆阳、召陵、舞阳、新都、新郪，东有淮、颍、煮枣、无胥，西有长城之界，北有河外、卷、衍、酸枣，地方千里。地名虽小，然而田舍庐庑之数，曾无所刍牧。人民之众，车马之多，日夜行不绝，輷輷殷殷，若有三军之众。臣窃量大王之国不下楚。然衡人怵王交强虎狼之秦以侵天下，卒有秦患，不顾其祸。夫挟强秦之势以内劫其主，罪无过此者。魏，天下之强国也；王，天下之贤王也。今乃有意西面而事秦，称东藩，筑帝宫，受冠带，祠春秋，臣窃为大王耻之。

“臣闻越王句践战敝卒三千人，禽夫差于干遂；武王卒三千人，革车三百乘，制纣于牧野，岂其士卒众哉，诚能奋其威也。今窃闻大王之卒，武士二十万，苍头二十万，奋击二十万，厮徒十万，车六百乘，骑五千匹。此其过越王句践、武王远矣，今乃听于群臣之说而欲臣事秦。夫事秦必割地以效实，故兵未用而国已亏矣。凡群臣之言事秦者，皆奸人，非忠臣也。夫为人臣，割其主之地以求外交，偷取一时之功而不顾其后，破公家而成私门，外挟强秦之势以内劫其主，以求割地，愿大王孰察之。

“《周书》曰：‘绵绵不绝，蔓蔓奈何？豪牦不伐，将用斧柯。’前虑不定，后有大患，将奈之何？大王诚能听臣，六国从亲，专心并力壹意，则必无强秦之患。故敝邑赵王使臣效愚计，奉明约，在大王之诏诏之。’”

魏王曰，“寡人不肖，未尝得闻明教。今主君以赵王之诏诏之，敬以国从。”

因东说齐宣王曰：“齐南有泰山，东有琅邪，西有清河，北有勃海，此所谓四塞之国也。齐地方二千余里，带甲数十万，粟如丘山。三军之良，五家之兵，进如锋矢，战如雷霆，解如风雨。即有军役，未尝倍泰山，绝清河，涉勃海也。临菑之中七万户，臣窃度之，不下户三男子，三七二十一万，不待发于远县，而临菑之卒固已二十一万矣。临菑甚富而实，其民无不吹竽鼓瑟，弹琴击筑，斗鸡走狗，六博蹋鞠者。临菑之涂，车毂击，人肩摩，连衽成帷，举袂成幕，挥汗成雨，家殷人足，志高气扬。夫以大王之贤与齐之强，天下莫能当。今乃西面而事秦，臣窃为大王羞之。

“且夫韩、魏之所以重畏秦者，为与秦接境壤界也。兵出而相当，不出十日而战胜存亡之机决矣。韩、魏战而胜秦，则兵半折，四境不守；战而不胜，则国已危亡随其后。是故韩、魏之所以重与秦战，而轻为之臣也。今秦之攻齐则不然。倍韩、魏之地，过卫阳晋之道，径乎亢父之险，车不得方轨，骑不得比行，百人守险，千人不敢过也。秦虽欲深入，则狼顾，恐韩、魏之议其后也。是故恫疑虚猲，骄矜而不敢进，则秦之不能害齐亦明矣。

“夫不深料秦之无奈齐何，而欲西面而事之，是群臣之计过也。今无臣事秦之名而有强国之实，臣是故愿大王少留意计之。”

齐王曰：“寡人不敏，僻远守海，穷道东境之国也，未尝得闻余教。今足下以赵王诏诏之，敬以国从。”

乃西南说楚威王曰：“楚，天下之强国也；王，天下之贤王也。西有黔中、巫郡，东有夏州、海阳，南有洞庭、苍梧，北有陉塞、郇阳，地方五千余里，带甲百万，车千乘，骑万匹，粟支十年。此霸王之资也。夫以楚之强与王之贤，天下莫能当也。今乃欲西面而事秦，则诸侯莫不西面而朝于章台之下矣。

“秦之所害莫如楚，楚强则秦弱，秦强则楚弱，其势不两立。故为大王计，莫如从亲以孤秦。大王不从，秦必起两军，一军出武关，一军下黔中，则鄢郢动矣。

“臣闻治之其未乱也，为之其未有也。患至而后忧之，则无及已。故愿大王蚤孰计之。

“大王诚能听臣，臣请令山东之国奉四时之献，以承大王之明诏，委社稷，奉宗庙，练士厉兵，在大王之所用之。大王诚能用臣之愚计，则韩、魏、齐、燕、赵、卫之妙音美人必充后宫，燕、代橐驼良马必实外厩。故从合则楚王，衡成则秦帝。今释霸王之业，而有事人之名，臣窃为大王不取也。

“夫秦，虎狼之国也，有吞天下之心。秦，天下之仇仇也。衡人皆欲割诸侯之地以事秦，此所谓养仇而奉仇者也。夫为人臣，割其主之地以外交强虎狼之秦，以侵天下，卒有秦患，不顾其祸。夫外挟强秦之威以内劫其主，以求割地，大逆不忠，无过此者。故从亲则诸侯割地以事楚，衡合则楚割地以事秦，此两策者相去远矣，二者大王何居焉？故敝邑赵王使臣效愚计，奉明约，在大王诏之。”

楚王曰：“寡人之国西与秦接境，秦有举巴蜀并汉中之心。秦，虎狼之国，不可亲也。而韩、魏迫于秦患，不可与深谋，与深谋恐反人以入于秦，故谋未发而国已危矣。寡人自料以楚当秦，不见胜也；内与群臣谋，不足恃也。寡人卧不安席，食不甘味，心摇摇然如县旌而无所终薄。今主君欲一天下，收诸侯，存危国，寡人谨奉社稷以从。”

于是六国从合而并力焉。苏秦为从约长，并相六国。

北报赵王，乃行过雒阳，车骑辎重，诸侯各发使送之甚众，疑于王者。周显王闻之恐惧，除道，使人郊劳。苏秦之昆弟妻嫂侧目不敢仰视，俯伏侍取食。苏秦笑谓其嫂曰：“何前倨而后恭也？”嫂委蛇蒲服，以面掩地而谢曰：“见季子位高金多也。”苏秦喟然叹曰：“此一人之身，富贵则亲戚畏惧之，贫贱则轻易之，况众人乎！且使我有雒阳负郭田二顷，吾岂能佩六国相印乎！”于是散千金以赐宗族朋友。初，苏秦之燕，贷人百钱为资，及得富贵，以百金偿之。遍报诸所尝见德者。其从者有一人独未得报，乃前自言。苏秦曰：“我非忘子。子之与我至燕，再三欲去我易水之上，方是时，我困，故望子深，是以后子。子今亦得矣。”

苏秦既约六国从亲，归赵，赵肃侯封为武安君，乃投从约书于秦。秦兵不敢窥函谷关十五年。

《战国策·秦策·苏秦始将连横》

于是乃摩燕乌集阙，见说赵王于华屋之下，抵掌而谈。赵王大悦，封为武安君，受相印。革车百乘，锦绣千纯，白璧百双，黄金万溢，以随其后，约从散横，以抑强秦。故苏秦相于赵而关不通。

当此之时，天下之大，万民之众，王侯之威，谋臣之权，皆欲决苏秦之策。不费斗粮，未烦一兵，未战一士，未绝一弦，未折一矢，诸侯相亲，贤于兄弟。夫贤人在而天下服，一人用而天下从。故曰：式于政，不式于勇；式于廊庙之内，不式于四境之外。当秦之隆，黄金万溢为用，转毂连骑，炫熿于道，山东之国，从风而服，使赵大重。且夫苏秦特穷掘门桑户棬枢之士耳，伏轼撙衔，横历天下，廷说诸侯之王，杜左右之口，天下莫之能伉。

将说楚王，路过洛阳，父母闻之，清宫除道，张乐设饮，郊迎三十里。妻侧目而视，倾耳而听；嫂蛇行匍伏，四拜自跪而谢。苏秦曰：“嫂，何前倨而后卑也？”嫂曰：“以季子之位尊而多金。”苏秦曰：“嗟乎！贫贱则父母不子，富贵则亲戚畏惧。人生世上，势位富厚，盖可忽乎哉！”

《战国策·赵策·苏秦说李兑》

苏秦说李兑曰：“洛阳乘轩里苏秦，家贫亲老，无罢车驽马，桑轮蓬箧，羸縢履蹻，负书担橐，触尘埃，蒙霜露，越漳、河，足重茧，日百而舍，造外阙，愿见于前，口道天下之事。”李兑曰：“先生以鬼之言见我则可，若以人之事，兑尽知之矣。”苏秦对曰：“臣固以鬼之言见君，非以人之言也。”李兑见之。苏秦曰：“今日臣之来也暮，后郭门，藉席无所得，宿寄人田中，傍有大丛。夜半，土梗与木梗斗曰：'汝不如我，我者，乃土也。使我逢疾风淋雨，坏沮，乃复归土。今汝非木之根，则木之枝耳。汝逢疾风淋雨，漂入漳、河，东流至海，泛滥无所止。'臣窃以为土梗胜也。今君杀主父而族之，君之立于天下，危于累卵。听臣计则生，不听臣计则死。"李兑曰："先生就舍，明日复来见兑也。"

苏秦出，李兑舍人谓李兑曰："臣窃观君与苏公谈也，其辩过君，其博过君，君能听苏公之计乎？"李兑曰："不能。"舍人曰："君即不能，愿君坚塞两耳，无听其谈也。"

明日复见，终日谈而去。舍人出送苏君，苏秦谓舍人曰："昨日我谈粗而君动，今日精而君不动，何也？"舍人曰："先生之计大而规高，吾君不能用也。乃我请君塞两耳，无听谈者。虽然，先生明日复来，吾请资先生厚用。"明日来，抵掌而谈。李兑送苏秦明月之珠，和氏之璧，黑貂之裘，黄金百镒。苏秦得以为用，西入于秦。

张仪入秦主持连横

《史记·张仪列传》

苏秦已说赵王而得相约从亲，然恐秦之攻诸侯，败约后负，念莫可使用于秦者，乃使人微感张仪曰："子始与苏秦善，今秦已当路，子何不往游，以求通子之愿？"张仪于是之赵，上谒求见苏秦。苏秦乃诫门下人不为通，又使不得去者数日。已而见之，坐之堂下，赐仆妾之食。因而数让之曰："以子之材能，乃自令困辱至此。吾宁不能言而富贵子，子不足收也。"谢去之。张仪之来也，自以为故人，求益，反见辱，怒，念诸侯莫可事，独秦能苦赵，乃遂入秦。

苏秦已而告其舍人曰："张仪，天下贤士，吾殆弗如也。今吾幸先用，而能用秦柄者，独张仪可耳。然贫，无因以进。吾恐其乐小利而不遂，故召辱之，以激其意。子为我阴奉之。"乃言赵王，发金币车马，使人微随张仪，与同宿舍，稍稍近就之，奉以车马金钱，所欲用，为取给，而弗告。张仪遂得以见秦惠王。惠王以为客卿，与谋伐诸侯。

苏秦之舍人乃辞去。张仪曰："赖子得显，方且报德，何故去也？"

舍人曰："臣非知君，知君乃苏君。苏君忧秦伐赵败从约，以为非君莫能得秦柄，故感怒君，使臣阴奉给君资，尽苏君之计谋。今君已用，请归报。"张仪曰："嗟乎，此在吾术中而不悟，吾不及苏君明矣！吾又新用，安能谋赵乎？为吾谢苏君，苏君之时，仪何敢言。且苏君在，仪宁渠能乎！"张仪既相秦，为文檄告楚相曰："始吾从若饮，我不盗而璧，若笞我。若善守汝国，我顾且盗而城！"

苴蜀相攻击，各来告急于秦。秦惠王欲发兵以伐蜀，以为道险狭难至，而韩又来侵秦，秦惠王欲先伐韩，后伐蜀，恐不利，欲先伐蜀，恐韩袭秦之敝。犹豫未能决。司马错与张仪争论于惠王之前，司马错欲伐蜀，张仪曰："不如伐韩。"王曰："请闻其说。"

仪曰："亲魏善楚，下兵三川，塞什谷之口，当屯留之道，魏绝南阳，楚临南郑，秦攻新城、宜阳，以临二周之郊，诛周王之罪，侵楚、魏之地。周自知不能救，九鼎宝器必出。据九鼎，案图籍，挟天子以令于天下，天下莫敢不听，此王业也。今夫蜀，西僻之国而戎翟之伦也，敝兵劳众不足以成名，得其地不足以为利。臣闻争名者于朝，争利者于市。今三川、周室，天下之朝市也，而王不争焉，顾争于戎翟，去王业远矣。"

司马错曰："不然。臣闻之，欲富国者务广其地，欲强兵者务富其民，欲王者务博其德，三资者备而王随之矣。今王地小民贫，故臣愿先从事于易。夫蜀，西僻之国也，而戎翟之长也，有桀纣之乱。以秦攻之，譬如使豺狼逐群羊。得其地足以广国，取其财足以富民缮兵，不伤众而彼已服焉。拔一国而天下不以为暴，利尽西海而天下不以为贪，是我一举而名实附也，而又有禁暴止乱之名。今攻韩，劫天子，恶名也，而未必利也，又有不义之名，而攻天下所不欲，危矣。臣请谒其故：周，天下之宗室也；齐，韩之与国也。周自知失九鼎，韩自知亡三川，将二国并力合谋，以因乎齐、赵而求解乎楚、魏，以鼎与楚，以地与魏，王弗能止也。此臣之所谓危也。不如伐蜀完。"

惠王曰："善，寡人请听子。"卒起兵伐蜀，十月，取之，遂定蜀，贬蜀王更号为侯，而使陈庄相蜀。蜀既属秦，秦以益强，富厚，轻诸侯。

秦惠王十年，使公子华与张仪围蒲阳，降之。仪因言秦复与魏，而使公子繇质于魏。仪因说魏王曰：“秦王之遇魏甚厚，魏不可以无礼。”魏因入上郡、少梁，谢秦惠王。惠王乃以张仪为相，更名少梁曰夏阳。

仪相秦四岁，立惠王为王。居一岁，为秦将，取陕。筑上郡塞。

其后二年，使与齐、楚之相会啮桑。东还而免相，相魏以为秦，欲令魏先事秦而诸侯效之。魏王不肯听仪。秦王怒，伐取魏之曲沃、平周，复阴厚张仪益甚。张仪惭，无以归报。留魏四岁而魏襄王卒，哀王立。张仪复说哀王，哀王不听。于是张仪阴令秦伐魏。魏与秦战，败。

明年，齐又来败魏于观津。秦复欲攻魏，先败韩申差军，斩首八万，诸侯震恐。而张仪复说魏王曰：“魏地方不至千里，卒不过三十万。地四平，诸侯四通辐凑，无名山大川之限。从郑至梁二百馀里，车驰人走，不待力而至。梁南与楚境，西与韩境，北与赵境，东与齐境，卒戍四方，守亭鄣者不下十万。梁之地势，固战场也。梁南与楚而不与齐，则齐攻其东；东与齐而不与赵，则赵攻其北；不合于韩，则韩攻其西；不亲于楚，则楚攻其南：此所谓四分五裂之道也。

“且夫诸侯之为从者，将以安社稷尊主强兵显名也。今从者一天下，约为昆弟，刑白马以盟洹水之上，以相坚也。而亲昆弟同父母，尚有争钱财，而欲恃诈伪反复苏秦之馀谋，其不可成亦明矣。

“大王不事秦，秦下兵攻河外，据卷、衍、燕酸枣，劫卫取阳晋，则赵不南，赵不南而梁不北，梁不北则从道绝，从道绝则大王之国欲毋危不可得也。秦折韩而攻梁，韩怯于秦，秦韩为一，梁之亡可立而须也。此臣之所为大王患也。

“为大王计，莫如事秦。事秦则楚、韩必不敢动；无楚、韩之患，则大王高枕而卧，国必无忧矣。

“且夫秦之所欲弱者莫如楚，而能弱楚者莫如梁。楚虽有富大之名而实空虚；其卒虽多，然而轻走易北，不能坚战。悉梁之兵南面而伐楚，胜之必矣。割楚而益梁，亏楚而适秦，嫁祸安国，此善事也。大王不听臣，秦下甲士而东伐，虽欲事秦，不可得矣。

“且夫从人多奋辞而少可信，说一诸侯而成封侯，是故天下之游谈士莫不日夜搤腕瞋目切齿以言从之便，以说人主。人主贤其辩而牵其说，岂得无眩哉。

“臣闻之，积羽沈舟，群轻折轴，众口铄金，积毁销骨，故愿大王审定计议，且赐骸骨辟魏。”

哀王于是乃倍从约而因仪请成于秦。张仪归，复相秦。三岁而魏复背秦为从。秦攻魏，取曲沃。明年，魏复事秦。

秦欲伐齐，齐楚从亲，于是张仪往相楚。楚怀王闻张仪来，虚上舍而自馆之。曰：“此僻陋之国，子何以教之？”仪说楚王曰：“大王诚能听臣，闭关绝约于齐，臣请献商於之地六百里，使秦女得为大王箕帚之妾，秦楚娶妇嫁女，长为兄弟之国。此北弱齐而西益秦也，计无便此者。”楚王大说而许之。群臣皆贺，陈轸独吊之。楚王怒曰：“寡人不兴师发兵得六百里地，群臣皆贺，子独吊，何也？”陈轸对曰：“不然，以臣观之，商於之地不可得而齐秦合，齐秦合则患必至矣。”楚王曰：“有说乎？”陈轸对曰：“夫秦之所以重楚者，以其有齐也。今闭关绝约于齐，则楚孤。秦奚贪夫孤国，而与之商於之地六百里？张仪至秦，必负王，是北绝齐交，西生患于秦也，而两国之兵必俱至。善为王计者，不若阴合而阳绝于齐，使人随张仪。苟与吾地，绝齐未晚也；不与吾地，阴合谋计也。”楚王曰：“愿陈子闭口毋复言，以待寡人得地。”乃以相印授张仪，厚赂之。于是遂闭关绝约于齐，使一将军随张仪。

张仪至秦，详失绥堕车，不朝三月。楚王闻之，曰：“仪以寡人绝齐未甚邪？”乃使勇士至宋，借宋之符，北骂齐王。齐王大怒，折节而下秦。秦齐之交合，张仪乃朝，谓楚使者曰：“臣有奉邑六里，愿以献大王左右。”楚使者曰：“臣受令于王，以商於之地六百里，不闻六里。”还报楚王，楚王大怒，发兵而攻秦。陈轸曰：“轸可发口言乎？攻之不如割地反以赂秦，与之并兵而攻齐，是我出地于秦，取偿于齐也，王国尚可存。”楚王不听，卒发兵而使将军屈匄击秦。秦齐共攻楚，斩首八万，杀屈匄，遂取丹阳、汉中之地。楚又复益发兵而袭秦，至蓝田，大战，楚大败，于是楚割两城以与秦平。

秦要楚欲得黔中地，欲以武关外易之。楚王曰：“不愿易地，愿得张仪而献黔中地。”秦王欲遣之，口弗忍言。张仪乃请行。惠王曰：“彼楚王怒子之负以商於之地，是且甘心于子。”张仪曰：“秦强楚弱，臣善靳尚，尚得事楚夫人郑袖，袖所言皆从。且臣奉王之节使楚，楚何敢加诛。假令诛臣而为秦得黔中之地，臣之上愿。”遂使楚。楚怀王至则囚张仪，将杀之。靳尚谓郑袖曰：“子亦知子之贱于王乎？”郑袖曰：“何也？”靳尚曰：“秦王甚爱张仪而不欲出之，今将以上庸之地六县赂楚，美人聘楚，以宫中善歌讴者为媵。楚王重地尊秦，秦女必贵而夫人斥矣。不若为言而出之。”于是郑袖日夜言怀王曰：“人臣各为其主用。今地未入秦，秦使张仪来，至重王。王未有礼而杀张仪，秦必大怒攻楚。妾请子母俱迁江南，毋为秦所鱼肉也。”怀王后悔，赦张仪，厚礼之如故。

张仪既出，未去，闻苏秦死，乃说楚王曰：“秦地半天下，兵敌四国，被险带河，四塞以为固。虎贲之士百馀万，车千乘，骑万匹，积粟如丘山。法令既明，士卒安难乐死，主明以严，将智以武，虽无出甲，席卷常山之险，必折天下之脊，天下有后服者先亡。且夫为从者，无以异于驱群羊而攻猛虎，虎之与羊不格明矣。今王不与猛虎而与群羊，臣窃以为大王之计过也。

“凡天下强国，非秦而楚，非楚而秦，两国交争，其势不两立。大王不与秦，秦下甲据宜阳，韩之上地不通。下河东，取成皋，韩必入臣，梁则从风而动。秦攻楚之西，韩、梁攻其北，社稷安得毋危？

“且夫从者聚群弱而攻至强，不料敌而轻战，国贫而数举兵，危亡之术也。臣闻之，兵不如者勿与挑战，粟不如者勿与持久。夫从人饰辩虚辞，高主之节，言其利不言其害，卒有秦祸，无及为已。是故愿大王之孰计之。

“秦西有巴蜀，大船积粟，起于汶山，浮江已下，至楚三千馀里。舫船载卒，一舫载五十人与三月之食，下水而浮，一日行三百馀里，里数虽多，然而不费牛马之力，不至十日而距扞关。扞关惊，则从境以东尽城守矣，黔中、巫郡非王之有。秦举甲出武关，南面而伐，则北地绝。秦兵之攻楚也，危难在三月之内，而楚待诸侯之救，在半岁之外，此其势不相及也。夫恃弱国之救，忘强秦之祸，此臣所以为大王患也。

“大王尝与吴人战，五战而三胜，阵卒尽矣；偏守新城，存民苦矣。臣闻功大者易危，而民敝者怨上。夫守易危之功而逆强秦之心，臣窃为大王危之。

“且夫秦之所以不出兵函谷十五年以攻齐、赵者，阴谋有合天下之心。楚尝与秦构难，战于汉中，楚人不胜，列侯执珪死者七十馀人，遂亡汉中。楚王大怒，兴兵袭秦，战于蓝田。此所谓两虎相搏者也。夫秦楚相敝而韩魏以全制其后，计无危于此者矣。愿大王孰计之。

“秦下甲攻卫阳晋，必大关天下之匈。大王悉起兵以攻宋，不至数月而宋可举，举宋而东指，则泗上十二诸侯尽王之有也。

“凡天下而以信约从亲相坚者苏秦，封武安君，相燕，即阴与燕王谋伐破齐而分其地；乃详有罪出走入齐，齐王因受而相之；居二年而觉，齐王大怒，车裂苏秦于市。夫以一诈伪之苏秦，而欲经营天下，混一诸侯，其不可成亦明矣。

“今秦与楚接境壤界，固形亲之国也。大王诚能听臣，臣请使秦太子入质于楚，楚太子入质于秦，请以秦女为大王箕帚之妾，效万室之都以为汤沐之邑，长为昆弟之国，终身无相攻伐。臣以为计无便于此者。”

于是楚王已得张仪而重出黔中地与秦，欲许之。屈原曰：“前大王见欺于张仪，张仪至，臣以为大王烹之；今纵弗忍杀之，又听其邪说，不可。”怀王曰：“许仪而得黔中，美利也。后而倍之，不可。”故卒许张仪，与秦亲。

张仪去楚，因遂之韩，说韩王曰：“韩地险恶山居，五谷所生，非菽而麦，民之食大抵菽饭藿羹。一岁不收，民不餍糟糠。地不过九百里，无二岁之食。料大王之卒，悉之不过三十万，而厮徒负养在其中矣。除守徼亭鄣塞，见卒不过二十万而已矣。秦带甲百馀万，车千乘，骑万匹，虎贲之士跿跔科头贯颐奋戟者，至不可胜计。秦马之良，戎兵之众，探前趹后蹄间三寻腾者，不可胜数。山东之士被甲蒙胄以会战，秦人捐甲徒裼以趋敌，左挈人头，右挟生虏。夫秦卒与山东之卒，犹孟贲之与怯夫；以重力相压，犹乌获之与婴儿。夫战孟贲、乌获之士以攻不服之弱国，无异垂千钧之重于鸟卵之上，必无幸矣。

“夫群臣诸侯不料地之寡，而听从人之甘言好辞，比周以相饰也，皆奋曰‘听吾计可以强霸天下’。夫不顾社稷之长利而听须臾之说，诖误人主，无过此者。

“大王不事秦，秦下甲据宜阳，断韩之上地，东取成皋、荥阳，则鸿台之宫、桑林之苑非王之有也。夫塞成皋，绝上地，则王之国分矣。先事秦则安，不事秦则危。夫造祸而求其福报，计浅而怨深，逆秦而顺楚，虽欲毋亡，不可得也。

“故为大王计，莫如为秦。秦之所欲莫如弱楚，而能弱楚者如韩。非以韩能强于楚也，其地势然也。今王西面而事秦以攻楚，秦王必喜。夫攻楚以利其地，转祸而说秦，计无便于此者。”

韩王听仪计。张仪归报，秦惠王封仪五邑，号曰武信君。使张仪东说齐湣王曰：“天下强国无过齐者，大臣父兄殷众富乐。然而为大王计者，皆为一时之说，不顾百世之利。从人说大王者，必曰‘齐西有强赵，南有韩与梁。齐，负海之国也，地广民众，兵强士勇，虽有百秦，将无奈齐何’。大王贤其说而不计其实。夫从人朋党比周，莫不以从为可。臣闻之，齐与鲁三战而鲁三胜，国以危亡随其后，虽有战胜之名，而有亡国之实。是何也？齐大而鲁小也。今秦之与齐也，犹齐之与鲁也。秦赵战于河漳之上，再战而赵再胜秦；战于番吾之下，再战又胜秦。四战之后，赵之亡卒数十万，邯郸仅存，虽有战胜之名而国已破矣。是何也？秦强而赵弱。

“今秦楚嫁女娶妇，为昆弟之国。韩献宜阳；梁效河外；赵入朝渑池，割河间以事秦。大王不事秦，秦驱韩、梁攻齐之南地，悉赵兵渡清河，指博关，临菑、即墨非王之有也。国一日见攻，虽欲事秦，不可得也。是故愿大王孰计之也。”

齐王曰：“齐僻陋，隐居东海之上，未尝闻社稷之长利也。”乃许张仪。

张仪去，西说赵王曰：“敝邑秦王使使臣效愚计于大王。大王收率天下以宾秦，秦兵不敢出函谷关十五年。大王之威行于山东，敝邑恐惧慑伏，缮甲厉兵，饰车骑，习驰射，力田积粟，守四封之内，愁居慑处，不敢动摇，唯大王有意督过之也。

“今以大王之力，举巴蜀，并汉中，包两周，迁九鼎，守白马之津。秦虽僻远，然而心忿含怒之日久矣。今秦有敝甲凋兵，军于渑池，愿渡河逾漳，据番吾，会邯郸之下，愿以甲子合战，以正殷纣之事，敬使使臣先闻左右。

“凡大王之所信为从者恃苏秦。苏秦荧惑诸侯，以是为非，以非为是，欲反齐国，而自令车裂于市。夫天下之不可一亦明矣。今楚与秦为昆弟之国，而韩梁称为东藩之臣，齐献鱼盐之地，此断赵之右臂也。夫断右臂而与人斗，失其党而孤居，求欲毋危，岂可得乎？

“今秦发三将军，其一军塞午道，告齐使兴师渡清河，军于邯郸之东；一军军成皋，驱韩梁军于河外；一军军于渑池。约四国为一以攻赵，赵破，必四分其地。是故不敢匿意隐情，先以闻于左右。臣窃为大王计，莫如与秦王遇于渑池，面相见而口相结，请案兵无攻。愿大王之定计。”

赵王曰：“先王之时，奉阳君专权擅势，蔽欺先王，独擅绾事，寡人居属师傅，不与国谋计。先王弃群臣，寡人年幼，奉祀之日新，心固窃疑焉，以为一从不事秦，非国之长利也。乃且愿变心易虑，割地谢前过以事秦。方将约车趋行，适闻使者之明诏。”赵王许张仪，张仪乃去。

北之燕，说燕昭王曰：“大王之所亲莫如赵。昔赵襄子尝以其姊为代王妻，欲并代，约与代王遇于句注之塞。乃令工人作为金斗，长其尾，令可以击人。与代王饮，阴告厨人曰：‘即酒酣乐，进热啜，反斗以击之。’于是酒酣乐，进热啜，厨人进斟，因反斗以击代王，杀之，王脑涂地。其姊闻之，因摩笄以自刺，故至今有摩笄之山。代王之亡，天下莫不闻。

夫赵王之很戾无亲，大王之所明见，且以赵王为可亲乎？赵兴兵攻燕，再围燕都而劫大王，大王割十城以谢。今赵王已入朝渑池，效河间以事秦。今大王不事秦，秦下甲云中、九原，驱赵而攻燕，则易水、长城非大王之有也。

且今时赵之于秦犹郡县也，不敢妄举师以攻伐。今王事秦，秦王必喜，赵不敢妄动，是西有强秦之援，而南无齐赵之患，是故愿大王孰计之。”

燕王曰：“寡人蛮夷僻处，虽大男子裁如婴儿，言不足以采正计。今上客幸教之，请西面而事秦，献恒山之尾五城。”燕王听仪。仪归报，未至咸阳而秦惠王卒，武王立。

《战国策·秦策·张仪说秦王曰》

张仪说秦王曰：“臣闻之，‘弗知而言为不智，知而不言为不忠’。为人臣不忠当死，言不审亦当死。虽然，臣愿悉言所闻，大王裁其罪。臣闻，‘天下阴燕阳魏，连荆固齐，收余韩成从，将西面以与秦为难’，臣窃笑之。世有三亡，而天下得之，其此之谓乎！臣闻之曰，‘以乱攻治者亡，以邪攻正者亡，以逆攻顺者亡’。今天下之府库不盈，囷仓空虚，悉其士民，张军数千百万，白刃在前，斧质在后，而皆却走，不能死也，非其百姓不能死也，其上不能杀也。言赏则不与，言罚则不信，赏罚不信，故民不死也。

“今秦出号令而行赏罚，有攻无攻相事也。出其父母怀衽之中，生未尝见寇也，闻战顿足徒裼，犯白刃，蹈煨炭，断死于前者比是也。夫断死与断生也不同。而民为之者是贵奋也。一可以胜十，十可以胜百，百可以胜千，千可以胜万，万可以胜天下矣。今秦地，断长续短，方数千里，名师数百万。秦之号令赏罚，地形利害，天下莫如也。以此与天下，天下不足兼而有也。是知秦战未尝不胜，攻未尝不取，所当未尝不破也。开地数千里，此甚大功也。然而甲兵顿，士民病，蓄积索，田畴荒，囷仓虚，四邻诸侯不服，伯王之名不成，此无异故，谋臣皆不尽其忠也。

“臣敢言往昔。昔者齐南破荆，中破宋，西服秦，北破燕，中使韩、魏之君，地广而兵强；战胜攻取，诏令天下；清济浊河，足以为阻；长城、巨坊，足以为塞。齐五战之国也。一战不胜而无齐。故由此观之，夫战者，万乘之存亡也。

“且臣闻之曰，‘削株掘根，无与祸邻，祸乃不存’。秦与荆人战，大破荆，袭郢，取洞庭、五都、江南。荆王奔走，东伏于陈。当是之时，随荆以兵，则荆可举。举荆，则其民足贪也，地足利也。东以强齐、燕，中以陵三晋。然则是一举而伯王之名可成也，四邻诸侯可朝也。而谋臣不为，引军而退，与荆人和。令荆人收亡国，聚散民，立社主，置宗庙，令帅天下西面以与秦为难，此固已无伯王之道一矣。天下有比志而军华下，大王以诈破之，兵至梁郭，围梁数旬，则梁可拔。拔梁，则魏可举。举魏，则荆、赵之志绝。荆、赵之志绝，则赵危。赵危而荆孤。东以强齐、燕，中以陵三晋。然则是一举而伯王之名可成也，四邻诸侯可朝也。而谋臣不为，引军而退，与魏氏和，令魏氏收亡国，聚散民，立社主，置宗庙，此固已无伯王之道二矣。前者穰侯之治秦也，用一国之兵，而欲以成两国之功。是故兵终身暴灵于外，士民潞病于内，伯王之名不成，此固已无伯王之道三矣。

“赵氏，中央之国也，杂民之所居也。其民轻而难用也，号令不治，赏罚不信，地形不便，上非能尽其民力。彼固亡国之形也，而不忧民氓。悉其士民，军于长平之下，以争韩之上党，大王以诈破之，拔武安。当是时，赵氏上下不相亲也，贵贱不相信，然则是邯郸不守。拔邯郸，完河间，引军而去，西攻修武，逾羊肠，降代、上党。代三十六县，上党十七县，不用一领甲，不苦一民，皆秦之有也。代、上党不战而已为秦矣，东阳、河外不战而已反为齐矣，中山、呼池以北不战而已为燕矣。然则是举赵则韩必亡，韩亡则荆、魏不能独立。荆、魏不能独立，则是一举而坏韩，蠹魏，挟荆，以东弱齐、燕，决白马之口，以流魏氏。一举而三晋亡，从者败。大王拱手以须，天下遍随而伏，伯王之名可成也。而谋臣不为，引军而退，与赵氏为和。以大王之明，秦兵之强，伯王之业，曾不可得，乃取欺于亡国，是谋臣之拙也。且夫赵当亡不亡，秦当伯不伯，天下固量秦之谋臣一矣。乃复悉卒以攻邯郸，不能拔也，弃甲兵怒，战栗而却，天下固量秦力二矣。军乃引退，并于李下，大王并军而致与战，非能厚胜之也，又交罢却，天下固量秦力三矣。内者量吾谋臣，外者极吾兵力。由是观之，臣以天下之从，岂其难矣？内者吾甲兵顿，士民病，蓄积索，田畴荒，囷仓虚；外者天下比志甚固。愿大王有以虑之也。

“且臣闻之，‘战战栗栗，日慎一日’。苟慎其道，天下可有也。何以知其然也？昔者纣为天子，帅天下将甲百万，左饮于淇谷，右饮于洹水，淇水竭而洹水不流，以与周武为难。武王将素甲三千领，战一日，破纣之国，禽其身，据其地，而有其民，天下莫不伤。智伯帅三国之众，以攻赵襄主于晋阳，决水灌之。三年，城且拔矣。襄主错龟，数策占兆，以视利害，何国可降，而使张孟谈。于是潜行而出，反智伯之约，得两国之众，以攻智伯之国，禽其身，以成襄主之功。今秦地断长续短，方数千里，名师数百万，秦国号令赏罚，地形利害，天下莫如也。以此与天下，天下可兼而有也。

"臣昧死，望见大王，言所以举而破天下之从，举赵，亡韩，臣荆、魏，亲齐、燕，以成伯王之，朝四邻诸侯之道。大王试听其说，一举而天下之从不破，赵不举，韩不亡，荆、魏不臣，齐、燕不亲，伯王之名不成，四邻诸侯不朝，大王斩臣以徇于国，以主为谋不忠者。"

六国合纵攻秦

《史记·楚世家》

（楚怀王）十一年，苏秦约从山东六国共攻秦，楚怀王为从长。至函谷关，秦出兵击六国，六国兵皆引而归，齐独后。

《史记·秦本纪》

（秦惠王称王）七年，乐池相秦。韩、赵、魏、燕、齐帅匈奴共攻秦。秦使庶长疾与战修鱼，虏其将申差，败赵公子渴、韩太子奂，斩首八万二千。

《史记·赵世家》

（赵武灵王）九年，与韩、魏共击秦，秦败我，斩首八万级。齐败我观泽。十年，秦取我中都及西阳。

《史记·魏世家》

哀王元年，五国共攻秦，不胜而去。

《战国策·韩策·五国约而攻秦》

五国约而攻秦，楚王为从长，不能伤秦，兵罢而留于成皋。

《史记·燕召公世家》

燕哙三年，与楚、三晋攻秦，不胜而还。

秦燕联姻

《史记·燕召公世家》

（燕文公）二十八年，苏秦始来见，说文公。文公予车马金帛以至赵，赵肃侯用之。因约六国，为从长。秦惠王以其女为燕太子妇。

《史记·苏秦列传》

秦惠王以其女为燕太子妇。是岁，文侯卒，太子立，是为燕易王。

《战国策·燕策·燕文公时》

燕文公时，秦惠王以其女为燕太子妇。文公卒，易王立。齐宣王因燕丧攻之，取十城。武安君苏秦为燕说齐王，再拜而贺，因仰而吊。齐王桉戈而却曰："此一何庆吊相随之速也？"

对曰："人之饥所以不食乌喙者，以为虽偷充腹，而与死同患也。今燕虽弱小，强秦之少婿也。王利其十城，而深与强秦为仇。今使弱燕为雁行，而强秦制其后，以招天下之精兵，此食乌喙之类也。"齐王曰："然则奈何？"

对曰："圣人之制事也。转祸而为福，因败而为功。故桓公负妇人而名益尊，韩献开罪而交愈固，此皆转祸而为福，因败而为功者也。王能听臣，莫如归燕之十城，卑辞以谢秦。秦知王以己之故归燕城也，秦必德王。燕无故而得十城，燕亦德王。是弃强仇而立厚交也。且夫燕、秦之俱事齐，则大王号令天下皆从。是王以虚辞附秦，而以十城取天下也。此霸王之业矣。所谓转祸为福，因败成功者也。"

齐王大说，乃归燕城。以金千斤谢其后，顿首涂中，愿为兄弟而请罪于秦。

张仪戏弄楚怀王、丹阳之战

《史记·秦本纪》

（秦惠王）十三年，庶长章击楚于丹阳，虏其将屈匄，斩首八万；又攻楚汉中，取地六百里，置汉中郡。

《史记·楚世家》

（楚怀王）十六年，秦欲伐齐，而楚与齐从亲，秦惠王患之，乃宣言张仪免相，使张仪南见楚王，谓楚王曰："敝邑之王所甚说者无先大王，虽仪之所甚愿为门阑之厮者亦无先大王。敝邑之王所甚憎者无先齐王，虽仪之所甚憎者亦无先齐王。而大王和之，是以敝邑之王不得事王，而令仪亦不得为门阑之厮也。王为仪闭关而绝齐，今使使者从仪西取故秦所分楚商於之地方六百里，如是则齐弱矣。是北弱齐，西德于秦，私商於以为富，此一计而三利俱至也。"怀王大悦，乃置相玺于张仪，日与置酒，宣言"吾复得吾商於之地"。群臣皆贺，而陈轸独吊。怀王曰："何故？"陈轸对曰："秦之所为重王者，以王之有齐也。今地未可得而齐交先绝，是楚孤也。夫秦又何重孤国哉，必轻楚矣。且先出地而后绝齐，则秦计不为。先绝齐而后责地，则必见欺于张仪。见欺于张仪，则王必怨之。怨之，是西起秦患，北绝齐交。西起秦患，北绝齐交，则两国之兵必至。臣故吊。"楚王弗听，因使一将军西受封地。

张仪至秦，详醉坠车，称病不出三月，地不可得。楚王曰："仪以吾绝齐为尚薄邪？"乃使勇士宋遗北辱齐王。齐王大怒，折楚符而合于秦。秦齐交合，张仪乃起朝，谓楚将军曰："子何不受地？从某至某，广袤六里。"楚将军曰："臣之所以见命者六百里，不闻六里。"即以归报怀王。怀王大怒，兴师将伐秦。陈轸又曰："伐秦非计也。不如因赂之一名都，与之伐齐，是我亡于秦，取偿于齐也，吾国尚可全。今王已绝于齐而责欺于秦，是吾合秦齐之交而来天下之兵也，国必大伤矣。"楚王不听，遂绝和于秦，发兵西攻秦。秦亦发兵击之。

十七年春，与秦战丹阳，秦大败我军，斩甲士八万，虏我大将军屈匄、裨将军逢侯丑等七十馀人，遂取汉中之郡。楚怀王大怒，乃悉国兵复袭秦，战于蓝田，大败楚军。韩、魏闻楚之困，乃南袭楚，至于邓。楚闻，乃引兵归。

十八年，秦使使约复与楚亲，分汉中之半以和楚。楚王曰："愿得张仪，不愿得地。"张仪闻之，请之楚。秦王曰："楚且甘心于子，奈何？"张仪曰："臣善其左右靳尚，靳尚又能得事于楚王幸姬郑袖，袖所言无不从者。且仪以前使负楚以商於之约，今秦楚大战，有恶，臣非面自谢楚不解。且大王在，楚不宜敢取仪。诚杀仪以便国，臣之愿也。"仪遂使楚。

至，怀王不见，因而囚张仪，欲杀之。仪私于靳尚，靳尚为请怀王曰："拘张仪，秦王必怒。天下见楚无秦，必轻王矣。"又谓夫人郑袖曰："秦王甚爱张仪，而王欲杀之，今将以上庸之地六县赂楚，以美人聘楚王，以宫中善歌者为之媵。楚王重地，秦女必贵，而夫人必斥矣。夫人不若言而出之。"郑袖卒言张仪于王而出之。仪出，怀王因善遇仪，仪因说楚王以叛从约而与秦合亲，约婚姻。张仪已去，屈原使从齐来，谏王曰："何不诛张仪？"怀王悔，使人追仪，弗及。

《史记·韩世家》

（韩宣惠王）二十一年，与秦共攻楚，败楚将屈匄，斩首八万于丹阳。是岁，宣惠王卒，太子仓立，是为襄王。

《史记·屈原贾生列传》

屈原者，名平，楚之同姓也。为楚怀王左徒。博闻强志，明于治乱，娴于辞令。入则与王图议国事，以出号令；出则接遇宾客，应对诸侯。王甚任之。

上官大夫与之同列，争宠而心害其能。怀王使屈原造为宪令，屈平属草稿未定。上官大夫见而欲夺之，屈平不与，因谗之曰："王使屈平为令，众莫不知。每一令出，平伐其功，曰以为'非我莫能为也。'"王怒而疏屈平。

……

屈原既绌。其后秦欲伐齐，齐与楚从亲，惠王患之。乃令张仪佯去秦，厚币委质事楚，曰："秦甚憎齐，齐与楚从亲，楚诚能绝齐，秦愿献商、於之地六百里。"楚怀王贪而信张仪，遂绝齐，使使如秦受地。张仪诈之曰："仪与王约六里，不闻六百里。"楚使怒去，归告怀王。怀王怒，大兴师伐秦。秦发兵击之，大破楚师于丹、淅，斩首八万，虏楚将屈匄，遂取楚之汉中地。怀王乃悉发国中兵，以深入击秦，战于蓝田。魏闻之，袭楚至邓。楚兵惧，自秦归。而齐竟怒，不救楚，楚大困。明年，秦割汉中地与楚以和。楚王曰："不愿得地，愿得张仪而甘心焉。"张仪闻，乃曰："以一仪而当汉中地，臣请往如楚。"如楚，又因厚币用事者臣靳尚，而设诡辩于怀王之宠姬郑袖。怀王竟听郑袖，复释去张仪。是时屈原既疏，不复在位，使于齐，顾反，谏怀王曰："何不杀张仪？"怀王悔，追张仪，不及。

秦灭蜀

《史记·秦本纪》

（秦惠王称王）九年，司马错伐蜀，灭之。

《史记·张仪列传》

苴蜀相攻击，各来告急于秦。秦惠王欲发兵以伐蜀，以为道险狭难至，而韩又来侵秦，秦惠王欲先伐韩，后伐蜀，恐不利，欲先伐蜀，恐韩袭秦之敝，犹豫未能决。司马错与张仪争论于惠王之前，司马错欲伐蜀，张仪曰："不如伐韩。"王曰："请闻其说。"

仪曰："亲魏善楚，下兵三川，塞什谷之口，当屯留之道，魏绝南阳，楚临南郑，秦攻新城、宜阳，以临二周之郊，诛周王之罪，侵楚、魏之地。周自知不能救，九鼎宝器必出。据九鼎，案图籍，挟天子以令于天下，天下莫敢不听，此王业也。今夫蜀，西僻之国而戎翟之伦也，敝兵劳众不足以成名，得其地不足以为利。臣闻争名者于朝，争利者于市。今三川、周室，天下之朝市也，而王不争焉，顾争于戎翟，去王业远矣。"

司马错曰："不然。臣闻之，欲富国者务广其地，欲强兵者务富其民，欲王者务博其德，三资者备而王随之矣。今王地小民贫，故臣愿先从事于易。夫蜀，西僻之国也，而戎翟之长也，有桀纣之乱。以秦攻之，譬如使豺狼逐群羊。得其地足以广国，取其财足以富民缮兵，不伤众而彼已服焉。拔一国而天下不以为暴，利尽西海而天下不以为贪，是我一举而名实附也，而又有禁暴止乱之名。今攻韩，劫天子，恶名也，而未必利也，又有不义之名，而攻天下所不欲，危矣。臣请谒其故：周，天下之宗室也；齐，韩之与国也。周自知失九鼎，韩自知亡三川，将二国并力合谋，以因乎齐、赵而求解乎楚、魏，以鼎与楚，以地与魏，王弗能止也。此臣之所谓危也。不如伐蜀完。"

惠王曰："善，寡人请听子。"卒起兵伐蜀，十月，取之，遂定蜀，贬蜀王更号为侯，而使陈庄相蜀。蜀既属秦，秦以益强，富厚，轻诸侯。

《战国策·秦策·司马错与张仪争论于秦惠王前》

司马错与张仪争论于秦惠王前。司马错欲伐蜀，张仪曰："不如伐韩。"王曰："请闻其说。"

对曰："亲魏善楚，下兵三川，塞轘辕、缑氏之口，当屯留之道，魏绝南阳，楚临南郑，秦攻新城、宜阳，以临二周之郊，诛周主之罪，侵楚、魏之地。周自知不救，九鼎宝器必出。据宝鼎，桉图籍，挟天子以令天下，天下莫敢不听，此王业也。今夫蜀，西辟之国，而戎狄之伦也，弊兵劳众不足以成名，得其地不足以为利。臣闻'争名者于朝，争利者于市'。今三川、周室，天下之市朝也。而王不争焉，顾争于戎狄，去王业远矣。"

司马错曰："不然，臣闻之，'欲富国者，务广其地；欲强兵者，务富其民；欲王者，务博其德'。三资者备，而王随之矣。今王之地小民贫，故臣愿从事于易。夫蜀，西辟之国也，而戎狄之长，而有桀、纣之乱。以秦攻之，譬如使豺狼逐群羊也。取其地，足以广国也；得其财，足以富民缮兵。不伤众而彼已服矣。故拔一国，而天下不以为暴；利尽西海，而诸侯不以为贪。是我一举而名实两附，而又有禁暴正乱之名。今攻韩，劫天子，劫天子，恶名也，而未必利也，又有不义之名，而攻天下之所不欲，危！臣请谒其故：周，天下之宗室也；齐，韩之与国也。

周自知失九鼎，韩自知亡三川，则必将二国并力合谋，以因于齐、赵，而求解乎楚、魏。以鼎与楚，以地与魏，王不能禁。此臣所谓‘危’，不如伐蜀之完也。”惠王曰：‘善！寡人听子。”

卒起兵伐蜀，十月取之，遂定蜀。蜀主更号为侯，而使陈庄相蜀。蜀既属，秦益强富厚，轻诸侯。

燕王哙禅让子之

《史记·燕召公世家》

燕哙既立，齐人杀苏秦。苏秦之在燕，与其相子之为婚，而苏代与子之交。及苏秦死，而齐宣王复用苏代。燕哙三年，与楚、三晋攻秦，不胜而还。子之相燕，贵重，主断。苏代为齐使于燕，燕王问曰：“齐王奚如？”对曰：“必不霸。”燕王曰：“何也？”对曰：“不信其臣。”苏代欲以激燕王以尊子之也。于是燕王大信子之。子之因遗苏代百金，而听其所使。

鹿毛寿谓燕王：“不如以国让相子之。人之谓尧贤者，以其让天下于许由，许由不受，有让天下之名而实不失天下。今王以国让于子之，子之必不敢受，是王与尧同行也。”燕王因属国于子之，子之大重。或曰：“禹荐益，已而以启人为吏。及老，而以启人为不足任乎天下，传之于益。已而启与交党攻益，夺之。天下谓禹名传天下于益，已而实令启自取之。今王言属国于子之，而吏无非太子人者，是名属子之而实太子用事也。”王因收印自三百石吏已上而效之子之。子之南面行王事，而哙老不听政，顾为臣，国事皆决于子之。

《史记·赵世家》

（赵武灵王）十年，秦取我中都及西阳。齐破燕。燕相子之为君，君反为臣。

齐宣王攻燕

《史记·燕召公世家》

三年，国大乱，百姓恫恐。将军市被与太子平谋，将攻子之。诸将谓齐湣王曰："因而赴之，破燕必矣。"齐王因令人谓燕太子平曰："寡人闻太子之义，将废私而立公，饬君臣之义，明父子之位。寡人之国小，不足以为先后。虽然，则唯太子所以令之。"太子因要党聚众，将军市被围公宫，攻子之，不克。将军市被及百姓反攻太子平，将军市被死，以徇。因构难数月，死者数万，众人恫恐，百姓离志。孟轲谓齐王曰："今伐燕，此文、武之时，不可失也。"王因令章子将五都之兵，以因北地之众以伐燕。士卒不战，城门不闭，燕君哙死，齐大胜。燕子之亡二年，而燕人共立太子平，是为燕昭王。

苏秦遇刺、张仪离秦

《史记·苏秦列传》

其后秦使犀首欺齐、魏，与共伐赵，欲败从约。齐、魏伐赵，赵王让苏秦。苏秦恐，请使燕，必报齐。苏秦去赵而从约皆解。

秦惠王以其女为燕太子妇。是岁，文侯卒，太子立，是为燕易王。易王初立，齐宣王因燕丧伐燕，取十城。易王谓苏秦曰："往日先生至燕，而先王资先生见赵，遂约六国从。今齐先伐赵，次至燕，以先生之故为天下笑，先生能为燕得侵地乎？"苏秦大惭，曰："请为王取之。"

苏秦见齐王，再拜，俯而庆，仰而吊。齐王曰："是何庆吊相随之速也？"苏秦曰："臣闻饥人所以饥而不食乌喙者，为其愈充腹而与饿死同患也。今燕虽弱小，即秦王之少婿也。大王利其十城而长与强秦为仇。今使弱燕为雁行而强秦敝其后，以招天下之精兵，是食乌喙之类也。"齐王愀然变色曰："然则奈何？"苏秦曰："臣闻古之善制事者，转祸为福，因败为功。大王诚能听臣计，即归燕之十城。燕无故而得十城，必喜；秦王知以己之故而归燕之十城，亦必喜。此所谓弃仇仇而得石交者也。夫燕、秦俱事齐，则大王号令天下，莫敢不听。是王以虚辞附秦，以十城取天下。此霸王之业也。"王曰："善。"于是乃归燕之十城。

人有毁苏秦者曰："左右卖国反覆之臣也，将作乱。"苏秦恐得罪归，而燕王不复官也。苏秦见燕王曰："臣，东周之鄙人也，无有分寸之功，而王亲拜之于庙而礼之于廷。今臣为王却齐之兵而得十城，宜以益亲。今来而王不官臣者，人必有以不信伤臣于王者。臣之不信，王之福也。臣闻忠信者，所以自为也；进取者，所以为人也。且臣之说齐王，曾非欺之也。臣弃老母于东周，固去自为而行进取也。今有孝如曾参，廉如伯夷，信如尾生。得此三人者以事大王，何若？”王曰：“足矣。”苏秦曰：“孝如曾参，义不离其亲一宿于外，王又安能使之步行千里而事弱燕之危王哉？廉如伯夷，义不为孤竹君之嗣，不肯为武王臣，不受封侯而饿死首阳山下。有廉如此，王又安能使之步行千里而行进取于齐哉？信如尾生，与女子期于梁下，女子不来，水至不去，抱柱而死。有信如此，王又安能使之步行千里却齐之强兵哉？臣所谓以忠信得罪于上者也。”燕王曰：“若不忠信耳，岂有以忠信而得罪者乎？”苏秦曰：“不然。臣闻客有远为吏而其妻私于人者，其夫将来，其私者忧之，妻曰‘勿忧，吾已作药酒待之矣’。居三日，其夫果至，妻使妾举药酒进之。妾欲言酒之有药，则恐其逐主母也；欲勿言乎，则恐其杀主父也。于是乎详僵而弃酒。主父大怒，笞之五十。故妾一僵而覆酒，上存主父，下存主母，然而不免于笞，恶在乎忠信之无罪也？夫臣之过，不幸而类是乎！”燕王曰：“先生复就故官。”益厚遇之。

易王母，文侯夫人也，与苏秦私通。燕王知之，而事之加厚。苏秦恐诛，乃说燕王曰：“臣居燕不能使燕重，而在齐则燕必重。”燕王曰：“唯先生之所为。”于是苏秦详为得罪于燕而亡走齐，齐宣王以为客卿。

齐宣王卒，湣王即位，说愍王厚葬以明孝，高宫室大苑囿以明得意，欲破敝齐而为燕。燕易王卒，燕哙立为王。其后齐大夫多与苏秦争宠者，而使人刺苏秦，不死，殊而走。齐王使人求贼，不得。苏秦且死，乃谓齐王曰：“臣即死，车裂臣以徇于市，曰‘苏秦为燕作乱于齐’，如此则臣之贼必得矣。”于是如其言，而杀苏秦者果自出，齐王因而诛之。燕闻之曰：“甚矣，齐之为苏生报仇也！”

《史记·燕召公世家》

二十九年，文公卒，太子立，是为易王。

易王初立，齐宣王因燕丧伐我，取十城；苏秦说齐，使复归燕十城。十年，燕君为王。苏秦与燕文公夫人私通，惧诛，乃说王使齐为反间，欲以乱齐。易王立十二年卒，子燕哙立。

燕哙既立，齐人杀苏秦。苏秦之在燕，与其相子之为婚，而苏代与子之交。及苏秦死，而齐宣王复用苏代。

《史记·张仪列传》

武王自为太子时不说张仪，及即位，群臣多谗张仪曰："无信，左右卖国以取容。秦必复用之，恐为天下笑。"诸侯闻张仪有郤武王，皆畔衡，复合从。

秦武王元年，群臣日夜恶张仪未已，而齐让又至。张仪惧诛，乃因谓秦武王曰："仪有愚计，愿效之。"王曰："奈何？"对曰："为秦社稷计者，东方有大变，然后王可以多割得地也。今闻齐王甚憎仪，仪之所在，必兴师伐之。故仪愿乞其不肖之身之梁，齐必兴师而伐梁。梁、齐之兵连于城下而不能相去，王以其间伐韩，入三川，出兵函谷而毋伐，以临周，祭器必出。挟天子，按图籍，此王业也。"秦王以为然，乃具革车三十乘，入仪之梁。齐果兴师伐之。梁哀王恐。张仪曰："王勿患也，请令罢齐兵。"乃使其舍人冯喜之楚，借使之齐，谓齐王曰："王甚憎张仪；虽然，亦厚矣王之讬仪于秦也！"齐王曰："寡人憎仪，仪之所在，必兴师伐之，何以托仪？"对曰："是乃王之托仪也。夫仪之出也，固与秦王约曰，'为王计者，东方有大变，然后王可以多割得地。今齐王甚憎仪，仪之所在，必兴师伐之。故仪愿乞其不肖之身之梁，齐必兴师伐之。齐、梁之兵连于城下而不能相去，王以其间伐韩，入三川，出兵函谷而无伐，以临周，祭器必出。挟天子，案图籍，此王业也'。秦王以为然，故具革车三十乘而入之梁也。今仪入梁，王果伐之，是王内罢国而外伐与国，广邻敌以内自临，而信仪于秦王也。此臣之所谓'托仪'也。"齐王曰："善。"乃使解兵。

张仪相魏一岁，卒于魏也。

第三部　《金戈铁马》

宜阳之战

《史记·秦本纪》

武王谓甘茂曰："寡人欲容车通三川，窥周室，死不恨矣。"其秋，使甘茂、庶长封伐宜阳。四年，拔宜阳，斩首六万。

《史记·韩世家》

襄王四年，与秦武王会临晋。其秋，秦使甘茂攻我宜阳。五年，秦拔我宜阳，斩首六万。

《史记·樗里子甘茂列传》

秦惠王卒，太子武王立，逐张仪、魏章，而以樗里子、甘茂为左右丞相。秦使甘茂攻韩，拔宜阳。使樗里子以车百乘入周。周以卒迎之，意甚敬。

《战国策·秦策·秦武王谓甘茂曰》

秦武王谓甘茂曰："寡人欲车通三川，以窥周室，而寡人死不朽乎？"甘茂对曰："请之魏，约伐韩。"

《战国策·秦策·甘茂攻宜阳》

甘茂攻宜阳，三鼓之而卒不上。秦之右将有尉对曰："公不论兵，必大困。"茂曰："我羁旅而得相秦者，我以宜阳饵王。今攻宜阳而不拔，公孙衍、樗里疾挫我于内，而公中以韩穷我于外，是无伐之日已！请明日鼓之，而不可不，因以宜阳之郭为墓。"于是出私金以益公赏。明日鼓之，宜阳拔。

秦武王举鼎

《史记·秦本纪》

武王有力好戏，力士任鄙、乌获、孟说皆至大官。王与孟说举鼎，绝膑。八月，武王死。

《史记·赵世家》

（赵武灵王）十八年，秦武王与孟说举龙文赤鼎，绝膑而死。

秦昭王回秦即位、庶长壮叛乱

《史记·秦本纪》

武王取魏女为后，无子。立异母弟，是为昭襄王。昭襄母楚人，姓芈氏，号宣太后。武王死时，昭襄王为质于燕，燕人送归，得立。

昭襄王元年，严君疾为相。甘茂出之魏。二年，彗星见。庶长壮与大臣、诸侯、公子为逆，皆诛，及惠文后皆不得良死。悼武王后出归魏。

《史记·赵世家》

（赵武灵王）十八年……赵王使代相赵固迎公子稷于燕，送归，立为秦王，是为昭王。

七国河外大战、齐灭宋

《史记·秦本纪》

（秦昭王）十一年，齐、韩、魏、赵、宋、中山五国共攻秦，至盐氏而还……十四年，左更白起攻韩、魏于伊阙，斩首二十四万，虏公孙喜，拔五城……十九年，王为西帝，齐为东帝，皆复去之。吕礼来自归。齐破宋，宋王在魏，死温。

《史记·田敬仲完世家》

（齐闵王）三十八年，伐宋。秦昭王怒曰："吾爱宋与爱新城、阳晋同。韩聂与吾友也，而攻吾所爱，何也？”苏代为齐谓秦王曰：“韩聂之攻宋，所以为王也。齐强，辅之以宋，楚魏必恐，恐必西事秦，是王不烦一兵，不伤一士，无事而割安邑也，此韩聂之所祷于王也。”秦王曰：“吾患齐之难知。一从一衡，其说何也？”对曰：“天下国令齐可知乎？齐以攻宋，其知事秦以万乘之国自辅，不西事秦则宋治不安。中国白头游敖之士皆积智欲离齐秦之交，伏式结轶西驰者，未有一人言善齐者也；伏式结轶东驰者，未有一人言善秦者也。何则？皆不欲齐、秦之合也。何晋、楚之智而齐、秦之愚也！晋、楚合必议齐秦，齐、秦合必图晋楚，请以此决事。”秦王曰：“诺。”于是齐遂伐宋，宋王出亡，死于温。齐南割楚之淮北，西侵三晋，欲以并周室，为天子。泗上诸侯邹鲁之君皆称臣，诸侯恐惧。

《史记·宋微子世家》

剔成四十一年，剔成弟偃攻袭剔成，剔成败奔齐，偃自立为宋君。

君偃十一年，自立为王。东败齐，取五城；南败楚，取地三百里；西败魏军，乃与齐、魏为敌国。盛血以韦囊，县而射之，命曰“射天”。淫于酒妇人。群臣谏者辄射之。于是诸侯皆曰“桀宋”。“宋其复为纣所为，不可不诛。”告齐伐宋。王偃立四十七年，齐湣王与魏、楚伐宋，杀王偃，遂灭宋而三分其地。

《史记·楚世家》

（楚顷襄王）六年，秦使白起伐韩于伊阙，大胜，斩首二十四万。秦乃遗楚王书曰：“楚倍秦，秦且率诸侯伐楚，争一旦之命。愿王之饬士卒，得一乐战。”楚顷襄王患之，乃谋复与秦平。七年，楚迎妇于秦，秦楚复平。

《史记·韩世家》

釐王三年，使公孙喜率周、魏攻秦。秦败我二十四万，虏喜伊阙。五年，秦拔我宛。六年，与秦武遂地二百里。

《史记·白起王翦列传》

昭王十三年，而白起为左庶长……其明年，白起为左更，攻韩、魏于伊阙，斩首二十四万，又虏其将公孙喜，拔五城。起迁为国尉。

《史记·樗里子甘茂列传》

甘茂之亡秦奔齐，逢苏代。代为齐使于秦。甘茂曰："臣得罪于秦，惧而遁逃，无所容迹。臣闻贫人女与富人女会绩，贫人女曰：'我无以买烛，而子之烛光幸有馀，子可分我余光，无损子明而得一斯便焉。'今臣困而君方使秦而当路矣。茂之妻子在焉，愿君以余光振之。"苏代许诺。遂致使于秦。已，因说秦王曰："甘茂，非常士也。其居于秦，累世重矣。自殽塞及至鬼谷，其地形险易皆明知之。彼以齐约韩、魏反以图秦，非秦之利也。"秦王曰："然则奈何？"苏代曰："王不若重其贽，厚其禄以迎之，使彼来则置之鬼谷，终身勿出。"秦王曰："善。"即赐之上卿，以相印迎之于齐。甘茂不往。苏代谓齐湣王曰："夫甘茂，贤人也。今秦赐之上卿，以相印迎之。甘茂德王之赐，好为王臣，故辞而不往。今王何以礼之？"齐王曰："善。"即位之上卿而处之。秦因复甘茂之家以市于齐。

秦攻魏河内之战

《史记·秦本纪》

（秦昭王）二十一年，错攻魏河内。魏献安邑，秦出其人，募徙河东赐爵，赦罪人迁之。泾阳君封宛。

《史记·魏世家》

（魏昭王）七年，秦拔我城大小六十一。

《史记·白起王翦列传》

明年，白起为大良造。攻魏，拔之，取城小大六十一。

秦攻楚郢都之战

《史记·秦本纪》

（秦昭王）二十八年，大良造白起攻楚，取鄢、邓，赦罪人迁之。二十九年，大良造白起攻楚，取郢为南郡，楚王走。周君来。王与楚王会襄陵。白起为武安君。

《史记·楚世家》

（楚顷襄王）十九年，秦伐楚，楚军败，割上庸、汉北地予秦。二十年，秦将白起拔我西陵。二十一年，秦将白起遂拔我郢，烧先王墓夷陵。楚襄王兵散，遂不复战，东北保于陈城。二十二年，秦复拔我巫、黔中郡。

《史记·魏世家》

（魏昭王）十八年，秦拔郢，楚王徙陈。

《史记·白起王翦列传》

后七年，白起攻楚，拔鄢、邓五城。其明年，攻楚，拔郢，烧夷陵，遂东至竟陵。楚王亡去郢，东走徙陈。秦以郢为南郡。白起迁为武安君。武安君因取楚，定巫、黔中郡。

楚怀王客死异乡、屈原投江

《史记·楚世家》

（楚怀王）三十年，秦复伐楚，取八城。秦昭王遗楚王书曰："始寡人与王约为弟兄，盟于黄棘，太子为质，至驩也。太子陵杀寡人之重臣，不谢而亡去，寡人诚不胜怒，使兵侵君王之边。今闻君王乃令太子质于齐以求平。寡人与楚接境壤界，故为婚姻，所从相亲久矣。而今秦楚不欢，则无以令诸侯。寡人愿与君王会武关，面相约，结盟而去，寡人之愿也。敢以闻下执事。"楚怀王见秦王书，患之。欲往，恐见欺；无往，恐秦怒。昭睢曰："王毋行，而发兵自守耳。秦虎狼，不可信，有并诸侯之心。"怀王子子兰劝王行，曰："奈何绝秦之欢心！"于是往会秦昭王。昭王诈令一将军伏兵武关，号为秦王。楚王至，则闭武关，遂与西至咸阳，朝章台，如蕃臣，不与亢礼。楚怀王大怒，悔不用昭子言。秦因留楚王，要以割巫、黔中之郡。楚王欲盟，秦欲先得地。楚王怒曰："秦诈我而又强要我以地！"不复许秦。秦因留之。

楚大臣患之，乃相与谋曰："吾王在秦不得还，要以割地，而太子为质于齐，齐、秦合谋，则楚无国矣。"乃欲立怀王子在国者。昭睢曰："王与太子俱困于诸侯，而今又倍王命而立其庶子，不宜。"乃诈赴于齐，齐湣王谓其相曰："不若留太子以求楚之淮北。"相曰："不可，郢中立王，是吾抱空质而行不义于天下也。"或曰："不然。郢中立王，因与其新王市曰'予我下东国，吾为王杀太子，不然，将与三国共立之'，然则东国必可得矣。"齐王卒用其相计而归楚太子。太子横至，立为王，是为顷襄王。乃告于秦曰："赖社稷神灵，国有王矣。"

顷襄王横元年，秦要怀王不可得地，楚立王以应秦，秦昭王怒，发兵出武关攻楚，大败楚军，斩首五万，取析十五城而去。二年，楚怀王亡逃归，秦觉之，遮楚道，怀王恐，乃从间道走赵以求归。赵主父在代，其子惠王初立，行王事，恐，不敢入楚王。楚王欲走魏，秦追至，遂与秦使复之秦。怀王遂发病。顷襄王三年，怀王卒于秦，秦归其丧于楚。楚人皆怜之，如悲亲戚。诸侯由是不直秦。秦楚绝。

《史记·秦本纪》

(秦昭王）十年，楚怀王入朝秦，秦留之……十一年……楚怀王走之赵，赵不受，还之秦，即死，归葬。

《史记·屈原贾生列传》

屈平疾王听之不聪也，谗谄之蔽明也，邪曲之害公也，方正之不容也，故忧愁幽思而作《离骚》……屈平既绌，其后秦欲伐齐，齐与楚从亲，惠王患之，乃令张仪详去秦，厚币委质事楚，曰："秦甚憎齐，齐与楚从亲，楚诚能绝齐，秦原献商、於之地六百里。”楚怀王贪而信张仪，遂绝齐，使使如秦受地。张仪诈之曰：“仪与王约六里，不闻六百里。”楚使怒去，归告怀王。怀王怒，大兴师伐秦。秦发兵击之，大破楚师于丹、淅，斩首八万，虏楚将屈匄，遂取楚之汉中地。怀王乃悉发国中兵以深入击秦，战于蓝田。魏闻之，袭楚至邓。楚兵惧，自秦归。而齐竟怒不救楚，楚大困。

明年，秦割汉中地与楚以和。楚王曰：“不愿得地，愿得张仪而甘心焉。”张仪闻，乃曰：“以一仪而当汉中地，臣请往如楚。”如楚，又因厚币用事者臣靳尚，而设诡辩于怀王之宠姬郑袖。怀王竟听郑袖，复释去张仪。是时屈平既疏，不复在位，使于齐，顾反，谏怀王曰：“何不杀张仪？”怀王悔，追张仪不及。

其后诸侯共击楚，大破之，杀其将唐眛。

时秦昭王与楚婚，欲与怀王会。怀王欲行，屈平曰：“秦虎狼之国，不可信，不如毋行。”怀王稚子子兰劝王行：“奈何绝秦欢！”怀王卒行。入武关，秦伏兵绝其后，因留怀王，以求割地。怀王怒，不听。亡走赵，赵不内。复之秦，竟死于秦而归葬。

长子顷襄王立，以其弟子兰为令尹。楚人既咎子兰以劝怀王入秦而不反也。

屈平既嫉之，虽放流，睠顾楚国，系心怀王，不忘欲反，冀幸君之一悟，俗之一改也。其存君兴国而欲反复之，一篇之中三致志焉。然终无可奈何，故不可以反，卒以此见怀王之终不悟也。人君无愚智贤不肖，莫不欲求忠以自为，举贤以自佐，然亡国破家相随属，而圣君治国累世而不见者，其所谓忠者不忠，而所谓贤者不贤也。怀王以不知忠臣之分，故内惑于郑袖，外欺于张仪，疏屈平而信上官大夫、令尹子兰。兵挫地削，亡其六郡，身客死于秦，为天下笑。此不知人之祸也。《易》曰：“井泄不食，为我心恻，可以汲。王明，并受其福。”王之不明，岂足福哉！

令尹子兰闻之大怒，卒使上官大夫短屈原于顷襄王，顷襄王怒而迁之。

屈原至于江滨，被发行吟泽畔。颜色憔悴，形容枯槁。渔父见而问之曰："子非三闾大夫欤？何故而至此？"屈原曰："举世混浊而我独清，众人皆醉而我独醒，是以见放。"渔父曰："夫圣人者，不凝滞于物而能与世推移。举世混浊，何不随其流而扬其波？众人皆醉，何不餔其糟而啜其醨？何故怀瑾握瑜而自令见放为？"屈原曰："吾闻之，新沐者必弹冠，新浴者必振衣，人又谁能以身之察察，受物之汶汶者乎！宁赴常流而葬乎江鱼腹中耳，又安能以皓皓之白而蒙世俗之温蠖乎！"

……于是怀石遂自投汨罗以死。

燕昭王求贤、乐毅变法

《史记·燕召公世家》

燕昭王于破燕之后即位，卑身厚币以招贤者。谓郭隗曰："齐因孤之国乱而袭破燕，孤极知燕小力少，不足以报。然诚得贤士以共国，以雪先王之耻，孤之愿也。先生视可者，得身事之。"郭隗曰："王必欲致士，先从隗始。况贤于隗者，岂远千里哉！"于是昭王为隗改筑宫而师事之。乐毅自魏往，邹衍自齐往，剧辛自赵往，士争趋燕。燕王吊死问孤，与百姓同甘苦。

《史记·乐毅列传》

乐毅者，其先祖曰乐羊。乐羊为魏文侯将，伐取中山，魏文侯封乐羊以灵寿。乐羊死，葬于灵寿，其后子孙因家焉。中山复国，至赵武灵王时复灭中山，而乐氏后有乐毅。

乐毅贤，好兵，赵人举之。及武灵王有沙丘之乱，乃去赵适魏。闻燕昭王以子之之乱而齐大败燕，燕昭王怨齐，未尝一日而忘报齐也。燕国小，辟远，力不能制，于是屈身下士，先礼郭隗以招贤者。乐毅于是为魏昭王使于燕，燕王以客礼待之。乐毅辞让，遂委质为臣，燕昭王以为亚卿，久之。

当是时，齐湣王强，南败楚相唐眛于重丘，西摧三晋于观津，遂与三晋击秦，助赵灭中山，破宋，广地千余里。与秦昭王争重为帝，已而复归之。诸侯皆欲背秦而服于齐。湣王自矜，百姓弗堪。于是燕昭王问伐齐之事。乐毅对曰："齐，霸国之余业也，地大人众，未易独攻也。王必欲伐之，莫如与赵及楚、魏。"于是使乐毅约赵惠文王，别使连楚、魏，令赵嚪说秦以伐齐之利。诸侯害齐湣王之骄暴，皆争合从与燕伐齐。

《战国策·燕策·燕昭王收破燕后即位》

燕昭王收破燕后即位，卑身厚币，以招贤者，欲将以报仇。故往见郭隗先生曰："齐因孤国之乱，而袭破燕。孤极知燕小力少，不足以报。然诚得贤士以国，以雪先王之耻，孤之愿也。敢问以国报仇者奈何？"

郭隗先生对曰："帝者与师处，王者与友处，霸者与臣处，亡国与役处。诎指而事之，北面而受学，则百己者至。先趋而后息，先问而后嘿，则什己者至。人趋己趋，则若己者至。冯几据杖，眄视指使，则厮役之人至。若恣睢奋击，呴籍叱咄，则徒隶之人至矣。此古服道致之法也。王诚博选国中之贤者，而朝其门下，天下闻王朝其贤臣，天下之士必趋于燕矣。"

昭王曰："寡人将谁朝而可？"郭隗先生曰："臣闻古之君人，有以千金求千里马者，三年不能得。涓人言于君曰，'请求之。'君遣之。三月得千里马，马已死，买其首五百金，反以报君。君大怒曰：'所求者生马，安事死马而捐五百金？'涓人对曰，'死马且买之五百金，况生马乎？天下必以王为能市马，马今至矣。'于是不能期年，千里之马至者三。今王诚欲致士，先从隗始；隗且见事，况贤于隗者乎？岂远千里哉？"于是昭王为隗筑宫而师之。乐毅自魏往，邹衍自齐往，剧辛自赵往，士争凑燕。燕王吊死问生，与百姓同甘共苦。

五国联军破齐之战

《史记·燕召公世家》

（燕昭王）二十八年，燕国殷富，士卒乐轶轻战，于是遂以乐毅为上将军，与秦、楚、三晋合谋以伐齐。齐兵败，湣王出亡于外。燕兵独追北，入至临淄，尽取齐宝，烧其宫室宗庙。齐城之不下者，独唯聊、莒、即墨，其余皆属燕，六岁。

《史记·田敬仲完世家》

（齐闵王）四十年，燕、秦、楚、三晋合谋，各出锐师以伐，败我济西。王解而却。燕将乐毅遂入临淄，尽取齐之宝藏器。湣王出亡，之卫。卫君辟宫舍之，称臣而共具。湣王不逊，卫人侵之。湣王去，走邹、鲁，有骄色，邹、鲁君弗内，遂走莒。楚使淖齿将兵救齐，因相齐湣王。淖齿遂杀湣王而与燕共分齐之侵地卤器。

《史记·赵世家》

（赵惠文王）十四年，相国乐毅将赵、秦、韩、魏、燕攻齐，取灵丘。与秦会中阳。十五年，燕昭王来见。赵与韩、魏、秦共击齐，齐王败走，燕独深入，取临菑。

《史记·楚世家》

（楚顷襄王）十一年，齐秦各自称为帝；月余，复归帝为王。

十四年，楚顷襄王与秦昭王好会于宛，结和亲。十五年，楚王与秦、三晋、燕共伐齐，取淮北。

《史记·魏世家》

（魏昭王）十年，齐灭宋，宋王死我温。十二年，与秦、赵、韩、燕共伐齐，败之济西，湣王出亡。燕独入临菑。

《史记·秦本纪》

（秦昭王）二十三年，尉斯离与三晋、燕伐齐，破之济西。

《史记·韩世家》

（韩厘王）十二年，与秦昭王会西周而佐秦攻齐。齐败，湣王出亡。

《史记·乐毅列传》

乐毅还报，燕昭王悉起兵，使乐毅为上将军，赵惠文王以相国印授乐毅。乐毅于是并护赵、楚、韩、魏、燕之兵以伐齐，破之济西。诸侯兵罢归，而燕军乐毅独追，至于临菑。齐湣王之败济西，亡走，保于莒。乐毅独留徇齐，齐皆城守。乐毅攻入临菑，尽取齐宝财物祭器输之燕。燕昭王大说，亲至济上劳军，行赏飨士，封乐毅于昌国，号为昌国君。于是燕昭王收齐卤获以归，而使乐毅复以兵平齐城之不下者。

乐毅留徇齐五岁，下齐七十余城，皆为郡县以属燕，唯独莒、即墨未服。会燕昭王死，子立为燕惠王。惠王自为太子时尝不快于乐毅，及即位，齐之田单闻之，乃纵反间于燕，曰："齐城不下者两城耳。然所以不早拔者，闻乐毅与燕新王有隙，欲连兵且留齐，南面而王齐。齐之所患，唯恐他将之来。"于是燕惠王固已疑乐毅，得齐反间，乃使骑劫代将，而召乐毅。乐毅知燕惠王之不善代之，畏诛，遂西降赵。赵封乐毅于观津，号曰望诸君。尊宠乐毅以警动于燕、齐。

《战国策·燕策·燕昭王收破燕后即位》

二十八年，燕国殷富，士卒乐佚轻战。于是遂以乐毅为上将军，与秦、楚、三晋合谋以伐齐，齐兵败，闵王出走于外。燕兵独追北，入至临淄，尽取齐宝，烧其宫室宗庙。齐城之不下者，唯独莒、即墨。

《战国策·齐策·齐负郭之民有孤狐咺者》

齐负郭之民有孤狐咺者，正议，闵王斮之檀衢，百姓不附。齐孙室子陈举直言，杀之东闾，宗族离心；司马穰苴，为政者也，杀之，大臣不亲。以故，燕举兵，使昌国君将而击之。齐使触子将而应之。齐军破，触子以舆一乘亡。达子收余卒，复振，与燕战，求所以偿者，闵王不肯与，军破走。

王奔莒。淖齿数之曰："夫千乘、博昌之间，方数百里，雨血沾衣，王知之乎？"王曰："不知。""嬴、博之间，地坼至泉，王知之乎？"王曰："不知。""有人阙而哭者，求之则不得，去之则闻其声，王知之乎？"王曰："不知。"淖齿曰："天雨血沾衣者，天以告也；地坼至泉者，地以告也；人有当阙而哭者，人以告也。天、地、人皆以告矣，而王不知戒焉，何得无诛乎？"于是杀闵王于鼓里。

即墨保卫战、田单复国

《史记·田敬仲完世家》

襄王在莒五年，田单以即墨攻破燕军，迎襄王于莒，入临菑。齐故地尽复属齐。齐封田单为安平君。

《史记·田单列传》

田单者，齐诸田疏属也。湣王时，单为临菑市掾，不见知。及燕使乐毅伐破齐，齐湣王出奔，已而保莒城。燕师长驱平齐，而田单走安平，令其宗人尽断其车轴末而傅铁笼。已而燕军攻安平，城坏，齐人走，争涂，以轊折车败，为燕所虏，唯田单宗人以铁笼故得脱，东保即墨。燕既尽降齐城，唯独莒、即墨不下。燕军闻齐王在莒，并兵攻之。淖齿既杀湣王于莒，因坚守，距燕军，数年不下。燕引兵东围即墨，即墨大夫出与战，败死。城中相与推田单，曰："安平之战，田单宗人以铁笼得全，习兵。"立以为将军，以即墨距燕。

顷之，燕昭王卒，惠王立，与乐毅有隙。田单闻之，乃纵反间于燕，宣言曰："齐王已死，城之不拔者二耳。乐毅畏诛而不敢归，以伐齐为名，实欲连兵南面而王齐。齐人未附，故且缓攻即墨以待其事。齐人所惧，唯恐他将之来，即墨残矣。"燕王以为然，使骑劫代乐毅。

乐毅因归赵，燕人士卒忿。而田单乃令城中人食必祭其先祖于庭，飞鸟悉翔舞城中下食。燕人怪之。田单因宣言曰："神来下教我。"乃令城中人曰："当有神人为我师。"有一卒曰："臣可以为师乎？"因反走。田单乃起，引还，东乡坐，师事之。卒曰："臣欺君，诚无能也。"田单曰："子勿言也！"因师之。每出约束，必称神师。乃宣言曰："吾唯惧燕军之劓所得齐卒，置之前行，与我战，即墨败矣。"燕人闻之，如其言。城中人见齐诸降者尽劓，皆怒，坚守，唯恐见得。单又纵反间曰："吾惧燕人掘吾城外冢墓，僇先人，可为寒心。"燕军尽掘垄墓，烧死人。即墨人从城上望见，皆涕泣，俱欲出战，怒自十倍。

田单知士卒之可用，乃身操版插，与士卒分功，妻妾编于行伍之间，尽散饮食飨士。令甲卒皆伏，使老弱女子乘城，遣使约降于燕，燕军皆呼万岁。田单又收民金，得千溢，令即墨富豪遗燕将，曰："即墨即降，原无虏掠吾族家妻妾，令安堵。"燕将大喜，许之。燕军由此益懈。

田单乃收城中得千馀牛，为绛缯衣，画以五彩龙文，束兵刃于其角，而灌脂束苇于尾，烧其端。凿城数十穴，夜纵牛，壮士五千人随其后。牛尾热，怒而奔燕军，燕军夜大惊。牛尾炬火光明炫耀，燕军视之皆龙文，所触尽死伤。五千人因衔枚击之，而城中鼓噪从之，老弱皆击铜器为声，声动天地。燕军大骇，败走。齐人遂夷杀其将骑劫。燕军扰乱奔走，齐人追亡逐北，所过城邑皆畔燕而归田单，兵日益多，乘胜，燕日败亡，卒至河上，而齐七十馀城皆复为齐。乃迎襄王于莒，入临菑而听政。

襄王封田单，号曰安平君。

《史记·乐毅列传》

齐田单后与骑劫战，果设诈诳燕军，遂破骑劫于即墨下，而转战逐燕，北至河上，尽复得齐城，而迎襄王于莒，入于临菑。

燕惠王后悔使骑劫代乐毅，以故破军亡将失齐；又怨乐毅之降赵，恐赵用乐毅而乘燕之弊以伐燕。燕惠王乃使人让乐毅，且谢之曰："先王举国而委将军，将军为燕破齐，报先王之雠，天下莫不震动，寡人岂敢一日而忘将军之功哉！会先王弃群臣，寡人新即位，左右误寡人。寡人之使骑劫代将军，为将军久暴露于外，故召将军且休，计事。将军过听，以与寡人有隙，遂捐燕归赵。将军自为计则可矣，而亦何以报先王之所以遇将军之意乎？"

乐毅报遗燕惠王书曰："臣不佞，不能奉承王命，以顺左右之心，恐伤先王之明，有害足下之义，故遁逃走赵。今足下使人数之以罪，臣恐侍御者不察先王之所以畜幸臣之理，又不白臣之所以事先王之心，故敢以书对。

"臣闻贤圣之君不以禄私亲，其功多者赏之，其能当者处之。故察能而授官者，成功之君也；论行而结交者，立名之士也。臣窃观先王之举也，见有高世主之心，故假节于魏，以身得察于燕。先王过举，厕之宾客之中，立之群臣之上，不谋父兄，以为亚卿。臣窃不自知，自以为奉令承教，可幸无罪，故受令而不辞。

“先王命之曰：‘我有积怨深怒于齐，不量轻弱，而欲以齐为事。’臣曰：‘夫齐，霸国之余业而最胜之遗事也。练于兵甲，习于战攻。王若欲伐之，必与天下图之。与天下图之，莫若结于赵。且又淮北、宋地，楚魏之所欲也，赵若许而约四国攻之，齐可大破也。’先王以为然，具符节南使臣于赵。顾反命，起兵击齐。以天之道，先王之灵，河北之地随先王而举之济上。济上之军受命击齐，大败齐人。轻卒锐兵，长驱至国。齐王遁而走莒，仅以身免；珠玉财宝车甲珍器尽收入于燕。齐器设于宁台，大吕陈于元英，故鼎反乎室，蓟丘之植植于汶篁，自五伯已来，功未有及先王者也。先王以为慊于志，故裂地而封之，使得比小国诸侯。臣窃不自知，自以为奉命承教，可幸无罪，是以受命不辞。

“臣闻贤圣之君，功立而不废，故著于《春秋》；蚤知之士，名成而不毁，故称于后世。若先王之报怨雪耻，夷万乘之强国，收八百岁之蓄积，及至弃群臣之日，余教未衰，执政任事之臣，修法令，慎庶孽，施及乎萌隶，皆可以教后世。

臣闻之，善作者不必善成，善始者不必善终。昔伍子胥说听于阖闾，而吴王远迹至郢；夫差弗是也，赐之鸱夷而浮之江。吴王不寤先论之可以立功，故沈子胥而不悔；子胥不蚤见主之不同量，是以至于入江而不化。

夫免身立功，以明先王之迹，臣之上计也。离毁辱之诽谤，堕先王之名，臣之所大恐也。临不测之罪，以幸为利，义之所不敢出也。

臣闻古之君子，交绝不出恶声；忠臣去国，不絜其名。臣虽不佞，数奉教于君子矣。恐侍御者之亲左右之说，不察疏远之行，故敢献书以闻，唯君王之留意焉。

于是燕王复以乐毅子乐间为昌国君；而乐毅往来复通燕，燕、赵以为客卿。乐毅卒于赵。

《战国策·燕策·昌国君乐毅为燕昭王合五国之兵而攻齐》

昌国君乐毅为燕昭王合五国之兵而攻齐，下七十余城，尽郡县之以属燕。二城未下，而燕昭王死。惠王即位，用齐人反间，疑乐毅，而使骑劫代之将。乐毅奔赵，赵封以为望诸君。齐田单欺诈骑劫，卒败燕军，复收七十城以复齐。燕王悔，惧赵用乐毅乘燕之弊以伐燕。

《战国策·齐策·燕攻齐齐破》

燕攻齐，齐破。闵王奔莒，淖齿杀闵王。田单守即墨之城，破燕兵，复齐墟。襄王为太子微。齐以破燕，田单之立疑，齐国之众，皆以田单为自立也。襄王立，田单相之。

《战国策·齐策·齐闵王之遇杀》

闵王之遇杀，其子法章变姓名。为莒太史家庸夫。太史敫女奇法章之状貌，以为非常人，怜而常窃衣食之，与私焉。莒中及齐亡臣相聚，求闵王子，欲立之。法章乃自言于莒。共立法章为襄王。襄王立，以太史氏女为王后，生子建。太史敫曰："女无谋而嫁者，非吾种也，污吾世矣。"终身不睹。君王后贤，不以不睹之故，失人子之礼也。

襄王卒，子建立为齐王，君王后事秦谨，与诸侯信，以故建立四十有余年不受兵。

秦始皇尝使使者遗君王后玉连环，曰："齐多知，而解此环不？"君王后以示群臣，群臣不知解。君王后引椎椎破之，谢秦使，曰："谨以解矣。"

及君王后病，且卒，诫建曰："群臣之可用者某。"建曰："请书之。"君王后曰："善。"取笔牍受言。君王后曰："老妇已亡矣！"

君王后死后，后胜相齐，多受秦间金玉，使宾客入秦，皆为变辞，劝王朝秦，不修攻战之备。

秦赵阏与之战

《史记·赵世家》

（赵惠文王）二十九年，秦、韩相攻，而围阏与。赵使赵奢将，击秦，大破秦军阏与下，赐号为马服君。

《史记·秦本纪》

（秦昭王）三十八年，中更胡阳攻赵阏与，不能取。

《史记·廉颇蔺相如列传》

赵奢者，赵之田部吏也。收租税而平原君家不肯出租，奢以法治之，杀平原君用事者九人。平原君怒，将杀奢。奢因说曰："君于赵为贵公子，今纵君家而不奉公则法削，法削则国弱，国弱则诸侯加兵，诸侯加兵是无赵也，君安得有此富乎？以君之贵，奉公如法则上下平，上下平则国强，国强则赵固，而君为贵戚，岂轻于天下邪？"平原君以为贤，言之于王。王用之治国赋，国赋大平，民富而府库实。

秦伐韩，军于阏与。王召廉颇而问曰："可救不？"对曰："道远险狭，难救。"又召乐乘而问焉，乐乘对如廉颇言。又召问赵奢，奢对曰："其道远险狭，譬之犹两鼠斗于穴中，将勇者胜。"王乃令赵奢将，救之。

兵去邯郸三十里，而令军中曰："有以军事谏者死。"秦军军武安西，秦军鼓噪勒兵，武安屋瓦尽振。军中候有一人言急救武安，赵奢立斩之。坚壁，留二十八日不行，复益增垒。秦间来入，赵奢善食而遣之。间以报秦将，秦将大喜曰："夫去国三十里而军不行，乃增垒，阏与非赵地也。"赵奢既已遣秦间，乃卷甲而趋之，二日一夜至，令善射者去阏与五十里而军。军垒成，秦人闻之，悉甲而至。军士许历请以军事谏，赵奢曰："内之。"许历曰："秦人不意赵师至此，其来气盛，将军必厚集其阵以待之。不然，必败。"赵奢曰："请受令。"许历曰："请就铁质之诛。"赵奢曰："胥后令邯郸。"许历复请谏，曰："先据北山上者胜，后至者败。"赵奢许诺，即发万人趋之。秦兵后至，争山不得上，赵奢纵兵击之，大破秦军。秦军解而走，遂解阏与之围而归。

赵惠文王赐奢号为马服君，以许历为国尉。赵奢于是与廉颇、蔺相如同位。

赵武灵王胡服骑射

《史记·赵世家》

二十四年，肃侯卒。秦、楚、燕、齐、魏出锐师各万人来会葬。子武灵王立。

武灵王元年，阳文君赵豹相。梁襄王与太子嗣，韩宣王与太子仓来朝信宫。武灵王少，未能听政，博闻师三人，左右司过三人。及听政，先问先王贵臣肥义，加其秩；国三老年八十，月致其礼。

三年，城鄗。四年，与韩会于区鼠。五年，娶韩女为夫人。

八年，韩击秦，不胜而去。五国相王，赵独否，曰："无其实，敢处其名乎！"令国人谓已曰"君"。

九年，与韩、魏共击秦，秦败我，斩首八万级。齐败我观泽。十年，秦取我中都及西阳。齐破燕。燕相子之为君，君反为臣。十一年，王召公子职于韩，立以为燕王，使乐池送之。十三年，秦拔我蔺，虏将军赵庄。楚、魏王来，过邯郸。十四年，赵何攻魏。

十六年，秦惠王卒。王游大陵。他日，王梦见处女鼓琴而歌诗曰："美人荧荧兮，颜若苕之荣。命乎命乎，曾无我嬴！"异日，王饮酒乐，数言所梦，想见其状。吴广闻之，因夫人而内其女娃嬴。孟姚也。孟姚甚有宠于王，是为惠后。

十七年，王出九门，为野台，以望齐、中山之境。

十八年，秦武王与孟说举龙文赤鼎，绝膑而死。赵王使代相赵固迎公子稷于燕，送归，立为秦王，是为昭王。

十九年春正月，大朝信宫。召肥义与议天下，五日而毕。王北略中山之地，至于房子，遂之代，北至无穷，西至河，登黄华之上。召楼缓谋曰："我先王因世之变，以长南藩之地，属阻漳、滏之险，立长城，又取蔺、郭狼，败林人于荏，而功未遂。今中山在我腹心，北有燕，东有胡，西有林胡、楼烦、秦、韩之边，而无强兵之救，是亡社稷，奈何？夫有高世之名，必有遗俗之累。吾欲胡服。"楼缓曰："善。"群臣皆不欲。

于是肥义侍，王曰："简、襄主之烈，计胡、翟之利。为人臣者，宠有孝弟长幼顺明之节，通有补民益主之业，此两者臣之分也。今吾欲继襄主之迹，开于胡、翟之乡，而卒世不见也。为敌弱，用力少而功多，可以毋尽百姓之劳，而序往古之勋。夫有高世之功者，负遗俗之累；有独智之虑者，任骜民之怨。今吾将胡服骑射以教百姓，而世必议寡人，奈何？”肥义曰：“臣闻疑事无功，疑行无名。王既定负遗俗之虑，殆无顾天下之议矣。夫论至德者不和于俗，成大功者不谋于众。昔者舜舞有苗，禹袒裸国，非以养欲而乐志也，务以论德而约功也。愚者暗成事，智者睹未形，则王何疑焉。”王曰：“吾不疑胡服也，吾恐天下笑我也。狂夫之乐，智者哀焉；愚者所笑，贤者察焉。世有顺我者，胡服之功未可知也。虽驱世以笑我，胡地中山吾必有之。”于是遂胡服矣。

使王绁告公子成曰：“寡人胡服，将以朝也，亦欲叔服之。家听于亲而国听于君，古今之公行也。子不反亲，臣不逆君，兄弟之通义也。今寡人作教易服而叔不服，吾恐天下议之也。制国有常，利民为本；从政有经，令行为上。明德先论于贱，而行政先信于贵。今胡服之意，非以养欲而乐志也；事有所止而功有所出，事成功立，然后善也。今寡人恐叔之逆从政之经，以辅叔之议。且寡人闻之，事利国者行无邪，因贵戚者名不累，故愿慕公叔之义，以成胡服之功。使绁谒之叔，请服焉。”公子成再拜稽首曰：“臣固闻王之胡服也。臣不佞，寝疾，未能趋走以滋进也。王命之，臣敢对，因竭其愚忠。曰：臣闻中国者，盖聪明徇智之所居也，万物财用之所聚也，贤圣之所教也，仁义之所施也，《诗》《书》礼乐之所用也，异敏技能之所试也，远方之所观赴也，蛮夷之所义行也。今王舍此而袭远方之服，变古之教，易古人道，逆人之心，而怫学者，离中国，故臣愿王图之也。”使者以报。王曰：“吾固闻叔之疾也，我将自往请之。”

王遂往之公子成家，因自请之，曰：“夫服者，所以便用也；礼者，所以便事也。圣人观乡而顺宜，因事而制礼，所以利其民而厚其国也。夫翦发文身，错臂左衽，瓯越之民也。黑齿雕题，却冠秫绌，大吴之国也。故礼服莫同，其便一也。乡异而用变，事异而礼易。是以圣人果可以利其国，不一其用；果可以便其事，不同其礼。儒者一师而俗异，中国同礼而教离，况于山谷之便乎？故去就之变，智者不能一；远近之服，贤圣不能同。穷乡多异，曲学多辩。不知而不疑，异于己而不非者，公焉而众求尽善也。今叔之所言者俗也，吾所言者所以制俗也。吾国东有河、薄洛之水，与齐、中山同之，无舟楫之用。自常山以至代、党，东有燕、东胡之境，而西有楼烦、秦、韩之边，今无骑射之备。故寡人无舟楫之用，夹水居之民，将何以守河、薄洛之水；变服骑射，以备燕、三胡、秦、韩之边。且昔者简主不塞晋阳以及上党，而襄主并戎取代以攘诸胡，此愚智所明也。先时中山负齐之强兵，侵暴吾地，系累吾民，引水围鄗，微社稷之神灵，则鄗几于不守也。先王丑之，而怨未能报也。今骑射之备，近可以便上党之形，而远可以报中山之怨。而叔顺中国之俗以逆简、襄之意，恶变服之名以忘鄗事之丑，非寡人之所望也。”公子成再拜稽首曰：“臣愚，不达于王之义，敢道世俗之闻，臣之罪也。今王将继简、襄之意以顺先王之志，臣敢不听命乎！”再拜稽首。乃赐胡服。明日，服而朝。于是始出胡服令也。

赵文、赵造、周袑、赵俊皆谏止王毋胡服，如故法便。王曰：“先王不同俗，何古之法？帝王不相袭，何礼之循？虙戏、神农教而不诛，黄帝、尧、舜诛而不怒。及至三王，随时制法，因事制礼。法度制令各顺其宜，衣服器械各便其用。故礼也不必一道，而便国不必古。圣人之兴也不相袭而王，夏、殷之衰也不易礼而灭。然则反古未可非，而循礼未足多也。且服奇者志淫，则是邹、鲁无奇行也；俗辟者民易，则是吴、越无秀士也。且圣人利身谓之服，便事谓之礼。夫进退之节，衣服之制者，所以齐常民也，非所以论贤者也。故齐民与俗流，贤者与变俱。故谚曰‘以书御者不尽马之情，以古制今者不达事之变’。循法之功，不足以高世；法古之学，不足以制今。子不及也。”遂胡服招骑射。

二十年，王略中山地，至宁葭；西略胡地，至榆中。林胡王献马。归，使楼缓之秦，仇液之韩，王贲之楚，富丁之魏，赵爵之齐。代相赵固主胡，致其兵。

二十一年，攻中山。赵袑为右军，许钧为左军，公子章为中军，王并将之。牛翦将车骑，赵希并将胡、代。赵与之陉，合军曲阳，攻取丹丘、华阳、鸱之塞。王军取鄗、石邑、封龙、东垣。中山献四邑和，王许之，罢兵。二十三年，攻中山。二十五年，惠后卒。使周袑胡服傅王子何。二十六年，复攻中山，攘地北至燕、代，西至云中、九原。

二十七年五月戊申，大朝于东宫，传国，立王子何以为王。王庙见礼毕，出临朝。大夫悉为臣，肥义为相国，并傅王。是为惠文王。惠文王，惠后吴娃子也。武灵王自号为主父。

主父欲令子主治国，而身胡服将士大夫西北略胡地，而欲从云中、九原直南袭秦，于是诈自为使者入秦。秦昭王不知，已而怪其状甚伟，非人臣之度，使人逐之，而主父驰已脱关矣。审问之，乃主父也。秦人大惊。主父所以入秦者，欲自略地形，因观秦王之为人也。

惠文王二年，主父行新地，遂出代，西遇楼烦王于西河而致其兵。

三年，灭中山，迁其王于肤施。起灵寿，北地方从，代道大通。还归，行赏，大赦，置酒酺五日，封长子章为代安阳君。章素侈，心不服其弟所立。主父又使田不礼相章也。

李兑谓肥义曰："公子章强壮而志骄，党众而欲大，殆有私乎？田不礼之为人也，忍杀而骄。二人相得，必有谋阴贼起，一出身徼幸。夫小人有欲，轻虑浅谋，徒见其利而不顾其害，同类相推，俱入祸门。以吾观之，必不久矣。子任重而势大，乱之所始，祸之所集也，子必先患。仁者爱万物而智者备祸于未形，不仁不智，何以为国？子奚不称疾毋出，传政于公子成？毋为怨府，毋为祸梯。"肥义曰："不可，昔者主父以王属义也，曰，'毋变而度，毋异而虑，坚守一心，以殁而世。'义再拜受命而籍之。今畏不礼之难而忘吾籍，变孰大焉。进受严命，退而不全，负孰甚焉。变负之臣，不容于刑。谚曰'死者复生，生者不愧'。吾言已在前矣，吾欲全吾言，安得全吾身！且夫贞臣也难至而节见，忠臣也累至而行明。子则有赐而忠我矣，虽然，吾有语在前者也，终不敢失。"李兑曰："诺，子勉之矣！吾见子已今年耳。"涕泣而出。李兑数见公子成，以备田不礼之事。

异日肥义谓信期曰："公子与田不礼甚可忧也。其于义也声善而实恶，此为人也不子不臣。吾闻之也，奸臣在朝，国之残也；谗臣在中，主之蠹也。此人贪而欲大，内得主而外为暴。矫令为慢，以擅一旦之命，不难为也，祸且逮国。今吾忧之，夜而忘寐，饥而忘食。盗贼出入不可不备。自今以来，若有召王者必见吾面，我将先以身当之，无故而王乃入。”信期曰：“善哉，吾得闻此也！”

四年，朝群臣，安阳君亦来朝。主父令王听朝，而自从旁观窥群臣宗室之礼。见其长子章儽然也，反北面为臣，诎于其弟，心怜之，于是乃欲分赵而王章于代，计未决而辍。

主父及王游沙丘，异宫，公子章即以其徒与田不礼作乱，诈以主父令召王。肥义先入，杀之。高信即与王战。公子成与李兑自国至，乃起四邑之兵入距难，杀公子章及田不礼，灭其党贼而定王室。公子成为相，号安平君，李兑为司寇。公子章之败，往走主父，主父开之，成、兑因围主父宫。公子章死，公子成、李兑谋曰：“以章故围主父，即解兵，吾属夷矣。”乃遂围主父。令宫中人‘后出者夷’，宫中人悉出。主父欲出不得，又不得食，探爵鷇而食之，三月余而饿死沙丘宫。主父定死，乃发丧赴诸侯。

是时王少，成、兑专政，畏诛，故围主父。主父初以长子章为太子，后得吴娃，爱之，为不出者数岁，生子何，乃废太子章而立何为王。吴娃死，爱弛，怜故太子，欲两王之，犹豫未决，故乱起，以至父子俱死，为天下笑，岂不痛乎！

《战国策·赵策·王立周绍为傅》

王立周绍为傅，曰：“寡人始行县，过番吾，当子为子之时，践石以上者，皆道之孝，故寡人问子以璧，遗子以酒食，而求见子。子谒病而辞。人有言子者曰：‘父之孝子，君之忠臣也。’故寡人以子之知虑为辨足以道人、危足以持难、忠可以写意、信可以远期。诗云：‘服难以勇，治乱以知，事之计也；立傅以行，教少以学，义之经也，循计之事，失而不累；访议之行，穷而不忧。’故寡人欲子之胡服以傅王子。”

周绍曰：“王失论矣，非贱臣所敢任也！”王曰：“选子莫若父，论臣莫若君。君，寡人也。”周绍曰：“立傅之道六。”王曰：“六者何也？”周绍曰：“知虑不躁达于变，身行宽惠达于礼，威严不足以易于位，重利不足以变其心，恭于教而不快，和于下而不危。六者，傅之才，而臣无一焉。隐中不竭，臣之罪也。傅命仆官，以烦有司，吏之耻也。王请更论！”王曰：“知此六者，所以使子。”周绍曰：“乃国未通于王胡服。虽然，臣，王之臣也，而王重命之，臣敢不听令乎？”再拜，赐胡服。

王曰：“寡人以王子为子任，欲子之厚爱之，无所见丑，御道之以行义，勿令溺苦于学。事君者顺其意，不逆其志；事先者明其高，不倍其孤。故有臣可命，其国之禄也。子能行是，以事寡人者毕矣。《书》云，‘去邪无疑，任贤勿贰’，寡人与子，不用人矣。”

遂赐周绍胡服衣冠，贝带黄金师比，以傅王子也。

《战国策·赵策·王破原阳》

王破原阳，以为骑邑。牛赞进谏曰：“国有固籍，兵有常经。变籍则乱，失经则弱。今王破原阳，以为骑邑，是变籍而弃经也。且习其兵者轻其敌，便其用者易其难。今民便其用而王变之，是损君而弱国也。故利不百者不变俗，功不什者不易器。今王破卒散兵，以奉骑射，臣恐其攸获之利，不如所失之费也。”

王曰：“古今异利，远近易用。阴阳不同道，四时不一宜。故贤人观时而不观于时；制兵而不制于兵。子知官府之籍，不知器械之利；知兵甲之用，不知阴阳之宜。故兵不当于用，何兵之不可易？教不便于事，何俗之不可变？昔者先君襄主与代交地，城境封之，名曰无穷之门，所以昭后而期远也。今重甲修兵，不可以逾险；仁义道德，不可以来朝。吾闻信不弃功，知不遗时。今子以官府之籍，乱寡人之事，非子所知。”

牛赞再拜稽首曰：“臣敢不听令乎？”王遂胡服，率骑入胡，出于遗遗之门，逾九限之固，绝五径之险，至榆中，辟地千里。

秦赵渑池会

《史记·赵世家》

（赵惠文王）二十年……王与秦昭王遇西河外。

《史记·廉颇蔺相如列传》

廉颇者，赵之良将也。赵惠文王十六年，廉颇为赵将伐齐，大破之，取阳晋，拜为上卿，以勇气闻于诸侯。蔺相如者，赵人也，为赵宦者令缪贤舍人。

赵惠文王时，得楚和氏璧。秦昭王闻之，使人遗赵王书，愿以十五城请易璧。赵王与大将军廉颇诸大臣谋：欲予秦，秦城恐不可得，徒见欺；欲勿予，即患秦兵之来。计未定，求人可使报秦者，未得。宦者令缪贤曰："臣舍人蔺相如可使。"王问："何以知之？"对曰："臣尝有罪，窃计欲亡走燕，臣舍人相如止臣，曰：'君何以知燕王？'臣语曰：'臣尝从大王与燕王会境上，燕王私握臣手，曰'愿结友'。以此知之，故欲往。"相如谓臣曰："夫赵强而燕弱，而君幸于赵王，故燕王欲结于君。今君乃亡赵走燕，燕畏赵，其势必不敢留君，而束君归赵矣。君不如肉袒伏斧质请罪，则幸得脱矣。臣从其计，大王亦幸赦臣。臣窃以为其人勇士，有智谋，宜可使。"于是王召见，问蔺相如曰："秦王以十五城请易寡人之璧，可予不？"相如曰："秦强而赵弱，不可不许。"王曰："取吾璧，不予我城，奈何？"相如曰："秦以城求璧而赵不许，曲在赵。赵予璧而秦不予赵城，曲在秦。均之二策，宁许以负秦曲。"王曰："谁可使者？"相如曰："王必无人，臣愿奉璧往使。城入赵而璧留秦；城不入，臣请完璧归赵。"赵王于是遂遣相如奉璧西入秦。

秦王坐章台见相如，相如奉璧奏秦王。秦王大喜，传以示美人及左右，左右皆呼万岁。相如视秦王无意偿赵城，乃前曰："璧有瑕，请指示王。"王授璧，相如因持璧却立，倚柱，怒发上冲冠，谓秦王曰："大王欲得璧，使人发书至赵王，赵王悉召群臣议，皆曰：'秦贪，负其强，以空言求璧，偿城恐不可得。'议不欲予秦璧。臣以为布衣之交尚不相欺，况大国乎！且以一璧之故逆强秦之欢，不可。于是赵王乃斋戒五日，使臣奉璧，拜送书于庭。何者？严大国之威以修敬也。今臣至，大王见臣列观，礼节甚倨；得璧，传之美人，以戏弄臣。臣观大王无意偿赵王城邑，故臣复取璧。大王必欲急臣，臣头今与璧俱碎于柱矣！"相如持其璧睨柱，欲以击柱。秦王恐其破璧，乃辞谢固请，召有司案图，指从此以往十五都予赵。相如度秦王特以诈详为予赵城，实不可得，乃谓秦王曰："和氏璧，天下所共传宝也，赵王恐，不敢不献。赵王送璧时，斋戒五日，今大王亦宜斋戒五日，设九宾于廷，臣乃敢上璧。"秦王度之，终不可强夺，遂许斋五日，舍相如广成传。相如度秦王虽斋，决负约不偿城，乃使其从者衣褐，怀其璧，从径道亡，归璧于赵。

秦王斋五日后，乃设九宾礼于廷，引赵使者蔺相如。相如至，谓秦王曰："秦自缪公以来二十余君，未尝有坚明约束者也。臣诚恐见欺于王而负赵，故令人持璧归，间至赵矣。且秦强而赵弱，大王遣一介之使至赵，赵立奉璧来。今以秦之强而先割十五都予赵，赵岂敢留璧而得罪于大王乎？臣知欺大王之罪当诛，臣请就汤镬，唯大王与群臣孰计议之。"秦王与群臣相视而嘻。左右或欲引相如去，秦王因曰："今杀相如，终不能得璧也，而绝秦赵之欢，不如因而厚遇之，使归赵，赵王岂以一璧之故欺秦邪！"卒廷见相如，毕礼而归之。

相如既归，赵王以为贤大夫使不辱于诸侯，拜相如为上大夫。秦亦不以城予赵，赵亦终不予秦璧。

其后秦伐赵，拔石城。明年，复攻赵，杀二万人。

秦王使使者告赵王，欲与王为好会于西河外渑池。赵王畏秦，欲毋行。廉颇、蔺相如计曰："王不行，示赵弱且怯也。"赵王遂行，相如从。廉颇送至境，与王诀曰："王行，度道里会遇之礼毕，还，不过三十日。三十日不还，则请立太子为王。以绝秦望。"王许之，遂与秦王会渑池。秦王饮酒酣，曰："寡人窃闻赵王好音，请奏瑟。"赵王鼓瑟。秦御史前书曰"某年月日，秦王与赵王会饮，令赵王鼓瑟"。蔺相如前曰："赵王窃闻秦王善为秦声，请奏盆缻秦王，以相娱乐。"秦王怒，不许。于是相如前进缻，因跪请秦王。秦王不肯击缻。相如曰："五步之内，相如请得以颈血溅大王矣！"左右欲刃相如，相如张目叱之，左右皆靡。于是秦王不怿，为一击缻。相如顾召赵御史书曰"某年月日，秦王为赵王击缻"。秦之群臣曰："请以赵十五城为秦王寿。"蔺相如亦曰："请以秦之咸阳为赵王寿。"秦王竟酒，终不能加胜于赵。赵亦盛设兵以待秦，秦不敢动。

既罢归国，以相如功大，拜为上卿，位在廉颇之右。廉颇曰："我为赵将，有攻城野战之大功，而蔺相如徒以口舌为劳，而位居我上，且相如素贱人，吾羞，不忍为之下。”宣言曰：“我见相如，必辱之。”相如闻，不肯与会。相如每朝时，常称病，不欲与廉颇争列。已而相如出，望见廉颇，相如引车避匿。于是舍人相与谏曰：“臣所以去亲戚而事君者，徒慕君之高义也。今君与廉颇同列，廉君宣恶言而君畏匿之，恐惧殊甚，且庸人尚羞之，况于将相乎！臣等不肖，请辞去。”蔺相如固止之，曰：“公之视廉将军孰与秦王？”曰：“不若也。”相如曰：“夫以秦王之威，而相如廷叱之，辱其群臣，相如虽驽，独畏廉将军哉？顾吾念之，强秦之所以不敢加兵于赵者，徒以吾两人在也。今两虎共斗，其势不俱生。吾所以为此者，以先国家之急而后私仇也。”廉颇闻之，肉袒负荆，因宾客至蔺相如门谢罪。曰：“鄙贱之人，不知将军宽之至此也。”卒相与欢，为刎颈之交。

范雎入秦

《史记·范雎蔡泽列传》

范雎者，魏人也，字叔。游说诸侯，欲事魏王，家贫无以自资，乃先事魏中大夫须贾。

须贾为魏昭王使于齐，范雎从。留数月，未得报。齐襄王闻雎辩口，乃使人赐雎金十斤及牛酒，雎辞谢不敢受。须贾知之，大怒，以为雎持魏国阴事告齐，故得此馈，令雎受其牛酒，还其金。既归，心怒雎，以告魏相。魏相，魏之诸公子，曰魏齐。魏齐大怒，使舍人笞击雎，折胁折齿。雎详死，即卷以箦，置厕中。宾客饮者醉，更溺雎，故僇辱以惩后，令无妄言者。雎从箦中谓守者曰：“公能出我，我必厚谢公。”守者乃请出弃箦中死人。魏齐醉，曰：“可矣。”范雎得出。后魏齐悔，复召求之。魏人郑安平闻之，乃遂操范雎亡，伏匿，更名姓曰张禄。

当此时，秦昭王使谒者王稽于魏。郑安平诈为卒，侍王稽。王稽问：“魏有贤人可与俱西游者乎？”郑安平曰：“臣里中有张禄先生，欲见君，言天下事。其人有仇，不敢昼见。”王稽曰：“夜与俱来。”郑安平夜与张禄见王稽。语未究，王稽知范雎贤，谓曰：“先生待我于三亭之南。”与私约而去。

王稽辞魏去，过载范雎入秦。至湖，望见车骑从西来。范雎曰：“彼来者为谁？”王稽曰：“秦相穰侯东行县邑。”范雎曰：“吾闻穰侯专秦权，恶内诸侯客，此恐辱我，我宁且匿车中。”有顷，穰侯果至，劳王稽，因立车而语曰：“关东有何变？”曰：“无有。”又谓王稽曰：“谒君得无与诸侯客子俱来乎？无益，徒乱人国耳。”王稽曰：“不敢。”即别去。范雎曰：“吾闻穰侯智士也，其见事迟，乡者疑车中有人，忘索之。”于是范雎下车走，曰：“此必悔之。”行十余里，果使骑还索车中，无客，乃已。王稽遂与范雎入咸阳。

已报使，因言曰：“魏有张禄先生，天下辩士也。曰‘秦王之国危于累卵，得臣则安。然不可以书传也’。臣故载来。”秦王弗信，使舍食草具。待命岁馀。

当是时，昭王已立三十六年。南拔楚之鄢郢，楚怀王幽死于秦。秦东破齐。湣王尝称帝，后去之。数困三晋。厌天下辩士，无所信。

穰侯，华阳君，昭王母宣太后之弟也；而泾阳君、高陵君皆昭王同母弟也。穰侯相，三人者更将，有封邑，以太后故，私家富重于王室。及穰侯为秦将，且欲越韩、魏而伐齐纲寿，欲以广其陶封。

范雎乃上书曰：“臣闻明主立政，有功者不得不赏，有能者不得不官，劳大者其禄厚，功多者其爵尊，能治众者其官大。故无能者不敢当职焉，有能者亦不得蔽隐。使以臣之言为可，原行而益利其道；以臣之言为不可，久留臣无为也。语曰：‘庸主赏所爱而罚所恶；明主则不然，赏必加于有功，而刑必断于有罪。’今臣之胸不足以当椹质，而要不足以待斧钺，岂敢以疑事尝试于王哉！虽以臣为贱人而轻辱，独不重任臣者之无反复于王邪？

“且臣闻周有砥砨，宋有结绿，梁有县藜，楚有和朴，此四宝者，土之所生，良工之所失也，而为天下名器。然则圣王之所弃者，独不足以厚国家乎？

“臣闻善厚家者取之于国，善厚国者取之于诸侯。天下有明主则诸侯不得擅厚者，何也？为其割荣也。良医知病人之死生，而圣主明于成败之事，利则行之，害则舍之，疑则少尝之，虽舜禹复生，弗能改已。语之至者，臣不敢载之于书，其浅者又不足听也。意者臣愚而不概于王心邪？亡其言臣者贱而不可用乎？自非然者，臣愿得少赐游观之间，望见颜色。一语无效，请伏斧质。”

于是秦昭王大说，乃谢王稽，使以传车召范睢。

于是范睢乃得见于离宫，详为不知永巷而入其中。王来而宦者怒，逐之，曰：“王至！”范睢缪为曰：“秦安得王？秦独有太后、穰侯耳。”欲以感怒昭王。昭王至，闻其与宦者争言，遂延迎，谢曰：“寡人宜以身受命久矣，会义渠之事急，寡人旦暮自请太后；今义渠之事已，寡人乃得受命。窃闵然不敏，敬执宾主之礼。”范睢辞让。是日观范睢之见者，群臣莫不洒然变色易容者。

秦王屏左右，宫中虚无人。秦王跽而请曰：“先生何以幸教寡人？”范睢曰：“唯唯。”有间，秦王复跽而请曰：“先生何以幸教寡人？”范睢曰：“唯唯。”若是者三。秦王跽曰：“先生卒不幸教寡人邪？”范睢曰：“非敢然也。臣闻昔者吕尚之遇文王也，身为渔父而钓于渭滨耳。若是者，交疏也。已说而立为太师，载与俱归者，其言深也。故文王遂收功于吕尚而卒王天下。乡使文王疏吕尚而不与深言，是周无天子之德，而文武无与成其王业也。今臣羁旅之臣也，交疏于王，而所愿陈者皆匡君之事，处人骨肉之间，愿效愚忠而未知王之心也。此所以王三问而不敢对者也。臣非有畏而不敢言也。臣知今日言之于前而明日伏诛于后，然臣不敢避也。大王信行臣之言，死不足以为臣患，亡不足以为臣忧，漆身为厉被发为狂不足以为臣耻。且以五帝之圣焉而死，三王之仁焉而死，五伯之贤焉而死，乌获、任鄙之力焉而死，成荆、孟贲、王庆忌、夏育之勇焉而死。死者，人之所必不免也。处必然之势，可以少有补于秦，此臣之所大愿也，臣又何患哉！伍子胥橐载而出昭关，夜行昼伏，至于陵水，无以餬其口，膝行蒲伏，稽首肉袒，鼓腹吹篪，乞食于吴市，卒兴吴国，阖闾为伯。使臣得尽谋如伍子胥，加之以幽囚，终身不复见，是臣之说行也，臣又何忧？箕子、接舆漆身为厉，被发为狂，无益于主。假使臣得同行于箕子，可以有补于所贤之主，是臣之大荣也，臣有何耻？臣之所恐者，独恐臣死之后，天下见臣之尽忠而身死，因以是杜口裹足，莫肯乡秦耳。足下上畏太后之严，下惑于奸臣之态，居深宫之中，不离阿保之手，终身迷惑，无与昭奸。大者宗庙灭覆，小者身以孤危，此臣之所恐耳。若夫穷辱之事，死亡之患，臣不敢畏也。臣死而秦治，是臣死贤于生。”秦王跽曰：“先生是何言也！夫秦国辟远，寡人愚不肖，先生乃幸辱至于此，是天以寡人慁先生而存先王之宗庙也。寡人得受命于先生，是天所以幸先王，而不弃其孤也。先生奈何而言若是！事无小大，上及太后，下至大臣，愿先生悉以教寡人，无疑寡人也。”范雎拜，秦王亦拜。

范雎曰：“大王之国，四塞以为固，北有甘泉、谷口，南带泾、渭，右陇、蜀，左关、阪，奋击百万，战车千乘，利则出攻，不利则入守，此王者之地也。民怯于私斗而勇于公战，此王者之民也。王并此二者而有之。夫以秦卒之勇，车骑之众，以治诸侯，譬若施韩卢而搏蹇兔也，霸王之业可致也，而群臣莫当其位。至今闭关十五年，不敢窥兵于山东者，是穰侯为秦谋不忠，而大王之计有所失也。”秦王跽曰：“寡人愿闻失计。”

然左右多窃听者，范雎恐，未敢言内，先言外事，以观秦王之俯仰。因进曰：“夫穰侯越韩、魏而攻齐纲、寿，非计也。少出师则不足以伤齐，多出师则害于秦。臣意王之计，欲少出师而悉韩、魏之兵也，则不义矣。今见与国之不亲也，越人之国而攻，可乎？其于计疏矣。且昔齐湣王南攻楚，破军杀将，再辟地千里，而齐尺寸之地无得焉者，岂不欲得地哉，形势不能有也。诸侯见齐之罢弊，君臣之不和也，兴兵而伐齐，大破之。士辱兵顿，皆咎其王，曰：‘谁为此计者乎？’王曰：‘文子为之。’大臣作乱，文子出走。故齐所以大破者，以其伐楚而肥韩、魏也。此所谓借贼兵而赍盗粮者也。王不如远交而近攻，得寸则王之寸也，得尺亦王之尺也。今释此而远攻，不亦缪乎！且昔者中山之国地方五百里，赵独吞之，功成名立而利附焉，天下莫之能害也。今夫韩、魏，中国之处而天下之枢也，王其欲霸，必亲中国以为天下枢，以威楚、赵。楚强则附赵，赵强则附楚，楚、赵皆附，齐必惧矣。齐惧，必卑辞重币以事秦。齐附而韩、魏因可虏也。”昭王曰：“吾欲亲魏久矣，而魏多变之国也，寡人不能亲。请问亲魏奈何？”对曰：“王卑词重币以事之；不可，则割地而赂之；不可，因举兵而伐之。”王曰：“寡人敬闻命矣。”乃拜范雎为客卿，谋兵事。卒听范雎谋，使五大夫绾伐魏，拔怀。后二岁，拔邢丘。

客卿范雎复说昭王曰：“秦韩之地形，相错如绣。秦之有韩也，譬如木之有蠹也，人之有心腹之病也。天下无变则已，天下有变，其为秦患者孰大于韩乎？王不如收韩。”昭王曰：“吾固欲收韩，韩不听，为之奈何？”对曰：“韩安得无听乎？王下兵而攻荥阳，则巩、成皋之道不通；北断太行之道，则上党之师不下。王一兴兵而攻荥阳，则其国断而为三。夫韩见必亡，安得不听乎？若韩听，而霸事因可虑矣。”王曰：“善。”且欲发使于韩。

范雎日益亲，复说用数年矣，因请间说曰：“臣居山东时，闻齐之有田文，不闻其有王也；闻秦之有太后、穰侯、华阳、高陵、泾阳，不闻其有王也。夫擅国之谓王，能利害之谓王，制杀生之威之谓王。今太后擅行不顾，穰侯出使不报，华阳、泾阳等击断无讳，高陵进退不请。四贵备而国不危者，未之有也。为此四贵者下，乃所谓无王也。然则权安得不倾，令安得从王出乎？臣闻善治国者，乃内固其威而外重其权。穰侯使者操王之重，决制于诸侯，剖符于天下，政适伐国，莫敢不听。战胜攻取则利归于陶，国弊御于诸侯；战败则结怨于百姓，而祸归于社稷。诗曰：‘木实繁者披其枝，披其枝者伤其心；大其都者危其国，尊其臣者卑其主。’崔杼、淖齿管齐，射王股，擢王筋，县之于庙梁，宿昔而死。李兑管赵，囚主父于沙丘，百日而饿死。今臣闻秦太后、穰侯用事，高陵、华阳、泾阳佐之，卒无秦王，此亦淖齿、李兑之类也。且夫三代所以亡国者，君专授政，纵酒驰骋弋猎，不听政事。其所授者，妒贤嫉能，御下蔽上，以成其私，不为主计，而主不觉悟，故失其国。今自有秩以上至诸大吏，下及王左右，无非相国之人者。见王独立于朝，臣窃为王恐，万世之后，有秦国者非王子孙也。”昭王闻之大惧，曰：“善。”于是废太后，逐穰侯、高陵、华阳、泾阳君于关外。秦王乃拜范雎为相。收穰侯之印，使归陶，因使县官给车牛以徙，千乘有馀。到关，关阅其宝器，宝器珍怪多于王室。

秦封范雎以应，号为应侯。当是时，秦昭王四十一年也。

范雎既相秦，秦号曰张禄，而魏不知，以为范雎已死久矣。魏闻秦且东伐韩、魏，魏使须贾于秦。范雎闻之，为微行，敝衣间步之邸，见须贾。须贾见之而惊曰："范叔固无恙乎！"范雎曰："然。"须贾笑曰："范叔有说于秦邪？"曰："不也。雎前日得过于魏相，故亡逃至此，安敢说乎！"须贾曰："今叔何事？"范雎曰："臣为人庸赁。"须贾意哀之，留与坐饮食，曰："范叔一寒如此哉！"乃取其一绨袍以赐之。须贾因问曰："秦相张君，公知之乎？吾闻幸于王，天下之事皆决于相君。今吾事之去留在张君。孺子岂有客习于相君者哉？"范雎曰："主人翁习知之。唯雎亦得谒，雎请为见君于张君。"须贾曰："吾马病，车轴折，非大车驷马，吾固不出。"范雎曰："愿为君借大车驷马于主人翁。"

范雎归取大车驷马，为须贾御之，入秦相府。府中望见，有识者皆避匿。须贾怪之。至相舍门，谓须贾曰："待我，我为君先入通于相君。"须贾待门下，持车良久，问门下曰："范叔不出，何也？"门下曰："无范叔。"须贾曰："乡者与我载而入者。"门下曰："乃吾相张君也。"须贾大惊，自知见卖，乃肉袒膝行，因门下人谢罪。于是范雎盛帷帐，待者甚众，见之。须贾顿首言死罪，曰："贾不意君能自致于青云之上，贾不敢复读天下之书，不敢复与天下之事。贾有汤镬之罪，请自屏于胡貉之地，唯君死生之！"范雎曰："汝罪有几？"曰："擢贾之发以续贾之罪，尚未足。"范雎曰："汝罪有三耳。昔者楚昭王时而申包胥为楚却吴军，楚王封之以荆五千户，包胥辞不受，为丘墓之寄于荆也。今雎之先人丘墓亦在魏，公前以雎为有外心于齐而恶雎于魏齐，公之罪一也。当魏齐辱我于厕中，公不止，罪二也。更醉而溺我，公其何忍乎？罪三矣。然公之所以得无死者，以绨袍恋恋，有故人之意，故释公。"乃谢罢。入言之昭王，罢归须贾。

须贾辞于范雎，范雎大供具，尽请诸侯使，与坐堂上，食饮甚设。而坐须贾于堂下，置莝豆其前，令两黥徒夹而马食之。数曰："为我告魏王，急持魏齐头来！不然者，我且屠大梁。”须贾归，以告魏齐。魏齐恐，亡走赵。匿平原君所。

范雎既相，王稽谓范雎曰：“事有不可知者三，有不奈何者亦三。宫车一日晏驾，是事之不可知者一也。君卒然捐馆舍，是事之不可知者二也。使臣卒然填沟壑，是事之不可知者三也。宫车一日晏驾，君虽恨于臣，无可奈何。君卒然捐馆舍，君虽恨于臣，亦无可奈何。使臣卒然填沟壑，君虽恨于臣，亦无可奈何。”范雎不怿，乃入言于王曰：“非王稽之忠，莫能内臣于函谷关；非大王之贤圣，莫能贵臣。今臣官至于相，爵在列侯，王稽之官尚止于谒者，非其内臣之意也。”昭王召王稽，拜为河东守，三岁不上计。又任郑安平，昭王以为将军。范雎于是散家财物，尽以报所尝困厄者。一饭之德必偿，睚眦之怨必报。

范雎相秦二年，秦昭王之四十二年，东伐韩少曲、高平，拔之。

秦昭王闻魏齐在平原君所，欲为范雎必报其仇，乃详为好书遗平原君曰：“寡人闻君之高义，愿与君为布衣之友，君幸过寡人，寡人愿与君为十日之饮。”平原君畏秦，且以为然，而入秦见昭王。昭王与平原君饮数日，昭王谓平原君曰：“昔周文王得吕尚以为太公，齐桓公得管夷吾以为仲父，今范君亦寡人之叔父也。范君之仇在君之家，原使人归取其头来；不然，吾不出君于关。”平原君曰：“贵而为交者，为贱也；富而为交者，为贫也。夫魏齐者，胜之友也，在，固不出也，今又不在臣所。”昭王乃遗赵王书曰：“王之弟在秦，范君之仇魏齐在平原君之家。王使人疾持其头来；不然，吾举兵而伐赵，又不出王之弟于关。”赵孝成王乃发卒围平原君家，急，魏齐夜亡出，见赵相虞卿。虞卿度赵王终不可说，乃解其相印，与魏齐亡，间行，念诸侯莫可以急抵者，乃复走大梁，欲因信陵君以走楚。信陵君闻之，畏秦，犹豫未肯见，曰：“虞卿何如人也？”时侯嬴在旁，曰：“人固未易知，知人亦未易也。夫虞卿蹑屩檐簦，一见赵王，赐白璧一双，黄金百镒；再见，拜为上卿；三见，卒受相印，封万户侯。当此之时，天下争知之。夫魏齐穷困过虞卿，虞卿不敢重爵禄之尊，解相印，捐万户侯而间行。急士之穷而归公子，公子曰‘何如人’。人固不易知，知人亦未易也！”信陵君大惭，驾如野迎之。

魏齐闻信陵君之初难见之，怒而自刭。赵王闻之，卒取其头予秦。秦昭王乃出平原君归赵。

昭王四十三年，秦攻韩汾陉，拔之，因城河上广武。

后五年，昭王用应侯谋，纵反间卖赵，赵以其故，令马服子代廉颇将。秦大破赵于长平，遂围邯郸。已而与武安君白起有隙，言而杀之。任郑安平，使击赵。郑安平为赵所围，急，以兵二万人降赵。应侯席稿请罪。秦之法，任人而所任不善者，各以其罪罪之。于是应侯罪当收三族。秦昭王恐伤应侯之意，乃下令国中："有敢言郑安平事者，以其罪罪之。"而加赐相国应侯食物日益厚，以顺适其意。后二岁，王稽为河东守，与诸侯通，坐法诛。而应侯日益以不怿。

昭王临朝叹息，应侯进曰："臣闻'主忧臣辱，主辱臣死'。今大王中朝而忧，臣敢请其罪。"昭王曰："吾闻楚之铁剑利而倡优拙。夫铁剑利则士勇，倡优拙则思虑远。夫以远思虑而御勇士，吾恐楚之图秦也。夫物不素具，不可以应卒，今武安君既死，而郑安平等畔，内无良将而外多敌国，吾是以忧。"欲以激励应侯。应侯惧，不知所出。蔡泽闻之，往入秦也。

《战国策·秦策·应侯谓昭王》

应侯谓昭王曰："亦闻恒思有神丛与？恒思有悍少年，请于丛博，曰：'吾胜丛，丛籍我神三日；不胜丛，丛困我。'乃左手为丛投，右手自为投，胜丛，丛籍其神。三日，丛往求之，遂弗归。五日而丛枯，七日而丛亡。今国者，王之丛；势者，王之神。籍人以此，得无危乎？臣未尝闻指大于臂，臂大于股，若有此，则病必甚矣。百人舆瓢而趋，不如一人持而走疾。百人诚舆瓢，瓢必裂。今秦国，华阳用之，穰侯用之，太后用之，王亦用之。不称瓢为器，则已；已称瓢为器，国必裂矣。臣闻之也，'木实繁者枝必披，枝之披者伤其心。都大者危其国，臣强者危其主'。其令邑中自斗食以上，至尉、内侍及王左右，有非相国之人者乎？国无事，则已；国有事，臣必闻见王独立于唐也。臣窃为王恐，恐万世之后有国者，非王之子孙也。

“臣闻古之善为政也，其威内扶，其辅外布，而治政不乱不逆，使者直道而行，不敢为非。今太后使者分裂诸侯，而符布天下，操大国之势，强征兵，伐诸侯。战胜攻取，利尽归于陶；国之币帛，竭入太后之家；竟内之利，分移华阳。古之所谓‘危主灭国之道’必从此起。三贵竭国以自安，然则令何得从王出，权何得毋分，是我王果处四分之一也。’”

《战国策·秦策·应侯曰郑人谓玉未理者璞》

应侯曰：“郑人谓玉未理者璞，周人谓鼠未腊者朴。周人怀朴过郑贾曰：‘欲买朴乎？’郑贾曰：‘欲之。’出其朴，视之，乃鼠也。因谢不取。今平原君自以贤显名于天下，然降其主父沙丘而臣之。天下之王尚犹尊之，是天下之王不如郑贾之智也，眩于名，不知其实也。’”

《战国策·秦策·天下之士》

天下之士，合从相聚于赵，而欲攻秦。秦相应侯曰：“王勿忧也，请令废之。秦于天下之士非有怨也，相聚而攻秦者，以己欲富贵耳。王见大王之狗，卧者卧，起者起，行者行，止者止，毋相与斗者；投之一骨，轻起相牙者，何则？有争意也。”于是唐睢载音乐，予之五千金，居武安，高会相与饮，谓：“邯郸人谁来取者？”于是，其谋者固未可得予也，其可得与者，与之昆弟矣。

“公与秦计功者，不问金之所之，金尽者功多矣。今令人复载五千金随公。”唐睢行，行至武安，散不能三千金，天下之士，大相与斗矣。

秦赵长平之战

《史记·秦本纪》

（秦昭王）四十七年，秦攻韩上党，上党降赵，秦因攻赵，赵发兵击秦，相距。秦使武安君白起击，大破赵于长平，四十余万尽杀之。四十八年十月，韩献垣雍。秦军分为三军。武安君归。王龁将伐赵武安、皮牢，拔之。司马梗北定太原，尽有韩上党。正月，兵罢，复守上党。

《史记·赵世家》

（赵孝成王）四年，王梦衣偏裻之衣，乘飞龙上天，不至而坠，见金玉之积如山。明日，王召筮史敢占之，曰："梦衣偏裻之衣者，残也。乘飞龙上天不至而坠者，有气而无实也。见金玉之积如山者，忧也。"

后三日，韩氏上党守冯亭使者至，曰："韩不能守上党，入之于秦。其吏民皆安为赵，不欲为秦。有城市邑十七，愿再拜入之赵，财王所以赐吏民。"王大喜，召平阳君豹告之曰："冯亭入城市邑十七，受之何如？"对曰："圣人甚祸无故之利。"王曰："人怀吾德，何谓无故乎？"对曰："夫秦蚕食韩氏地，中绝不令相通，固自以为坐而受上党之地也。韩氏所以不入于秦者，欲嫁其祸于赵也。秦服其劳而赵受其利，虽强大不能得之于小弱，小弱顾能得之于强大乎？岂可谓非无故之利哉！且夫秦以牛田之水通粮蚕食，上乘倍战者，裂上国之地，其政行，不可与为难，必勿受也。"王曰："今发百万之军而攻，逾年历岁未得一城也。今以城市邑十七币吾国，此大利也。"

赵豹出，王召平原君与赵禹而告之。对曰："发百万之军而攻，逾岁未得一城，今坐受城市邑十七，此大利，不可失也。"王曰："善。"乃令赵胜受地，告冯亭曰："敝国使者臣胜，敝国君使胜致命，以万户都三封太守，千户都三封县令，皆世世为侯，吏民皆益爵三级，吏民能相安，皆赐之六金。"冯亭垂涕不见使者，曰："吾不处三不义也：为主守地，不能死固，不义一矣；入之秦，不听主令，不义二矣；卖主地而食之，不义三矣。"赵遂发兵取上党。廉颇将军军长平。

七月，廉颇免而赵括代将。秦人围赵括，赵括以军降，卒四十余万皆坑之。王悔不听赵豹之计，故有长平之祸焉。

《史记·韩世家》

（韩桓惠王）十年，秦击我于太行，我上党郡守以上党郡降赵。十四年，秦拔赵上党，杀马服子卒四十余万于长平。

《史记·田敬仲完世家》

王建立六年，秦攻赵，齐楚救之。秦计曰："齐楚救赵，亲则退兵，不亲遂攻之。"赵无食，请粟于齐，齐不听。周子曰："不如听之以退秦兵，不听则秦兵不却，是秦之计中而齐、楚之计过也。且赵之于齐、楚，捍蔽也，犹齿之有唇也，唇亡则齿寒。今日亡赵，明日患及齐、楚。且救赵之务，宜若奉漏瓮沃焦釜也。夫救赵，高义也；却秦兵，显名也。义救亡国，威却强秦之兵，不务为此而务爱粟，为国计者过矣。"齐王弗听。秦破赵于长平四十余万，遂围邯郸。

《史记·燕召公世家》

（燕武成王）十三年，秦败赵于长平四十余万。

《史记·白起王翦列传》

昭王四十三年，白起攻韩陉城，拔五城，斩首五万。四十四年，白起攻南阳太行道，绝之。

四十五年，伐韩之野王。野王降秦，上党道绝。其守冯亭与民谋曰："郑道已绝，韩必不可得为民。秦兵日进，韩不能应，不如以上党归赵。赵若受我，秦怒，必攻赵。赵被兵，必亲韩。韩、赵为一，则可以当秦。"因使人报赵。赵孝成王与平阳君、平原君计之。平阳君曰："不如勿受。受之，祸大于所得。"平原君曰："无故得一郡，受之便。"赵受之，因封冯亭为华阳君。

四十六年，秦攻韩缑氏、蔺，拔之。

四十七年，秦使左庶长王龁攻韩，取上党。上党民走赵。赵军长平，以按据上党民。四月，龁因攻赵。赵使廉颇将。赵军士卒犯秦斥兵，秦斥兵斩赵裨将茄。六月，陷赵军，取二鄣四尉。七月，赵军筑垒壁而守之。秦又攻其垒，取二尉，败其阵，夺西垒壁。廉颇坚壁以待秦，秦数挑战，赵兵不出。赵王数以为让。而秦相应侯又使人行千金于赵为反间，曰："秦之所恶，独畏马服子赵括将耳，廉颇易与，且降矣。"赵王既怒廉颇军多失亡，军数败，又反坚壁不敢战，而又闻秦反间之言，因使赵括代廉颇将以击秦。秦闻马服子将，乃阴使武安君白起为上将军。而王龁为尉裨将，令军中有敢泄武安君将者斩。赵括至，则出兵击秦军。秦军详败而走，张二奇兵以劫之。赵军逐胜，追造秦壁。壁坚拒不得入，而秦奇兵二万五千人绝赵军后，又一军五千骑绝赵壁间，赵军分而为二，粮道绝。而秦出轻兵击之。赵战不利，因筑壁坚守，以待救至。秦王闻赵食道绝，王自之河内，赐民爵各一级，发年十五以上悉诣长平，遮绝赵救及粮食。

至九月，赵卒不得食四十六日，皆内阴相杀食。来攻秦垒，欲出。为四队，四五复之，不能出。其将军赵括出锐卒自搏战，秦军射杀赵括。括军败，卒四十万人降武安君。武安君计曰："前秦已拔上党，上党民不乐为秦而归赵。赵卒反复。非尽杀之，恐为乱。"乃挟诈而尽坑杀之，遗其小者二百四十人归赵。前后斩首虏四十五万人。赵人大震。

四十八年十月，秦复定上党郡。秦分军为二：王龁攻皮牢，拔之；司马梗定太原。韩、赵恐，使苏代厚币说秦相应侯曰："武安君禽马服子乎？"曰："然。"又曰："即围邯郸乎？"曰："然。""赵亡则秦王王矣，武安君为三公。武安君所为秦战胜攻取者七十余城，南定鄢、郢、汉中，北禽赵括之军，虽周、召、吕望之功不益于此矣。今赵亡，秦王王，则武安君必为三公，君能为之下乎？虽无欲为之下，固不得已矣。秦尝攻韩，围邢丘，困上党，上党之民皆反为赵，天下不乐为秦民之日久矣。今亡赵，北地入燕，东地入齐，南地入韩、魏，则君之所得民亡几何人。故不如因而割之，无以为武安君功也。"于是应侯言于秦王曰："秦兵劳，请许韩、赵之割地以和，且休士卒。"王听之，割韩垣雍、赵六城以和。正月，皆罢兵。武安君闻之，由是与应侯有隙。

《史记·廉颇蔺相如列传》

后四年，赵惠文王卒，子孝成王立。七年，秦与赵兵相距长平，时赵奢已死，而蔺相如病笃，赵使廉颇将攻秦，秦数败赵军，赵军固壁不战。秦数挑战，廉颇不肯。赵王信秦之间。秦之间言曰："秦之所恶，独畏马服君赵奢之子赵括为将耳。"赵王因以括为将，代廉颇。蔺相如曰：

“王以名使括，若胶柱而鼓瑟耳。括徒能读其父书传，不知合变也。”赵王不听，遂将之。

赵括自少时学兵法，言兵事，以天下莫能当。尝与其父奢言兵事，奢不能难，然不谓善。括母问奢其故，奢曰：“兵，死地也，而括易言之。使赵不将括即已，若必将之，破赵军者必括也。”及括将行，其母上书言于王曰：“括不可使将。”王曰：“何以？”对曰：“始妾事其父，时为将，身所奉饭饮而进食者以十数，所友者以百数，大王及宗室所赏赐者尽以予军吏士大夫，受命之日，不问家事。今括一旦为将，东向而朝，军吏无敢仰视之者，王所赐金帛，归藏于家，而日视便利田宅可买者买之。王以为何如其父？父子异心，愿王勿遣。”王曰：“母置之，吾已决矣。”括母因曰：“王终遣之，即有如不称，妾得无随坐乎？”王许诺。

赵括既代廉颇，悉更约束，易置军吏。秦将白起闻之，纵奇兵，详败走，而绝其粮道，分断其军为二，士卒离心。四十余日，军饿，赵括出锐卒自搏战，秦军射杀赵括。括军败，数十万之众遂降秦，秦悉坑之。赵前后所亡凡四十五万。明年，秦兵遂围邯郸，岁余，几不得脱。赖楚、魏诸侯来救，乃得解邯郸之围。赵王亦以括母先言，竟不诛也。

《战国策·秦策·谓应侯曰武安君禽马服乎》

谓应侯曰：“武安君禽马服乎？”曰：“然。”“又即围邯郸乎？”曰：“然。”“赵亡，秦王王矣，武安君为三公。武安君所以为秦战胜攻取者七十余城，南亡鄢郢、汉中，北禽马服之军，不亡一甲，虽周、召、吕望之功，亦不过此矣。赵亡，秦王王，武安君为三公，君能为之下乎？虽欲无为之下，固不得之矣。秦尝攻韩，围邢，困于上党，上党之民皆返为赵。天下之民，不乐为秦民之日固久矣。今攻赵，北地入燕，东地入齐，南地入楚、魏，则秦所得不一几何。故不如因而割之，毋以为武安功。”

秦赵邯郸之战、白起被赐死

《史记·秦本纪》

（秦昭王）其十月，五大夫陵攻赵邯郸。四十九年正月，益发卒佐陵。陵战不善，免，王龁代将。其十月，将军张唐攻魏，为蔡尉捐弗守，还斩之。五十年十月，武安君白起有罪，为士伍，迁阴密。张唐攻郑，拔之。十二月，益发卒军汾城旁。武安君白起有罪，死。龁攻邯郸，不拔，去，还奔汾军二月余。

《史记·赵世家》

（赵孝成王）王还，不听秦，秦围邯郸。武垣令傅豹、王容、苏射率燕众反燕地。赵以灵丘封楚相春申君。八年，平原君如楚请救。还，楚来救，及魏公子无忌亦来救，秦围邯郸乃解。

《史记·燕召公世家》

（燕孝王）元年，秦围邯郸者解去。

《史记·魏世家》

（魏安釐王）二十年，秦围邯郸，信陵君无忌矫夺将军晋鄙兵以救赵，赵得全。无忌因留赵。二十六年，秦昭王卒。

《史记·白起王翦列传》

其九月，秦复发兵，使五大夫王陵攻赵邯郸。是时武安君病，不任行。四十九年正月，陵攻邯郸，少利，秦益发兵佐陵。陵兵亡五校。武安君病愈，秦王欲使武安君代陵将。武安君言曰："邯郸实未易攻也。且诸侯救日至，彼诸侯怨秦之日久矣。今秦虽破长平军，而秦卒死者过半，国内空。远绝河山而争人国都，赵应其内，诸侯攻其外，破秦军必矣。不可。"秦王自命，不行；乃使应侯请之，武安君终辞不肯行，遂称病。

秦王使王龁代陵将，八九月围邯郸，不能拔。楚使春申君及魏公子将兵数十万攻秦军，秦军多失亡。武安君言曰："秦不听臣计，今如何矣！"秦王闻之，怒，强起武安君，武安君遂称病笃。应侯请之，不起。于是免武安君为士伍，迁之阴密。武安君病，未能行。居三月，诸侯攻秦军急，秦军数却，使者日至。秦王乃使人遣白起，不得留咸阳中。武安君既行，出咸阳西门十里，至杜邮。秦昭王与应侯群臣议曰："白起之迁，其意尚怏怏不服，有馀言。"秦王乃使使者赐之剑，自裁。武安君引剑将自刭，曰："我何罪于天而至此哉？"良久，曰："我固当死。长平之战，赵卒降者数十万人，我诈而尽坑之，是足以死。"遂自杀。武安君之死也，以秦昭王五十年十一月。死而非其罪，秦人怜之，乡邑皆祭祀焉。

《战国策·中山策·昭王既息民缮兵》

昭王既息民缮兵，复欲伐赵。武安君曰："不可。"王曰："前民国虚民饥，君不量百姓之力，求益军粮以灭赵。今寡人息民以养士，蓄积粮食，三军之俸有倍于前，而曰'不可'，其说何也？"

武安君曰："长平之事，秦军大克，赵军大破；秦人欢喜，赵人畏惧。秦民之死者厚葬，伤者厚养，劳者相飨，饮食餔馈，以靡其财；赵人之死者不得收，伤者不得疗，涕泣相哀，戮力同忧，耕田疾作，以生其财。今王发军，虽倍其前，臣料想赵国守备，亦以十倍矣。赵自长平已来，君臣忧惧，早朝晏退，卑辞重币，四面出嫁，结秦燕、魏，连好齐、楚，积虑并心，备秦为务。其国内实，其交外成。当今之时，赵未可伐也。"

王曰："寡人既以兴师矣。"乃使五校大夫王陵将而伐赵。陵战失利，亡五校。王欲使武安君，武安君称疾不行。王乃使应侯往见武安君，责之曰："楚，地方五千里，持戟百万。君前率数万之众入楚，拔鄢、郢，焚其庙，东至竟陵，楚人震恐，东徙而不敢西向。韩、魏相率，兴兵甚众，君所将之不能半之，而与战之于伊阙，大破二国之军，流血漂卤，斩首二十四万。韩、魏以故至今称东藩。此君之功，天下莫不闻。今赵卒之死于长平者已十七、八，其国虚弱，是以寡人大发军，人数倍于赵国之众，愿使君将，必欲灭之矣。君尝以寡击众，取胜如神，况以强击弱，以众击寡乎？”

武安君曰：“是时楚王恃其国大，不恤其政，而群臣相妒以功，谄谀用事，良臣斥疏，百姓心离，城池不修，既无良臣，又无守备。故起所以得引兵深入，国倍城邑，发梁焚舟以专民，以掠于郊野，以足军食。当此之时，秦中士卒，以军中为家，将帅为父母，不约而亲，不谋而信，一心同功，死不旋踵。楚人自战其地，咸顾其家，各有散新，莫有斗志。是以能有功也。伊阙之战，韩孤顾魏，不欲先用其众。魏恃韩之锐，欲推以为锋。二军争便之力不同，是臣得设疑兵，以待韩阵，专军并锐，触魏之不意。魏军既败，韩军自溃，乘胜逐北，以是之故能立功。皆计利形势，自然之理，何神之有哉！今秦破赵军于长平，不遂以时乘其振惧而灭之，畏而释之，使得耕稼以益蓄积，养孤长幼，以益其众，缮治兵甲以益其强，增城浚池以益其固。主折节以下其臣，臣推体以下死士。至于平原君之属，皆令妻妾补缝于行伍之间。臣人一心，上下同力，犹勾践困于会稽之时也。以今伐之，赵必固守。挑其军战，必不肯出。围其国都，必不可克。攻其列城，必未可拔。掠其郊野，必无所得。兵出无功，诸侯生心，外救必至。臣见其害，为睹其利。又病，未能行。”

应侯惭而退，以言于王。王曰：“微白起，吾不能灭赵乎？”复益发军，更使王龁代王陵伐赵。围邯郸八、九月，死伤者众，而弗下。赵王出轻锐以寇其后，秦数不利。武安君曰：“不听臣计，今果何如？”王闻之怒，因见武安君，强起之，曰：“君虽病，强为寡人卧而将之。有功，寡人之愿，将加重于君。如君不行，寡人恨君。”武安君顿首曰：“臣知行虽无功，得免于罪。虽不行无罪，不免于诛。然惟愿大王览臣愚计，释赵养民，以诸侯之变。抚其恐惧，伐其骄慢，诛灭无道，以令诸侯，天下可定，何必以赵为先乎？此所谓为一臣屈而胜天下也。大王若不察臣愚计，必欲快心于赵，以致臣罪，此亦所谓胜一臣而为天下屈者也。夫胜一臣之严焉，孰若胜天下之威大耶？臣闻主爱其国，忠臣爱其名。破国不可复完，死卒不可复生。臣宁伏受重诛而死，不忍为辱军之将。愿大王察之。”王不答而去。

第四部 《阳谋春秋》

蔡泽入秦

《史记·范雎蔡泽列传》

蔡泽者，燕人也。游学干诸侯小大甚众，不遇。而从唐举相，曰："吾闻先生相李兑，曰'百日之内持国秉'，有之乎？"曰："有之。"曰："若臣者何如？"唐举孰视而笑曰："先生曷鼻，巨肩，魋颜，蹙齃，膝挛。吾闻圣人不相，殆先生乎？"蔡泽知唐举戏之，乃曰："富贵吾所自有，吾所不知者寿也，愿闻之。"唐举曰："先生之寿，从今以往者四十三岁。"蔡泽笑谢而去，谓其御者曰："吾持粱刺齿肥，跃马疾驱，怀黄金之印，结紫绶于要，揖让人主之前，食肉富贵，四十三年足矣。"去之赵，见逐。之韩、魏，遇夺釜鬲于涂。闻应侯任郑安平、王稽皆负重罪于秦，应侯内惭，蔡泽乃西入秦。

将见昭王，使人宣言以感怒应侯曰："燕客蔡泽，天下雄俊弘辩智士也。彼一见秦王，秦王必困君而夺君之位。"应侯闻，曰："五帝三代之事，百家之说，吾既知之，众口之辩，吾皆摧之，是恶能困我而夺我位乎？"使人召蔡泽。蔡泽入，则揖应侯。应侯固不快，及见之，又倨，应侯因让之曰："子尝宣言欲代我相秦，宁有之乎？"对曰："然。"应侯曰："请闻其说。"蔡泽曰："吁，君何见之晚也！夫四时之序，成功者去。夫人生百体坚强，手足便利，耳目聪明而心圣智，岂非士之愿与？"应侯曰："然。"蔡泽曰："质仁秉义，行道施德，得志于天下，天下怀乐敬爱而尊慕之，皆愿以为君王，岂不辩智之期与？"应侯曰："然。"蔡泽复曰："富贵显荣，成理万物，使各得其所；性命寿长，终其天年而不夭伤；天下继其统，守其业，传之无穷；名实纯粹，泽流千里，世世称之而无绝，与天地终始：岂道德之符而圣人所谓吉祥善事者与？"应侯曰："然。"

蔡泽曰：“若夫秦之商君，楚之吴起，越之大夫种，其卒然亦可原与？”应侯知蔡泽之欲困己以说，复谬曰：“何为不可？夫公孙鞅之事孝公也，极身无贰虑，尽公而不顾私；设刀锯以禁奸邪，信赏罚以致治；披腹心，示情素，蒙怨咎，欺旧友，夺魏公子卬，安秦社稷，利百姓，卒为秦禽将破敌，攘地千里。吴起之事悼王也，使私不得害公，谗不得蔽忠，言不取苟合，行不取苟容，不为危易行，行义不辟难，然为霸主强国，不辞祸凶。大夫种之事越王也，主虽困辱，悉忠而不解，主虽绝亡，尽能而弗离，成功而弗矜，贵富而不骄怠。若此三子者，固义之至也，忠之节也。是故君子以义死难，视死如归；生而辱不如死而荣。士固有杀身以成名，虽义之所在，虽死无所恨。何为不可哉？”

蔡泽曰：“主圣臣贤，天下之盛福也；君明臣直，国之福也；父慈子孝，夫信妻贞，家之福也。故比干忠而不能存殷，子胥智而不能完吴，申生孝而晋国乱。是皆有忠臣孝子，而国家灭乱者，何也？无明君贤父以听之，故天下以其君父为僇辱而怜其臣子。今商君、吴起、大夫种之为人臣，是也；其君，非也。故世称三子致功而不见德，岂慕不遇世死乎？夫待死而后可以立忠成名，是微子不足仁，孔子不足圣，管仲不足大也。夫人之立功，岂不期于成全邪？身与名俱全者，上也。名可法而身死者，其次也。名在僇辱而身全者，下也。”于是应侯称善。

蔡泽少得间，因曰：“夫商君、吴起、大夫种，其为人臣尽忠致功则可愿矣，闳夭事文王，周公辅成王也，岂不亦忠圣乎？以君臣论之，商君、吴起、大夫种其可愿孰与闳夭、周公哉？”应侯曰：“商君、吴起、大夫种弗若也。”蔡泽曰：“然则君之主慈仁任忠，惇厚旧故，其贤智与有道之士为胶漆，义不倍功臣，孰与秦孝公、楚悼王、越王乎？”应侯曰：“未知何如也。”蔡泽曰：“今主亲忠臣，不过秦孝公、楚悼王、越王，君之设智，能为主安危修政，治乱强兵，批患折难，广地殖谷，富国足家，强主，尊社稷，显宗庙，天下莫敢欺犯其主，主之威盖震海内，功彰万里之外，声名光辉传于千世，君孰与商君、吴起、大夫种？”应侯曰：“不若。”蔡泽曰：“今主之亲忠臣不忘旧故不若孝公、悼王、勾践，而君之功绩爱信亲幸又不若商君、吴起、大夫种，然而君之禄位贵盛，私家之富过于三子，而身不退者，恐患之甚于三子，窃为君危之。语曰‘日中则移，月满则亏’。物盛则衰，天地之常数也。进退盈缩，与时变化，圣人之常道也。故‘国有道则仕，国无道则隐’。圣人曰：‘飞龙在天，利见大人。’‘不义而富且贵，于我如浮云。’今君之怨已仇而德已报，意欲至矣，而无变计，窃为君不取也。且夫翠、鹄、犀、象，其处势非不远死也，而所以死者，惑于饵也。苏秦、智伯之智，非不足以辟辱远死也，而所以死者，惑于贪利不止也。是以圣人制礼节欲，取于民有度，使之以时，用之有止，故志不溢，行不骄，常与道俱而不失，故天下承而不绝。昔者齐桓公九合诸侯，一匡天下，至于葵丘之会，有骄矜之志，畔者九国。吴王夫差兵无敌于天下，勇强以轻诸侯，陵齐晋，故遂以杀身亡国。夏育、太史噭叱呼骇三军，然而身死于庸夫。此皆乘至盛而不返道理，不居卑退处俭约之患也。夫商君为秦孝公明法令，禁奸本，尊爵必赏，有罪必罚，平权衡，正度量，调轻重，决裂阡陌，以静生民之业而一其俗，劝民耕农利土，一室无二事，力田稸积，习战陈之事，是以兵动而地广，兵休而国富，故秦无敌于天下，立威诸侯，成秦国之业。功已成矣，而遂以车裂。楚地方数千里，持戟百万，白起率数万之师以与楚战，一战举鄢郢以烧夷陵，再战南并蜀汉。又越韩、魏而攻强赵，北坑马服，诛屠四十余万之众，尽之于长平之下，流血成川，沸声若雷，遂入围邯郸，使秦有帝业。楚、赵天下之强国而秦之仇敌也，自是之后，楚、赵皆慑伏不敢攻秦者，白起之势也。身所服者七十余城，功已成矣，而遂赐剑死于杜邮。吴起为楚悼王立法，卑减大臣之威重，罢无能，废无用，损不急之官，塞私门之请，一楚国之俗，禁游客之民，精耕战之士，南收杨越，北并陈、蔡，破横散从，使驰说之士无所开其口，禁朋党以励百姓，定楚国之政，兵震天下，威服诸侯。功已成矣，而卒枝解。大夫种为越王深谋远计，免会稽之危，以亡为存，因辱为荣，垦草入邑，辟地殖谷，率四方之士，专上下之力，辅勾践之贤，报夫差之仇，卒擒劲吴。令越成霸。功已彰而信矣，勾践终负而杀之。此四子者，功成不去，祸至于此。此所谓信而不能诎，往而不能返者也。范蠡知之，超然辟世，长为陶朱公。君独不观夫博者乎？或欲大投，或欲分功，此皆君之所明知也。今君相秦，计不下席，谋不出廊庙，坐制诸侯，利施三川，以实宜阳，决羊肠之险，塞太行之道，又斩范、中行之涂，六国不得合从，栈道千里，通于蜀汉，使天下皆畏秦，秦之欲得矣，君之功极矣，此亦秦之分功之时也。如是而不退，则商君、白公、吴起、大夫种是也。吾闻之，'鉴于水者见面之容，鉴于人者知吉与凶'。《书》曰：'成功之下，不可久处。'四子之祸，君何居焉？君何不以此时归相印，让贤者而授之，退而岩居川观，必有伯夷之廉，长为应侯。世世称孤，而有许由、延陵季子之让，乔松之寿，孰与以祸终哉？即君何居焉？忍不能自离，疑不能自决，必有四子之祸矣。《易》曰'亢龙有悔'，此言上而不能下，信而不能诎，往而不能自返者也。愿君孰计之！"应侯曰："善。吾闻'欲而不知足，失其所以欲；有而不知止，失其所以有'。先生幸教，睢敬受命。"于是乃延入坐，为上客。

后数日，入朝，言于秦昭王曰："客新有从山东来者曰蔡泽，其人辩士，明于三王之事，五伯之业，世俗之变，足以寄秦国之政。臣之见人甚众，莫及，臣不如也。臣敢以闻。"秦昭王召见，与语，大说之，拜为客卿。应侯因谢病请归相印。昭王强起应侯，应侯遂称病笃。范睢免相，昭王新说蔡泽计画，遂拜为秦相，东收周室。

蔡泽相秦数月，人或恶之，惧诛，乃谢病归相印，号为纲成君。居秦十余年，事昭王、孝文王、庄襄王。卒事始皇帝，为秦使于燕，三年而燕使太子丹入质于秦。

《战国策·秦策·蔡泽见逐于赵》

蔡泽见逐于赵，而入韩、魏，遇夺釜鬲于涂。闻应侯任郑安平、王稽，皆负重罪，应侯内惭，乃西入秦。将见昭王，使人宣言以感怒应侯曰："燕客蔡泽，天下骏雄弘辩之士也。彼一见秦王，秦王必相之而夺君位。"

应侯闻之，使人召蔡泽。蔡泽入，则揖应侯，应侯固不快；及见之，又倨。应侯因让之曰："子尝宣言代我相秦，岂有此乎？"对曰："然。"应侯曰："请闻其说。"蔡泽曰："吁！何君见之晚也。夫四时之序，成功者去。夫人生手足坚强，耳目聪明，而心圣知，岂非士之所愿与？”应侯曰：“然。”蔡泽曰：“质仁秉义，行道施德于天下，天下怀乐敬爱，愿以为君王，岂不辩智之期与？”应侯曰：“然。”蔡泽复曰：“富贵显荣，成理万物，万物各得其所；生命寿长，终其天年而不夭伤；天下继其统，守其业，传之无穷，名实纯粹，泽流千世，称之而毋绝，与天下终。岂非道德之福，而圣人所谓吉祥善事与？”应侯曰：“然。”蔡泽曰：“若秦之商君，楚之吴起，越之大夫种，其卒亦可愿矣。”

应侯知蔡泽之欲困己以说，复曰：“何为不可？夫公孙鞅事孝公，极身毋二，尽公不还私，信赏罚以致治，竭智能，示情素，蒙怨咎，欺旧交，虏魏公子卬，卒为秦禽将，破敌军，攘地千里。吴起事悼王，使死不害公，谗不蔽忠，言不取苟合，行不取苟容，行义不图毁誉，必有伯主强国，不辞祸凶。大夫种事越王，主离困辱，悉忠而不解，主虽亡绝，尽能而不离，多功而不矜，贵富不骄怠。若此三子者，义之至，忠之节也。故君子杀身以成名，义之所在。身虽死，无憾悔，何为不可哉？”

蔡泽曰：“主圣臣贤，天下之福也；君明臣忠，国之福也；父慈子孝，夫信妇贞，家之福也。故比干忠而不能存殷，子胥知而不能存吴，申生孝而晋或乱。是有忠臣孝子，国家灭乱，何也？无明君贤父以听之。故天下一其君父为戮辱，怜其臣子。夫待死之后可以立忠成名，是微子不足仁，孔子不足圣，管仲不足大也。”于是应侯称善。

蔡泽得少间，因曰：“商君、吴起、大夫种，其为人臣，尽忠致功，则可愿矣。闳夭事文王，周公辅成王也，岂不亦忠圣乎？以君臣论之，商君、吴起、大夫种，其可愿孰与闳夭、周公哉？”应侯曰：“商君、吴起、大夫种不若也。”蔡泽曰：“然则君之主，慈仁任忠，不欺旧故，孰与秦孝公、楚悼王、越王乎？”应侯曰：“未知何如也。”蔡泽曰：“今主固亲忠臣，不过秦孝、越王、楚悼。君之为主，正乱、披患、折难，广地、殖谷，富国、足家、强主，威盖海内，功章万里之外，不过商君、吴起、大夫种。而君之禄位贵盛，私家之富过于三子，而身不退，窃为君危之。语曰：‘日中则移，月满则亏。’物盛则衰，天地之常数也；进退、盈缩，与时变化，圣人之常道也。昔者，齐桓公九合诸侯，一匡天下，至葵丘之会，有骄矜之色，畔者九国。吴王夫差无敌于天下，轻诸侯，凌齐、晋，遂以杀身亡国。夏育、太史启叱呼骇三军，然而身死于庸夫。此皆乘至盛不及道理也。夫商君为孝公平权衡、正度量、调轻重，决裂阡陌，教民耕战，是以兵动而地广，兵休而国富，故秦无敌于天下，立威诸侯。功已成矣，遂以车裂。楚地方数千里，持戟百万，白起率数万之师，以与楚战，一战举鄢、郢，再战烧夷陵，南并蜀、汉，又越韩、魏而攻强赵，北坑马服，诛屠四十余万之众，流血成川，沸声若雷，使秦业帝。自是之后，赵、楚慑服，四十余年不敢攻秦者，白起之势也。身所服者，七十余城。功已成矣，赐死于杜邮。吴起为楚悼罢无能，废无用，损不急之官。塞私门之请，壹楚国之俗，南收杨越，北并陈、蔡，破横散从，使驰说之士无所开其口。功已成矣，而卒支解。大夫种为越王垦草创邑，辟地殖谷，率四方之士，专上下之力，以禽劲吴，成霸功。勾践终背而杀之。此四子者，成功而不去，祸至于此。此所谓信而不能诎，往而不能反者也。范蠡知之，超然避世，长为陶朱公。君独不观夫博者乎？或欲大投，或欲分功。此皆君之所明知也。今君相秦，计不下衽席，某不出廊庙，坐制诸侯，利施三川，以实宜阳；决羊肠之险，塞太行之口，又斩范、中行之途，栈道千里于蜀、汉，使天下皆畏秦。秦之欲得矣，君之功极矣。此亦秦之分功之时也！如是不退，则商君、白公、吴起、大夫种是也。君何不以此时归相印，让贤者授之，必有伯夷之廉；长为应侯，世世称孤，而有乔、松之寿。孰与以祸终哉！此则君何居焉？”应侯曰善。乃延入坐为上客。

后数日，入朝，言于秦昭王曰：“客新有从山东来者蔡泽，其人辩士。臣之见人甚众，莫有及者，臣不如也。”秦昭王召见，与语，大说之，拜为客卿。应侯因谢病，请归相印。昭王强起应侯，应侯遂称笃，因免相。昭王新说蔡泽计画，遂拜为秦相，东收周室。蔡泽相秦王数月，人或恶之，惧诛，乃谢病归相印，号刚成君。居秦十余年，事昭王、孝文王、庄襄王。卒事始皇帝。为秦使于燕，三年而燕使太子丹入质于秦。

李冰治蜀

《史记·河渠书》

于蜀，蜀守冰凿离碓，辟沫水之害，穿二江成都之中。此渠皆可行舟，有余则用溉浸，百姓飨其利。至于所过，往往引其水益用溉田畴之渠，以万亿计，然莫足数也。

吕不韦助公子异人回秦

《史记·吕不韦列传》

吕不韦者，阳翟大贾人也。往来贩贱卖贵，家累千金。

秦昭王四十年，太子死。其四十二年，以其次子安国君为太子。安国君有子二十余人。安国君有所甚爱姬，立以为正夫人，号曰华阳夫人。华阳夫人无子。安国君中男名子楚，子楚母曰夏姬，毋爱。子楚为秦质子于赵。秦数攻赵，赵不甚礼子楚。

子楚，秦诸庶孽孙，质于诸侯，车乘进用不饶，居处困，不得意。吕不韦贾邯郸，见而怜之，曰："此奇货可居。"乃往见子楚，说曰："吾能大子之门。"楚笑曰："且自大君之门，而乃大吾门！"吕不韦曰："子不知也，吾门待子门而大。"子楚心知所谓，乃引与坐，深语。吕不韦曰："秦王老矣，安国君得为太子。窃闻安国君爱幸华阳夫人，华阳夫人无子，能立适嗣者独华阳夫人耳。今子兄弟二十余人，子又居中，不甚见幸，久质诸侯。即大王薨，安国君立为王，则子毋几得与长子及诸子旦暮在前者争为太子矣。"子楚曰："然。为之奈何？"吕不韦曰："子贫，客于此，非有以奉献于亲及结宾客也。不韦虽贫，请以千金为子西游，事安国君及华阳夫人，立子为适嗣。"子楚乃顿首曰："必如君策，请得分秦国与君共之。"

吕不韦乃以五百金与子楚，为进用，结宾客；而复以五百金买奇物玩好，自奉而西游秦，求见华阳夫人姊，而皆以其物献华阳夫人。因言子楚贤智，结诸侯宾客遍天下，常曰"楚也以夫人为天，日夜泣思太子及夫人"。夫人大喜。不韦因使其姊说夫人曰："吾闻之，以色事人者，色衰而爱弛。今夫人事太子，甚爱而无子，不以此时蚤自结于诸子中贤孝者，举立以为适而子之，夫在则重尊，夫百岁之后，所子者为王，终不失势，此所谓一言而万世之利也。不以繁华时树本，即色衰爱弛后，虽欲开一语，尚可得乎？今子楚贤，而自知中男也，次不得为适，其母又不得幸，自附夫人，夫人诚以此时拔以为适，夫人则竟世有宠于秦矣。”华阳夫人以为然，承太子间，从容言子楚质于赵者绝贤，来往者皆称誉之。乃因涕泣曰：“妾幸得充后宫，不幸无子，愿得子楚立以为适嗣，以托妾身。”安国君许之，乃与夫人刻玉符，约以为适嗣。安国君及夫人因厚馈遗子楚，而请吕不韦傅之，子楚以此名誉益盛于诸侯。

吕不韦取邯郸诸姬绝好善舞者与居，知有身。子楚从不韦饮，见而说之，因起为寿，请之。吕不韦怒，念业已破家为子楚，欲以钓奇，乃遂献其姬。姬自匿有身，至大期时，生子政。子楚遂立姬为夫人。

秦昭王五十年，使王齮围邯郸，急，赵欲杀子楚。子楚与吕不韦谋，行金六百斤予守者吏，得脱。亡赴秦军，遂以得归。赵欲杀子楚妻子。子楚夫人，赵豪家女也，得匿，以故母子竟得活。

秦昭王五十六年薨，太子安国君立为王，华阳夫人为王后，子楚为太子。赵亦奉子楚夫人及子政归秦。

《战国策·秦策·濮阳人吕不韦贾于邯郸》

濮阳人吕不韦贾于邯郸，见秦质子异人，归而谓其父曰：“耕田之利几倍？”曰：“十倍。”“珠玉之赢几倍？”曰：“百倍。”“立国家之主赢几倍？”曰：“无数。”曰：“今力田疾作，不得暖衣余食；今建国立君，泽可以遗世。秦子异人质于赵，处于扇城。愿往事之。”

故往说之曰：“子傒有承国之业，又有母在中。今子无母于中外托于不可知之国，一日倍约，身为粪土。今子听吾计事，求归，可以有秦国。吾为子使秦，必来请子。”

乃说秦王后弟阳泉君曰：“君之罪至死，君知之乎？君之门下无不居高尊位，太子门下无贵者。君之府藏珍珠宝玉，君之骏马盈外厩，美女充后庭。王之春秋高，一日山陵崩，太子用事，君危于累卵，而不寿于朝生。说有可以一切而使君富贵千万岁，其宁于太山四维，必无危亡之患矣。”阳泉君避席，曰：“请闻其说。”不韦曰：“王年高矣，王后无子，子傒有承国之业，士仓又辅之。王一日山陵崩，子立，士仓用事，王后之门，必生蓬蒿。子异人贤材也，弃在于赵，无母于内，引领西望，而愿一得归。王后诚请而立之，是子异人无国而有国王后无子而有子也。”阳泉君曰：“然。”入说王后，王后乃请赵而归之。

赵未之遣，不韦说赵曰：“子异人，秦之宠子也，无母于中，王后欲取而子之。使秦而欲屠赵，不顾一子以留计，是抱空质也。若使子异人归而得立，赵厚送遣之，是不敢倍德畔施，是自为德讲。秦王老矣，一日晏驾，虽有子异人，不足以结秦。”赵乃遣之。

异人至，不韦使楚服而见。王后悦其状，高其知，曰：“吾楚人也。”而自子之，乃变其名曰‘楚’。王使子诵，子曰：“少弃捐在外，尝无师傅所教学，不习于诵。”王罢之。乃留止。间曰：“陛下尝轫车于赵矣，赵之豪杰，得知名者不少。今大王反国，皆西面而望。大王无一介之使以存之，臣恐其皆有怨心。使边境早闭晚开。”王以为然，奇其计。王后劝立之。王乃召相，令之曰：“寡人子莫若楚。”立以为太子。

子楚立，以不韦为相，号曰文信侯，食蓝田十二县。王后为华阳太后，诸侯皆致养邑。

吕不韦新政

《史记·秦本纪》

五十六年秋，昭襄王卒，子孝文王立。尊唐八子为唐太后，而合其葬于先王。韩王衰绖入吊祠，诸侯皆使其将相来吊祠，视丧事。孝文王元年，赦罪人，修先王功臣，褒厚亲戚，弛苑囿。孝文王除丧，十月己亥即位，三日辛丑卒，子庄襄王立。

庄襄王元年，大赦罪人，修先王功臣，施德厚骨肉而布惠于民。

《史记·吕不韦列传》

秦王立一年，薨，谥为孝文王。太子子楚代立，是为庄襄王。庄襄王所母华阳后为华阳太后，真母夏姬尊以为夏太后。庄襄王元年，以吕不韦为丞相，封为文信侯，食河南雒阳十万户。

庄襄王即位三年，薨，太子政立为王，尊吕不韦为相国，号称“仲父”。秦王年少，太后时时窃私通吕不韦。不韦家僮万人。

《吕氏春秋·无义》

义者，百事之始也，万利之本也；趋利，固不可忘义也；以义动，则无旷事矣。

《吕氏春秋·贵公》

昔先圣王之治天下也，必先公，公则天下平矣。平得于公。尝试观于上志，有得天下者众矣，其得之以公，其失之必以偏。凡主之立也，生于公。故《鸿范》曰：“无偏无党，王道荡荡；无偏无颇，遵王之义；无或作好，遵王之道；无或作恶，遵王之路。”天下非一人之天下也，天下之天下也。阴阳之和，不长一类；甘露时雨，不私一物；万民之主，不阿一人。

《吕氏春秋·上农》

农攻粟，工攻器，贾攻货，时事不共，是谓大凶。

《吕氏春秋·荡兵》

古圣王有义兵而无有偃兵。兵之所自来者上矣，与始有民俱……武者不能革，而工者不能移。

《吕氏春秋·察今》

凡先王之法，有要于时也，时不与法俱至。法虽今而至，犹若不可法。故择先王之成法，而法其所以为法……世易时移，变法宜矣……故凡举事必循法以动，变法者因时而化。

秦灭周之战

《史记·周本纪》

五十八年，三晋距秦。周令其相国之秦，以秦之轻也，还其行。客谓相国曰："秦之轻重未可知也。秦欲知三国之情。公不如急见秦王曰'请为王听东方之变'，秦王必重公。重公，是秦重周，周以取秦也；齐重，则固有周聚以收齐：是周常不失重国之交也。"秦信周，发兵攻三晋。

五十九年，秦取韩阳城负黍，西周恐，倍秦，与诸侯约从，将天下锐师出伊阙攻秦，令秦无得通阳城。秦昭王怒，使将军摎攻西周。西周君奔秦，顿首受罪，尽献其邑三十六，口三万。秦受其献，归其君于周。周君、王赧卒，周民遂东亡。秦取九鼎宝器，而迁西周公于䓨狐。后七岁，秦庄襄王灭东周。东西周皆入于秦，周既不祀。

《史记·秦本纪》

（秦昭王）五十一年，将军摎攻韩，取阳城、负黍，斩首四万。攻赵，取二十余县，首虏九万。西周君背秦，与诸侯约从，将天下锐兵出伊阙攻秦，令秦毋得通阳城。于是秦使将军摎攻西周。西周君走来自归，顿首受罪，尽献其邑三十六城，口三万。秦王受献，归其君于周。五十二年，周民东亡，其器九鼎入秦。周初亡……庄襄王元年，大赦罪人，修先王功臣，施德厚骨肉而布惠于民。东周君与诸侯谋秦，秦使相国吕不韦诛之，尽入其国。秦不绝其祀，以阳人地赐周君，奉其祭祀。

《史记·田敬仲完世家》

（齐王建）十六年，秦灭周。君王后卒。

《史记·燕召公世家》

（燕王喜）六年，秦灭东周，置三川郡。

李牧破匈奴之战

《史记·廉颇蔺相如列传》

李牧者，赵之北边良将也。常居代雁门，备匈奴。以便宜置吏，市租皆输入莫府，为士卒费。日击数牛飨士，习骑射，谨烽火，多间谍，厚遇战士。为约曰："匈奴即入盗，急入收保，有敢捕虏者斩。"匈奴每入，烽火谨，辄入收保，不敢战。如是数岁，亦不亡失。然匈奴以李牧为怯，虽赵边兵亦以为吾将怯。赵王让李牧，李牧如故。赵王怒，召之，使他人代将。

岁余，匈奴每来，出战。出战，数不利，失亡多，边不得田畜。复请李牧。牧杜门不出，固称疾。赵王乃复强起使将兵。牧曰："王必用臣，臣如前，乃敢奉令。"王许之。

李牧至，如故约。匈奴数岁无所得。终以为怯。边士日得赏赐而不用，皆愿一战。于是乃具选车得千三百乘，选骑得万三千匹，百金之士五万人，彀者十万人，悉勒习战。大纵畜牧，人民满野。匈奴小入，详北不胜，以数千人委之。单于闻之，大率众来入。李牧多为奇陈，张左右翼击之，大破杀匈奴十余万骑。灭襜褴，破东胡，降林胡，单于奔走。其后十余岁，匈奴不敢近赵边城。

《史记·匈奴列传》

当是之时，冠带战国七，而三国边于匈奴。其后赵将李牧时，匈奴不敢入赵边。

合纵联军败秦

《史记·秦本纪》

使蒙骜伐韩，韩献成皋、巩。秦界至大梁，初置三川郡。二年，使蒙骜攻赵，定太原。三年，蒙骜攻魏高都、汲，拔之。攻赵榆次、新城、狼孟，取三十七城。四月日食。王龁攻上党。初置太原郡。魏将无忌率五国兵击秦，秦却于河外。蒙骜败，解而去。

《史记·魏世家》

（魏安厘王）三十年，无忌归魏，率五国兵攻秦，败之河外，走蒙骜。

《史记·魏公子列传》

赵孝成王德公子之矫夺晋鄙兵而存赵，乃与平原君计，以五城封公子。公子闻之，意骄矜而有自功之色。客有说公子曰：“物有不可忘，或有不可不忘。夫人有德于公子，公子不可忘也；公子有德于人，愿公子忘之也。且矫魏王令，夺晋鄙兵以救赵，于赵则有功矣，于魏则未为忠臣也。公子乃自骄而功之，窃为公子不取也。”于是公子立自责，似若无所容者。赵王埽除自迎，执主人之礼，引公子就西阶。公子侧行辞让，从东阶上。自言罪过，以负于魏，无功于赵。赵王侍酒至暮，口不忍献五城，以公子退让也。公子竟留赵。赵王以鄗为公子汤沐邑，魏亦复以信陵奉公子。公子留赵。公子闻赵有处士毛公藏于博徒，薛公藏于卖浆家，公子欲见两人，两人自匿不肯见公子。公子闻所在，乃间步往从此两人游，甚欢。平原君闻之，谓其夫人曰：“始吾闻夫人弟公子天下无双，今吾闻之，乃妄从博徒卖浆者游，公子妄人耳。”夫人以告公子。公子乃谢夫人去，曰：“始吾闻平原君贤，故负魏王而救赵，以称平原君。平原君之游，徒豪举耳，不求士也。无忌自在大梁时，常闻此两人贤，至赵，恐不得见。以无忌从之游，尚恐其不我欲也，今平原君乃以为羞，其不足从游。”乃装为去。夫人具以语平原君。平原君乃免冠谢，固留公子。平原君门下闻之，半去平原君归公子，天下士复往归公子，公子倾平原君客。公子留赵十年不归。秦闻公子在赵，日夜出兵东伐魏。魏王患之，使使往请公子。公子恐其怒之，乃诫门下：“有敢为魏王使通者，死。”宾客皆背魏之赵，莫敢劝公子归。毛公、薛公两人往见公子曰：“公子所以重于赵，名闻诸侯者，徒以有魏也。今秦攻魏，魏急而公子不恤，使秦破大梁而夷先王之宗庙，公子当何面目立天下乎？”语未及卒，公子立变色，告车趣驾归救魏。魏王见公子，相与泣，而以上将军印授公子，公子遂将。魏安釐王三十年，公子使使遍告诸侯。诸侯闻公子将，各遣将将兵救魏。公子率五国之兵破秦军于河外，走蒙骜。遂乘胜逐秦军至函谷关，抑秦兵，秦兵不敢出。当是时，公子威振天下，诸侯之客进兵法，公子皆名之，故世俗称《魏公子兵法》。秦王患之，乃行金万斤于魏，求晋鄙客，令毁公子于魏王曰："公子亡在外十年矣，今为魏将，诸侯将皆属，诸侯徒闻魏公子，不闻魏王。公子亦欲因此时定南面而王，诸侯畏公子之威，方欲共立之。"秦数使反间，伪贺公子得立为魏王未也。魏王日闻其毁，不能不信，后果使人代公子将。公子自知再以毁废，乃谢病不朝，与宾客为长夜饮，饮醇酒，多近妇女。日夜为乐饮者四岁，竟病酒而卒。其岁，魏安釐王亦薨。秦闻公子死，使蒙骜攻魏，拔二十城，初置东郡。其后秦稍蚕食魏，十八岁而虏魏王，屠大梁。

《战国策·赵策·秦攻赵平原君使人请救于魏》

秦攻赵，平原君使人请救于魏。信陵君发兵至邯郸城下，秦兵罢。虞卿为平原君请益地，谓赵王曰："夫不斗一卒，不顿一戟，而解二国患者，平原君之力也。用人之力，而忘人之功，不可。"赵王曰："善。"将益之地。公孙龙闻之，见平原君曰："君无覆军杀将之功，而封以东武城。赵国豪杰之士，多在君之右，而君为相国者，以亲故。夫君封以东武城，不让无功，佩赵国相印，不辞无能，一解国患，欲求益地，是亲戚受封，而国人计功也。为君计者，不如勿受便。"平原君曰："谨受令。"乃不受封。

吕不韦编纂《吕氏春秋》

《史记·吕不韦列传》

当是时，魏有信陵君，楚有春申君，赵有平原君，齐有孟尝君，皆下士喜宾客以相倾。吕不韦以秦之强，羞不如，亦招致士，厚遇之，至食客三千人。是时诸侯多辩士，如荀卿之徒，著书布天下。吕不韦乃使其客人人著所闻，集论以为八览、六论、十二纪，二十余万言。以为备天地万物古今之事，号曰《吕氏春秋》。布咸阳市门，悬千金其上，延诸侯游士宾客有能增损一字者予千金。

秦国修怀清台褒奖寡妇清

《史记·货殖列传》

乌氏倮畜牧，及众，斥卖，求奇绘物，间献遗戎王。戎王什倍其偿，与之畜，畜至用谷量牛马。秦始皇帝令倮比封君，以时与列臣朝请。而巴寡妇清，其先得丹穴，而擅其利数世，家亦不訾。清，寡妇也，能守其业，用财自卫，不见侵犯。秦皇帝以为贞妇而客之，为筑女怀清台。夫倮鄙人牧长，清穷乡寡妇，礼抗万乘，名显天下，岂非以富邪？

嫪毐之乱

《史记·秦始皇本纪》

晋阳反，元年，将军蒙骜击定之。二年，麃公将卒攻卷，斩首三万。三年，蒙骜攻韩，取十三城。王齮死。十月，将军蒙骜攻魏氏暘、有诡。岁大饥。四年，拔暘、有诡。三月，军罢。秦质子归自赵，赵太子出归国。十月庚寅，蝗虫从东方来，蔽天。天下疫。百姓内粟千石，拜爵一级。五年，将军骜攻魏，定酸枣、燕、虚、长平、雍丘、山阳城，皆拔之，取二十城。初置东郡。冬雷。六年，韩、魏、赵、卫、楚共击秦，取寿陵。秦出兵，五国兵罢。拔卫，迫东郡，其君角率其支属徙居野王，阻其山以保魏之河内。七年，彗星先出东方，见北方，五月见西方。将军骜死。以攻龙、孤、庆都，还兵攻汲。彗星复见西方十六日。夏太后死。八年，王弟长安君成蟜将军击赵，反，死屯留，军吏皆斩死，迁其民于临洮。将军壁死，卒屯留、蒲鹝反，戮其尸。河鱼大上，轻车重马东就食。

嫪毐封为长信侯。予之山阳地，令毐居之。宫室车马衣服苑囿驰猎恣毐。事无小大皆决于毐。又以河西太原郡更为毐国。九年，彗星见，或竟天。攻魏垣、蒲阳。四月，上宿雍。己酉，王冠，带剑。长信侯毐作乱而觉，矫王御玺及太后玺以发县卒及卫卒、官骑、戎翟君公、舍人，将欲攻蕲年宫为乱。王知之，令相国昌平君、昌文君发卒攻毐。战咸阳，斩首数百，皆拜爵，及宦者皆在战中，亦拜爵一级。毐等败走。即令国中：有生得毐，赐钱百万；杀之，五十万。尽得毐等。卫尉竭、内史肆、佐弋竭、中大夫令齐等二十人皆枭首。车裂以徇，灭其宗。及其舍人，轻者为鬼薪。及夺爵迁蜀四千余家，家房陵。是月寒冻，有死者。杨端和攻衍氏。彗星见西方，又见北方，从斗以南八十日。十年，相国吕不韦坐嫪毐免。桓齮为将军。齐、赵来置酒。齐人茅焦说秦王曰："秦方以天下为事，而大王有迁母太后之名，恐诸侯闻之，由此倍秦也。"秦王乃迎太后于雍而入咸阳，复居甘泉宫。

《史记·吕不韦列传》

始皇帝益壮，太后淫不止。吕不韦恐觉祸及己，乃私求大阴人嫪毐以为舍人，时纵倡乐，使毐以其阴关桐轮而行，令太后闻之，以啖太后。太后闻，果欲私得之。吕不韦乃进嫪毐，诈令人以腐罪告之。不韦又阴谓太后曰："可事诈腐，则得给事中。"太后乃阴厚赐主腐者吏，诈论之，拔其须眉为宦者，遂得侍太后。太后私与通，绝爱之。有身，太后恐人知之，诈卜当避时，徙宫居雍。嫪毐常从，赏赐甚厚，事皆决于嫪毐。嫪毐家僮数千人，诸客求宦为嫪毐舍人千余人。

始皇七年，庄襄王母夏太后薨。孝文王后曰华阳太后，与孝文王会葬寿陵。夏太后子庄襄王葬芷阳，故夏太后独别葬杜东，曰："东望吾子，西望吾夫。后百年，旁当有万家邑。"

始皇九年，有告嫪毐实非宦者，常与太后私乱，生子二人，皆匿之。与太后谋曰："王即薨，以子为后。"于是秦王下吏治，具得情实，事连相国吕不韦。九月，夷嫪毐三族，杀太后所生两子，而遂迁太后于雍。诸嫪毐舍人皆没其家而迁之蜀。王欲诛相国，为其奉先王功大，及宾客辩士为游说者众，王不忍致法。

《战国策·魏策·秦攻魏急》

秦自四境之内，执法以下，至于长挽者，故毕曰："与嫪氏乎？与吕氏乎？"虽至于门闾之下，廊庙之上，犹之如是也。今王割地以赂秦，以为嫪毐功；卑体以尊秦，以因嫪毐。王以国赞嫪毐，以嫪毐胜矣。王以国赞嫪氏，太后之德王也，深于骨髓，王之交最为天下上矣。秦、魏百相交也，百相欺也。今由嫪氏善秦而交为天下上，天下孰不弃吕氏而从嫪氏？天下必舍吕氏而从嫪氏，则王之怨报矣。

第五部 《铁血文明》

秦王政亲政、吕不韦被罢黜

《史记·秦始皇本纪》

（秦始皇）十年，相国吕不韦坐嫪毐免……十二年，文信侯不韦死，窃葬。其舍人临者，晋人也逐出之；秦人六百石以上夺爵，迁；五百石以下不临，迁，勿夺爵。自今以来，操国事不道如嫪毐、不韦者籍其门。

《史记·吕不韦列传》

秦王十年十月，免相国吕不韦。及齐人茅焦说秦王，秦王乃迎太后于雍，归复咸阳，而出文信侯就国河南。

岁余，诸侯宾客使者相望于道，请文信侯。秦王恐其为变，乃赐文信侯书曰："君何功于秦？秦封君河南，食十万户；君何亲于秦？号称仲父。其与家属徙处蜀！"吕不韦自度稍侵，恐诛，乃饮酖而死。秦王所加怒吕不韦、嫪毐皆已死，乃皆复归嫪毐舍人迁蜀者。

秦修郑国渠

《史记·河渠书》

而韩闻秦之好兴事，欲罢之，毋令东伐，乃使水工郑国间说秦，令凿泾水自中山西邸瓠口为渠，并北山东注洛三百余里，欲以溉田。中作而觉，秦欲杀郑国。郑国曰："始臣为间，然渠成亦秦之利也。"秦以为然，卒使就渠。渠就，用注填阏之水，溉泽卤之地四万余顷，收皆亩一钟。于是关中为沃野，无凶年，秦以富强，卒并诸侯，因命曰郑国渠。

逐客事件

《史记·秦始皇本纪》

（秦始皇）十年……大索，逐客。李斯上书说，乃止逐客令。

《史记·李斯列传》

李斯者，楚上蔡人也。年少时，为郡小吏，见吏舍厕中鼠食不絜，近人犬，数惊恐之。斯入仓，观仓中鼠，食积粟，居大庑之下，不见人犬之忧。于是李斯乃叹曰："人之贤不肖譬如鼠矣，在所自处耳！"

乃从荀卿学帝王之术。学已成，度楚王不足事，而六国皆弱，无可为建功者，欲西入秦。辞于荀卿曰："斯闻得时无怠，今万乘方争时，游者主事。今秦王欲吞天下，称帝而治，此布衣驰骛之时而游说者之秋也。处卑贱之位而计不为者，此禽鹿视肉，人面而能强行者耳。故诟莫大于卑贱，而悲莫甚于穷困。久处卑贱之位，困苦之地，非世而恶利，自托于无为，此非士之情也。故斯将西说秦王矣。"

至秦，会庄襄王卒，李斯乃求为秦相文信吕不韦舍人。不韦贤之，任以为郎。李斯因以得说，说秦王曰："胥人者，去其几也。成大功者，在因瑕衅而遂忍之。昔者秦穆公之霸，终不东并六国者，何也？诸侯尚众，周德未衰，故五伯迭兴，更尊周室。自秦孝公以来，周室卑微，诸侯相兼，关东为六国，秦之乘胜役诸侯，盖六世矣。今诸侯服秦，譬若郡县。夫以秦之强，大王之贤，由灶上骚除，足以灭诸侯，成帝业，为天下一统，此万世之一时也。今怠而不急就，诸侯复强，相聚约从，虽有黄帝之贤，不能并也。"秦王乃拜斯为长史，听其计，阴遣谋士赍持金玉以游说诸侯。诸侯名士可下以财者，厚遗结之；不肯者，利剑刺之。离其君臣之计，秦王乃使其良将随其后。秦王拜斯为客卿。

会韩人郑国来间秦，以作注溉渠，已而觉。秦宗室大臣皆言秦王曰："诸侯人来事秦者，大抵为其主游间于秦耳，请一切逐客。"李斯议亦在逐中。

斯乃上谏书曰："臣闻吏议逐客，窃以为过矣。昔缪公求士，西取由余于戎，东得百里奚于宛，迎蹇叔于宋，来丕豹、公孙支于晋。此五子者，不产于秦，而缪公用之，并国二十，遂霸西戎。孝公用商鞅之法，移风易俗，民以殷盛，国以富强，百姓乐用，诸侯亲服，获楚、魏之师，举地千里，至今治强。惠王用张仪之计，拔三川之地，西并巴、蜀，北收上郡，南取汉中，包九夷，制鄢、郢，东据成皋之险，割膏腴之壤，遂散六国之从，使之西面事秦，功施到今。昭王得范雎，废穰侯，逐华阳，强公室，杜私门，蚕食诸侯，使秦成帝业。此四君者，皆以客之功。由此观之，客何负于秦哉！向使四君却客而不内，疏士而不用，是使国无富利之实而秦无强大之名也。

“今陛下致昆山之玉，有随、和之宝，垂明月之珠，服太阿之剑，乘纤离之马，建翠凤之旗，树灵鼍之鼓。此数宝者，秦不生一焉，而陛下说之，何也？必秦国之所生然后可，则是夜光之璧不饰朝廷，犀象之器不为玩好，郑、卫之女不充后宫，而骏良駃騠不实外厩，江南金锡不为用，西蜀丹青不为采。所以饰后宫充下陈娱心意说耳目者，必出于秦然后可，则是宛珠之簪，傅玑之珥，阿缟之衣，锦绣之饰不进于前，而随俗雅化佳冶窈窕赵女不立于侧也。夫击瓮叩缶弹筝搏髀，而歌呼呜呜快耳（目）者，真秦之声也；《郑》《卫》《桑间》《昭》《虞》《武》《象》者，异国之乐也。今弃击瓮叩缶而就《郑》《卫》，退弹筝而取《昭》《虞》，若是者何也？快意当前，适观而已矣。今取人则不然。不问可否，不论曲直，非秦者去，为客者逐。然则是所重者在乎色乐珠玉，而所轻者在乎人民也。此非所以跨海内制诸侯之术也。

“臣闻地广者粟多，国大者人众，兵强则士勇。是以太山不让土壤，故能成其大；河海不择细流，故能就其深；王者不却众庶，故能明其德。是以地无四方，民无异国，四时充美，鬼神降福，此五帝、三王之所以无敌也。今乃弃黔首以资敌国，却宾客以业诸侯，使天下之士退而不敢西向，裹足不入秦，此所谓‘藉寇兵而赍盗粮’者也。

“夫物不产于秦者，可宝者多；士不产于秦，而愿忠者众。今逐客以资敌国，损民以够益仇，内自虚而外树怨于诸侯，求国无危，不可得也。”

李斯、尉缭等入秦庙堂

《史记·秦始皇本纪》

李斯因说秦王，请先取韩以恐他国，于是使斯下韩。韩王患之。与韩非谋弱秦。大梁人尉缭来，说秦王曰："以秦之强，诸侯譬如郡县之君，臣但恐诸侯合从，翕而出不意，此乃智伯、夫差、湣王之所以亡也。愿大王毋爱财物，赂其豪臣，以乱其谋，不过亡三十万金，则诸侯可尽。"秦王从其计，见尉缭亢礼，衣服食饮与缭同。缭曰："秦王为人，蜂准，长目，挚鸟膺，豺声，少恩而虎狼心，居约易出人下，得志亦轻食人。我布衣，然见我常身自下我。诚使秦王得志于天下，天下皆为虏矣。不可与久游。"乃亡去。秦王觉，固止，以为秦国尉，卒用其计策。而李斯用事。

秦灭韩之战

《史记·秦始皇本纪》

（秦始皇）十二年……韩非使秦，秦用李斯谋，留非，非死云阳。韩王请为臣。十五年，大兴兵，一军至邺，一军至太原，取狼孟。地动。十六年九月，发卒受地韩南阳假守腾。初令男子书年。魏献地于秦。秦置丽邑。十七年，内史腾攻韩，得韩王安，尽纳其地，以其地为郡，名曰颍川。

《史记·韩世家》

王安五年，秦攻韩，韩急，使韩非使秦，秦留非，因杀之。九年，秦虏王安，尽入其地，为颍川郡。韩遂亡。

《史记·燕召公世家》

（燕王喜）二十五年，秦虏灭韩王安，置颍川郡。

《史记·楚世家》

（楚幽王）九年，秦灭韩。

《史记·田敬仲完世家》

（齐王建）三十五年，秦灭韩。

《战国策·秦策·四国为一》

四国为一，将以攻秦。秦王召群臣宾客六十人而问焉，曰："四国为一，将以图秦，寡人屈于内，而百姓靡于外，为之奈何？"群臣莫对。姚贾对曰："贾愿出使四国，必绝其谋，而安其兵。"乃资车百乘，金千斤，衣以王衣，冠以王冠，带以王剑。姚贾辞行，绝其谋，止其兵，与之为交以报秦。秦王大悦。封贾千户，以为上卿。

韩非短之，曰："贾以珍珠重宝，南使荆、吴，北使燕、代，出问三年，四国之交未必合也，而珍珠重宝尽于内。是贾以王之权，国之宝，外自交于诸侯，愿王察之。且梁监门子，尝盗于梁，臣于赵而逐。取世监门子，梁之大盗，赵之逐臣，与同知社稷之计，非所以厉群臣也。"

王召姚贾而问曰："吾闻子以寡人财交于诸侯，有诸？"对曰："有之。"王曰："有何面目复见寡人？"对曰："曾参孝其亲，天下愿以为子；子胥忠于君，天下愿以为臣；贞女工巧，天下愿以为妃；今贾忠王而王不知也。贾不归四国，尚焉之？使贾不忠于君，四国之王尚焉用贾之身？桀听谗而诛其良将，纣闻谗而杀其忠臣，至身死国亡。今王听谗则无忠臣矣。"

王曰："子监门子，梁之大盗，赵之逐臣。"姚贾曰："太公望，齐之逐夫，朝歌之废屠，子良之逐臣，棘津之不仇庸，文王用之而王。管仲，其鄙人之贾人也，南阳之弊幽，鲁之免囚，桓公用之而伯。百里奚，虞之乞人，传卖以五羊之皮，穆公相之而朝西戎。文公用中山盗，而胜于城濮。此四士者，皆有诟丑，大诽于天下，明主用之，知其可与立功。使若卞随、务光、申徒狄，人主岂得其用哉！故明主不取其污，不听其非，察其为己用。故可以存社稷者，虽有外诽者不听；虽有高世之名，而无咫尺之功者不赏。是以群臣莫敢以虚愿望于上。"

秦王曰："然。"乃可复使姚贾而诛韩非。

《韩非子·存韩》

韩事秦三十余年，出则为扞蔽，入则为席荐。秦特出锐师取地而韩随之，怨悬于天下，功归于强秦。且夫韩入贡职，与郡县无异也。今臣窃闻贵臣之计，举兵将伐韩。夫赵氏聚士卒，养从徒，欲赘天下之兵，明秦不弱则诸侯必灭宗庙，欲西面行其意，非一日之计也。今释赵之患，而攘内臣之韩，则天下明赵氏之计矣。

夫韩，小国也，而以应天下四击，主辱臣苦，上下相与同忧久矣。修守备，戎强敌，有蓄积，筑城池以守固。今伐韩，未可一年而灭，拔一城而退，则权轻于天下，天下摧我兵矣。韩叛，则魏应之，赵据齐以为原，如此，则以韩、魏资赵假齐以固其从，而以与争强，赵之福而秦之祸也。夫进而击赵不能取，退而攻韩弗能拔，则陷锐之卒勤于野战，负任之旅罢于内攻，则合群苦弱以敌而共二万乘，非所以亡赵之心也。均如贵人之计，则秦必为天下兵质矣。陛下虽以金石相弊，则兼天下之日未也。

今贱臣之愚计：使人使荆，重币用事之臣，明赵之所以欺秦者；与魏质以安其心，从韩而伐赵，赵虽与齐为一，不足患也。二国事毕，则韩可以移书定也。是我一举二国有亡形，则荆、魏又必自服矣。故曰："兵者，凶器也。"不可不审用也。以秦与赵敌衡，加以齐，今又背韩，而未有以坚荆、魏之心。夫一战而不胜，则祸构矣。计者，所以定事也，不可不察也。韩、秦强弱，在今年耳。且赵与诸侯阴谋久矣。夫一动而弱于诸侯，危事也；为计而使诸侯有意我之心，至殆也。见二疏，非所以强于诸侯也。臣窃愿陛下之幸熟图之！夫攻伐而使从者闻焉，不可悔也。

诏以韩客之所上书，书言"韩子之未可举"，下臣斯。甚以为不然。秦之有韩，若人之有腹心之病也，虚处则㤥然，若居湿地，著而不去，以极走，则发矣。夫韩虽臣于秦，未尝不为秦病，今若有卒报之事，韩不可信也。秦与赵为难。荆苏使齐，未知何如。以臣观之，则齐、赵之交未必以荆苏绝也；若不绝，是悉赵而应二万乘也。夫韩不服秦之义而服于强也。今专于齐、赵，则韩必为腹心之病而发矣。韩与荆有谋，诸侯应之，则秦必复见崤塞之患。

非之来也，未必不以其能存韩也为重于韩也。辩说属辞，饰非诈谋，以钓利于秦，而以韩利窥陛下。夫秦、韩之交亲，则非重矣，此自便之计也。

臣视非之言，文其淫说靡辩，才甚。臣恐陛下淫非之辩而听其盗心，因不详察事情。今以臣愚议：秦发兵而未名所伐，则韩之用事者以事秦为计矣。臣斯请往见韩王，使来入见，大王见，因内其身而勿遣，稍召其社稷之臣，以与韩人为市，则韩可深割也。因令象武发东郡之卒，窥兵于境上而未名所之，则齐人惧而从苏之计，是我兵未出而劲韩以威擒，强齐以义从矣。闻于诸侯也，赵氏破胆，荆人狐疑，必有忠计。荆人不动，魏不足患也，则诸侯可蚕食而尽，赵氏可得与敌矣。愿陛下幸察愚臣之计，无忽。

秦遂遣斯使韩也。

李斯往诏韩王，未得见，因上书曰："昔秦、韩戮力一意，以不相侵，天下莫敢犯，如此者数世矣。前时五诸侯尝相与共伐韩，秦发兵以救之。韩居中国，地不能满千里，而所以得与诸侯班位于天下，君臣相保者，以世世相教事秦之力也。先时五诸侯共伐秦，韩反与诸侯先为雁行以向秦军于关下矣。诸侯兵困力极，无奈何，诸侯兵罢。杜仓相秦，起兵发将以报天下之怨而先攻荆。荆令尹患之，曰：'夫韩以秦为不义，而与秦兄弟共苦天下。已又背秦，先为雁行以攻关。韩则居中国，展转不可知。'天下共割韩上地十城以谢秦，解其兵。夫韩尝一背秦而国迫地侵，兵弱至今，所以然者，听奸臣之浮说，不权事实，故虽杀戮奸臣，不能使韩复强。

"今赵欲聚兵士，卒以秦为事，使人来借道，言欲伐秦，其势必先韩而后秦。且臣闻之，'唇亡则齿寒'。夫秦、韩不得无同忧，其形可见。魏欲发兵以攻韩，秦使人将使者于韩。今秦王使臣斯来而不得见，恐左右袭曩奸臣之计，使韩复有亡地之患。臣斯不得见，请归报，秦韩之交必绝矣。斯之来使，以奉秦王之欢心，愿效便计，岂陛下所以逆贱臣者邪？臣斯愿得一见，前进道愚计，退就葅戮，愿陛下有意焉。今杀臣于韩，则大王不足以强；若不听臣之计，则祸必构矣。秦发兵不留行，而韩之社稷忧矣。臣斯暴身于韩之市，则虽欲察贱臣愚忠之计，不可得已。边鄙残，国固守，鼓铎之声于耳，而乃用臣斯之计，晚矣。且夫韩之兵于天下可知也，今又背强秦。夫弃城而败军，则反掖之寇必袭城矣。城尽则聚散，则无军矣。城固守，则秦必兴兵而围王一都，道不通，则难必谋，其势不救，左右计之者不用，愿陛下熟图之。若臣斯之所言有不应事实者，愿大王幸使得毕辞于前，乃就吏诛不晚也。秦王饮食不甘，游观不乐，意专在图赵，使臣斯来言，愿得身见，因急于陛下有计也。今使臣不通，则韩之信未可知也。夫秦必释赵之患而移兵于韩，愿陛下幸复察图之，而赐臣报决。”

秦灭赵之战

《史记·秦始皇本纪》

（秦始皇）十八年，大兴兵攻赵，王翦将上地，下井陉，端和将河内，羌瘣伐赵，端和围邯郸城。十九年，王翦、羌瘣尽定赵地东阳，得赵王。引兵欲攻燕，屯中山。秦王之邯郸，诸尝与王生赵时母家有仇怨，皆坑之。秦王还，从太原、上郡归。始皇帝母太后崩。赵公子嘉率其宗数百人之代，自立为代王，东与燕合兵，军上谷。大饥。

《史记·赵世家》

二十年，秦王政初立。秦拔我晋阳。

二十一年，孝成王卒。廉颇将，攻繁阳，取之。使乐乘代之，廉颇攻乐乘，乐乘走，廉颇亡入魏。子偃立，是为悼襄王。

悼襄王元年，大备魏。欲通平邑、中牟之道，不成。

二年，李牧将，攻燕，拔武遂、方城。秦召春平君，因而留之。泄钧为之谓文信侯曰：“春平君者，赵王甚爱之而郎中妒之，故相与谋曰‘春平君入秦，秦必留之’，故相与谋而内之秦也。今君留之，是绝赵而郎中之计中也。君不如遣春平君而留平都。春平君者言行信于王，王必厚割赵而赎平都。”文信侯曰：“善。”因遣之。城韩皋。

三年，庞煖将，攻燕，禽其将剧辛。四年，庞煖将赵、楚、魏、燕之锐师，攻秦蕞，不拔；移攻齐，取饶安。五年，傅抵将，居平邑；庆舍将东阳河外师，守河梁。六年，封长安君以饶。魏与赵邺。

九年，赵攻燕，取狸、阳城。兵未罢，秦攻邺，拔之。悼襄王卒，子幽缪王迁立。

幽缪王迁元年，城柏人。二年，秦攻武城，扈辄率师救之，军败，死焉。

三年，秦攻赤丽、宜安，李牧率师与战肥下，却之。封牧为武安君。四年，秦攻番吾，李牧与之战，却之。

五年，代地大动，自乐徐以西，北至平阴，台屋墙垣太半坏，地坼东西百三十步。六年，大饥，民讹言曰："赵为号，秦为笑。以为不信，视地之生毛。"

七年，秦人攻赵，赵大将李牧、将军司马尚将，击之。李牧诛，司马尚免，赵怱及齐将颜聚代之。赵怱军破，颜聚亡去。以王迁降。

八年十月，邯郸为秦。

《史记·燕召公世家》

（燕王喜）二十七年，秦虏赵王迁，灭赵。赵公子嘉自立为代王。

《史记·田敬仲完世家》

（齐王建）三十七年，秦灭赵。

《史记·白起王翦列传》

王翦者，频阳东乡人也。少而好兵，事秦始皇。始皇十一年，翦将攻赵阏与，破之，拔九城，十八年，翦将攻赵。岁余，遂拔赵，赵王降，尽定赵地为郡。

《史记·廉颇蔺相如列传》

自邯郸围解五年，而燕用栗腹之谋，曰"赵壮者尽于长平，其孤未壮"，举兵击赵。赵使廉颇将，击，大破燕军于鄗，杀栗腹，遂围燕。燕割五城请和，乃听之。赵以尉文封廉颇为信平君，为假相国。

廉颇之免长平归也，失势之时，故客尽去。及复用为将，客又复至。

廉颇曰："客退矣！"客曰："吁！君何见之晚也？夫天下以市道交，君有势，我则从君，君无势则去，此固其理也，有何怨乎？"居六年，赵使廉颇伐魏之繁阳，拔之。

赵孝成王卒，子悼襄王立，使乐乘代廉颇。廉颇怒，攻乐乘，乐乘走。廉颇遂奔魏之大梁。其明年，赵乃以李牧为将而攻燕，拔武遂、方城。

廉颇居梁久之，魏不能信用。赵以数困于秦兵，赵王思复得廉颇，廉颇亦思复用于赵。赵王使使者视廉颇尚可用否。廉颇之仇郭开多与使者金，令毁之。赵使者既见廉颇，廉颇为之一饭斗米，肉十斤，被甲上马，以示尚可用。赵使还报王曰："廉将军虽老，尚善饭，然与臣坐，顷之三遗矢矣。"赵王以为老，遂不召。

楚闻廉颇在魏，阴使人迎之。廉颇一为楚将，无功，曰："我思用赵人。"廉颇卒死以寿春。

……

赵悼襄王元年，廉颇既亡入魏，赵使李牧攻燕，拔武遂、方城。居二年，庞煖破燕军，杀剧辛。后七年，秦破杀赵将扈辄于武遂，斩首十万。赵乃以李牧为大将军，击秦军于宜安，大破秦军，走秦将桓齮。封李牧为武安君。居三年，秦攻番吾，李牧击破秦军，南距韩、魏。

赵王迁七年，秦使王翦攻赵，赵使李牧、司马尚御之。秦多与赵王宠臣郭开金，为反间，言李牧、司马尚欲反。赵王乃使赵葱及齐将颜聚代李牧。李牧不受命，赵使人微捕得李牧，斩之。废司马尚。后三月，王翦因急击赵，大破杀赵葱，虏赵王迁及其将颜聚，遂灭赵。

《战国策·秦策·文信侯出走》

司空马去赵，渡平原。平原津令郭遗劳而问："秦兵下赵，上客从赵来，赵事何如？"司空马言其为赵王计而弗用，赵必亡。平原令曰："以上客料之，赵何时亡？"司空马曰："赵将武安君，期年而亡；若杀武安君，不过半年。赵王之臣有韩仓者，以曲合于赵王，其交甚亲，其为人疾贤妒功臣。今国危亡，王必用其言，武安君必死。"

韩仓果恶之，王使人代。武安君至，使韩仓数之，曰："将军战胜，王觞将军。将军为寿于前而捍匕首，当死。"武安君曰："缳病钩，身大臂短，不能及地，起居不敬，恐惧死罪于前，故使工人为木杖以接手。上若不信，请以出示。"出之袖中，以示韩仓，状如棖㮶，缠之以布。"愿公入明之。"韩仓曰："受命于王，赐将军死，不赦。臣不敢言。"武安君北面再拜赐死，缩剑将自诛，乃曰："人臣不得自杀宫中。"过司空马门，趣甚疾，出门也。右举剑将自诛，臂短，不能及，衔剑征之于柱以自刺。

武安君死。五月赵亡。

《战国策·赵策·秦使王翦攻赵》

秦使王翦攻赵，赵使李牧、司马尚御之。李牧数破走秦军，杀秦将桓齮。王翦恶之，乃多与赵王宠臣郭开等金，使为反间，曰："李牧、司马尚欲与秦反赵，以多取封于秦。"赵王疑之，使赵葱及颜最代将，斩李牧，废司马尚。后三月，王翦因急击，大破赵，杀赵军，虏赵王迁及其将颜最，遂灭赵。

秦灭燕之战

《史记·秦始皇本纪》

二十年，燕太子丹患秦兵至国，恐，使荆轲刺秦王。秦王觉之，体解轲以徇，而使王翦、辛胜攻燕。燕、代发兵击秦军，秦军破燕易水之西。二十一年，王贲攻荆。乃益发卒诣王翦军，遂破燕太子军，取燕蓟城，得太子丹之首。燕王东收辽东而王之。王翦谢病老归。新郑反。昌平君徙于郢。大雨雪，深二尺五寸。

《史记·燕召公世家》

今王喜四年，秦昭王卒。燕王命相栗腹约欢赵，以五百金为赵王酒。还报燕王曰："赵王壮者皆死长平，其孤未壮，可伐也。"王召昌国君乐间问之。对曰："赵四战之国，其民习兵，不可伐。"王曰："吾以五而伐一。”对曰：“不可。”燕王怒，群臣皆以为可。卒起二军，车二千乘，栗腹将而攻鄗，卿秦攻代。唯独大夫将渠谓燕王曰：“与人通关约交，以五百金饮人之王，使者报而反攻之，不祥，兵无成功。”燕王不听，自将偏军随之。将渠引燕王绶止之曰：“王必无自往，往无成功。”王蹵之以足。将渠泣曰：“臣非以自为，为王也！”燕军至宋子，赵使廉颇将，击破栗腹于鄗。乐乘破卿秦于代。乐间奔赵。廉颇逐之五百馀里，围其国。燕人请和，赵人不许，必令将渠处和。燕相将渠以处和。赵听将渠，解燕围。

六年，秦灭东周，置三川郡。七年，秦拔赵榆次三十七城，秦置太原郡。九年，秦王政初即位。十年，赵使廉颇将攻繁阳，拔之。赵孝成王卒，悼襄王立。使乐乘代廉颇，廉颇不听，攻乐乘，乐乘走，廉颇奔大梁。十二年，赵使李牧攻燕，拔武遂、方城。剧辛故居赵，与庞煖善，已而亡走燕。燕见赵数困于秦，而廉颇去，令庞煖将也，欲因赵弊攻之。问剧辛，辛曰：“庞煖易与耳。”燕使剧辛将击赵，赵使庞煖击之，取燕军二万，杀剧辛。秦拔魏二十城，置东郡。十九年，秦拔赵之邺九城。赵悼襄王卒。二十三年，太子丹质于秦，亡归燕。二十五年，秦虏灭韩王安，置颍川郡。二十七年，秦虏赵王迁，灭赵。赵公子嘉自立为代王。

燕见秦且灭六国，秦兵临易水，祸且至燕。太子丹阴养壮士二十人，使荆轲献督亢地图于秦，因袭刺秦王。秦王觉，杀轲，使将军王翦击燕。二十九年，秦攻拔我蓟，燕王亡，徙居辽东，斩丹以献秦。三十年，秦灭魏。

三十三年，秦拔辽东，虏燕王喜，卒灭燕。是岁，秦将王贲亦虏代王嘉。

《史记·田敬仲完世家》

（齐王建）三十八年，燕使荆轲刺秦王，秦王觉，杀轲。明年，秦破燕，燕王亡走辽东……四十二年，秦灭楚。明年，虏代王嘉，灭燕王喜。

《史记·魏世家》

王假元年，燕太子丹使荆轲刺秦王，秦王觉之。

《史记·楚世家》

王负刍元年，燕太子丹使荆轲刺秦王。

《史记·白起王翦列传》

明年，燕使荆轲为贼于秦，秦王使王翦攻燕。燕王喜走辽东，翦遂定燕蓟而还。

《史记·刺客列传》

荆轲者，卫人也。其先乃齐人，徙于卫，卫人谓之庆卿。而之燕，燕人谓之荆卿。

荆卿好读书击剑，以术说卫元君，卫元君不用。其后秦伐魏，置东郡，徙卫元君之支属于野王。

荆轲尝游过榆次，与盖聂论剑，盖聂怒而目之。荆轲出，人或言复召荆卿。盖聂曰："曩者吾与论剑有不称者，吾目之；试往，是宜去，不敢留。"使使往之主人，荆卿则已驾而去榆次矣。使者还报，盖聂曰："固去也，吾曩者目摄之！"

荆轲游于邯郸，鲁勾践与荆轲博，争道，鲁勾践怒而叱之，荆轲嘿而逃去，遂不复会。

荆轲既至燕，爱燕之狗屠及善击筑者高渐离。荆轲嗜酒，日与狗屠及高渐离饮于燕市，酒酣以往，高渐离击筑，荆轲和而歌于市中，相乐也，已而相泣，旁若无人者。荆轲虽游于酒人乎，然其为人沈深好书；其所游诸侯，尽与其贤豪长者相结。其之燕，燕之处士田光先生亦善待之，知其非庸人也。

居顷之，会燕太子丹质秦亡归燕。燕太子丹者，故尝质于赵，而秦王政生于赵，其少时与丹欢。及政立为秦王，而丹质于秦。秦王之遇燕太子丹不善，故丹怨而亡归。归而求为报秦王者，国小，力不能。其后秦日出兵山东以伐齐、楚、三晋，稍蚕食诸侯，且至于燕，燕君臣皆恐祸之至。太子丹患之，问其傅鞠武。武对曰："秦地遍天下，威胁韩、魏、赵氏，北有甘泉、谷口之固，南有泾、渭之沃，擅巴、汉之饶，右陇、蜀之山，左关、殽之险，民众而士厉，兵革有馀。意有所出，则长城之南，易水以北，未有所定也。奈何以见陵之怨，欲批其逆鳞哉！"丹曰："然则何由？"对曰："请入图之。"

居有间，秦将樊於期得罪于秦王，亡之燕，太子受而舍之。鞠武谏曰："不可。夫以秦王之暴而积怒于燕，足为寒心，又况闻樊将军之所在乎？是谓'委肉当饿虎之蹊'也，祸必不振矣！虽有管、晏，不能为之谋也。愿太子疾遣樊将军入匈奴以灭口。请西约三晋，南连齐、楚，北购于单于，其后乃可图也。"太子曰："太傅之计，旷日弥久，心惛然，恐不能须臾。且非独于此也，夫樊将军穷困于天下，归身于丹，丹终不以迫于强秦而弃所哀怜之交，置之匈奴，是固丹命卒之时也。愿太傅更虑之。"鞠武曰："夫行危欲求安，造祸而求福，计浅而怨深，连结一人之后交，不顾国家之大害，此所谓'资怨而助祸'矣。夫以鸿毛燎于炉炭之上，必无事矣。且以雕鸷之秦，行怨暴之怒，岂足道哉！燕有田光先生，其为人智深而勇沈，可与谋。"太子曰："愿因太傅而得交于田先生，可乎？"鞠武曰："敬诺。"出见田先生，道"太子愿图国事于先生也"。田光曰："敬奉教。"乃造焉。

太子逢迎，却行为导，跪而蔽席。田光坐定，左右无人，太子避席而请曰："燕秦不两立，愿先生留意也。"田光曰："臣闻骐骥盛壮之时，一日而驰千里；至其衰老，驽马先之。今太子闻光盛壮之时，不知臣精已消亡矣。虽然，光不敢以图国事，所善荆卿可使也。"太子曰："愿因先生得结交于荆卿，可乎？"田光曰："敬诺。"即起，趋出。太子送至门，戒曰："丹所报，先生所言者，国之大事也，愿先生勿泄也！"田光俯而笑曰："诺。"偻行见荆卿，曰："光与子相善，燕国莫不知。今太子闻光壮盛之时，不知吾形已不逮也，幸而教之曰'燕秦不两立，愿先生留意也'。光窃不自外，言足下于太子也，愿足下过太子于宫。"荆轲曰："谨奉教。"田光曰："吾闻之，长者为行，不使人疑之。今太子告光曰，‘所言者，国之大事也，愿先生勿泄，’是太子疑光也。夫为行而使人疑之，非节侠也。”欲自杀以激荆卿，曰：“愿足下急过太子，言光已死，明不言也。”因遂自刎而死。

荆轲遂见太子，言田光已死，致光之言。太子再拜而跪，膝行流涕，有顷而后言曰：“丹所以诫田先生毋言者，欲以成大事之谋也。今田先生以死明不言，岂丹之心哉！”荆轲坐定，太子避席顿首曰：“田先生不知丹之不肖，使得至前，敢有所道，此天之所以哀燕而不弃其孤也。今秦有贪利之心，而欲不可足也。非尽天下之地，臣海内之王者，其意不厌。今秦已虏韩王，尽纳其地。又举兵南伐楚，北临赵；王翦将数十万之众距漳、邺，而李信出太原、云中。赵不能支秦，必入臣，入臣则祸至燕。燕小弱，数困于兵，今计举国不足以当秦。诸侯服秦，莫敢合从。丹之私计愚，以为诚得天下之勇士使于秦，窥以重利；秦王贪，其势必得所原矣。诚得劫秦王，使悉反诸侯侵地，若曹沫之与齐桓公，则大善矣；则不可，因而刺杀之。彼秦大将擅兵于外而内有乱，则君臣相疑，以其间诸侯得合从，其破秦必矣。此丹之上愿，而不知所委命，唯荆卿留意焉。”久之，荆轲曰：“此国之大事也，臣驽下，恐不足任使。”太子前顿首，固请毋让，然后许诺。于是尊荆卿为上卿，舍上舍。太子日造门下，供太牢具，异物间进，车骑美女恣荆轲所欲，以顺适其意。

久之，荆轲未有行意。秦将王翦破赵，虏赵王，尽收入其地，进兵北略地至燕南界。太子丹恐惧，乃请荆轲曰：“秦兵旦暮渡易水，则虽欲长侍足下，岂可得哉！”荆轲曰：“微太子言，臣愿谒之。今行而毋信，则秦未可亲也。夫樊将军，秦王购之金千斤，邑万家。诚得樊将军首与燕督亢之地图，奉献秦王，秦王必说见臣，臣乃得有以报。”太子曰：“樊将军穷困来归丹，丹不忍以己之私而伤长者之意，愿足下更虑之！”

荆轲知太子不忍，乃遂私见樊於期曰：“秦之遇将军可谓深矣，父母宗族皆为戮没。今闻购将军首金千斤，邑万家，将奈何？”于期仰天太息流涕曰：“于期每念之，常痛于骨髓，顾计不知所出耳！”荆轲曰：“今有一言可以解燕国之患，报将军之仇者，何如？”于期乃前曰：“为之奈何？”荆轲曰：“愿得将军之首以献秦王，秦王必喜而见臣，臣左手把其袖，右手揕其匈，然则将军之仇报而燕见陵之愧除矣。将军岂有意乎？”樊於期偏袒扼捥而进曰：“此臣之日夜切齿腐心也，乃今得闻教！”遂自刭。太子闻之，驰往，伏尸而哭，极哀。既已不可奈何，乃遂盛樊於期首函封之。

于是太子豫求天下之利匕首，得赵人徐夫人匕首，取之百金，使工以药焠之，以试人，血濡缕，人无不立死者。乃装为遣荆卿。燕国有勇士秦舞阳，年十三，杀人，人不敢忤视。乃令秦舞阳为副。荆轲有所待，欲与俱；其人居远未来，而为治行。顷之，未发，太子迟之，疑其改悔，乃复请曰：“日已尽矣，荆卿岂有意哉？丹请得先遣秦舞阳。”荆轲怒，叱太子曰：“何太子之遣？往而不返者，竖子也！且提一匕首入不测之强秦，仆所以留者，待吾客与俱。今太子迟之，请辞决矣！”遂发。

太子及宾客知其事者，皆白衣冠以送之。至易水之上，既祖，取道，高渐离击筑，荆轲和而歌，为变徵之声，士皆垂泪涕泣。又前而为歌曰：“风萧萧兮易水寒，壮士一去兮不复还！”复为羽声慷慨，士皆瞋目，发尽上指冠。于是荆轲就车而去，终已不顾。

遂至秦，持千金之资币物，厚遗秦王宠臣中庶子蒙嘉。嘉为先言于秦王曰：“燕王诚振怖大王之威，不敢举兵以逆军吏，愿举国为内臣，比诸侯之列，给贡职如郡县，而得奉守先王之宗庙。恐惧不敢自陈，谨斩樊於期之头，及献燕督亢之地图，函封，燕王拜送于庭，使使以闻大王，唯大王命之。”秦王闻之，大喜，乃朝服，设九宾，见燕使者咸阳宫。荆轲奉樊於期头函，而秦舞阳奉地图柙，以次进。至陛，秦舞阳色变振恐，群臣怪之。荆轲顾笑舞阳，前谢曰：“北蕃蛮夷之鄙人，未尝见天子，故振慑。愿大王少假借之，使得毕使于前。”秦王谓轲曰：“取舞阳所持地图。”轲既取图奏之，秦王发图，图穷而匕首见。因左手把秦王之袖，而右手持匕首揕之。未至身，秦王惊，自引而起，袖绝。拔剑，剑长，操其室。时惶急，剑坚，故不可立拔。荆轲逐秦王，秦王环柱而走。群臣皆愕，卒起不意，尽失其度。而秦法，群臣侍殿上者不得持尺寸之兵；诸郎中执兵皆陈殿下，非有诏召不得上。方急时，不及召下兵，以故荆轲乃逐秦王。而卒惶急，无以击轲，而以手共搏之。是时侍医夏无且以其所奉药囊提荆轲也。秦王方环柱走，卒惶急，不知所为，左右乃曰："王负剑！"负剑，遂拔以击荆轲，断其左股。荆轲废，乃引其匕首以擿秦王，不中，中桐柱。秦王复击轲，轲被八创。轲自知事不就，倚柱而笑，箕踞以骂曰："事所以不成者，以欲生劫之，必得约契以报太子也。"于是左右既前杀轲，秦王不怡者良久。已而论功，赏群臣及当坐者各有差，而赐夏无且黄金二百镒，曰："无且爱我，乃以药囊提荆轲也。"

于是秦王大怒，益发兵诣赵，诏王翦军以伐燕。十月而拔蓟城。燕王喜、太子丹等尽率其精兵东保于辽东。秦将李信追击燕王急，代王嘉乃遗燕王喜书曰："秦所以尤追燕急者，以太子丹故也。今王诚杀丹献之秦王，秦王必解，而社稷幸得血食。"其后李信追丹，丹匿衍水中，燕王乃使使斩太子丹，欲献之秦。秦复进兵攻之。后五年，秦卒灭燕，虏燕王喜。

其明年，秦并天下，立号为皇帝。于是秦逐太子丹、荆轲之客，皆亡。高渐离变名姓为人庸保，匿作于宋子。久之，作苦，闻其家堂上客击筑，傍徨不能去。每出言曰："彼有善有不善。"从者以告其主，曰："彼庸乃知音，窃言是非。"家丈人召使前击筑，一坐称善，赐酒。而高渐离念久隐畏约无穷时，乃退，出其装匣中筑与其善衣，更容貌而前。举坐客皆惊，下与抗礼，以为上客。使击筑而歌，客无不流涕而去者。宋子传客之，闻于秦始皇。秦始皇召见，人有识者，乃曰："高渐离也。"秦皇帝惜其善击筑，重赦之，乃矐其目。使击筑，未尝不称善。稍益近之，高渐离乃以铅置筑中，复进得近，举筑朴秦皇帝，不中。于是遂诛高渐离，终身不复近诸侯之人。

鲁勾践已闻荆轲之刺秦王，私曰："嗟乎，惜哉其不讲于刺剑之术也！甚矣吾不知人也！曩者吾叱之，彼乃以我为非人也！"

《战国策·燕策·燕王喜使栗腹以百金为赵孝成王寿》

燕王喜使栗腹以百金为赵孝成王寿，酒三日，反报曰："赵民其状者皆死于长平，其孤未状，可伐也。"王乃召昌国君乐间而问曰："何如？"对曰："赵，四达之国也，其民皆习于兵，不可与战。"王曰："吾以倍攻之，可乎？”曰：“不可。”曰：“以三，可乎？”曰：“不可。”王大怒。左右皆以为赵可伐，遽起六十万以攻赵。令栗腹以四十万攻鄗，使庆秦以二十万攻代。赵使廉颇以八万遇栗腹于鄗，使乐乘以五万遇庆秦于代。燕人大败。乐间入赵。

《战国策·燕策·燕太子丹质于秦》

燕太子丹质于秦，亡归。见秦且灭六国，兵以临易水，恐其祸至，太子丹患之。谓其太傅鞫武曰：“燕、秦不两立，愿太傅幸而图之。”武对曰：“秦地遍天下，威胁韩、魏、赵氏，则易水以北，未有所定也。奈何以见陵之怨，欲批其逆鳞哉？”太子曰：“然则何由？”太傅曰：“请入，图之。”

居之有间，樊将军亡秦之燕，太子容之。太傅鞫武谏曰：“不可。夫秦王之暴，而积怨于燕，足为寒心，又况闻樊将军之在乎！是以委肉当饿虎之蹊，祸必不振矣！虽有管、晏，不能为谋。愿太子急遣樊将军入匈奴以灭口。请西约三晋，南连齐、楚，北讲于单于，然后乃可图也。”太子丹曰：“太傅之计，旷日弥久，心惛然，恐不能须臾。且非独于此也。夫樊将军困穷于天下，归身于丹，丹终不迫于强秦，而弃所哀怜之交置之匈奴，是丹命固卒之时也。愿太傅更虑之。”鞫武曰：“燕有田光先生者，其智深，其勇沉，可与之谋也。”太子曰：“愿因太傅交于田先生，可乎？”鞫武曰：“敬诺。”出见田光，道太子曰：“愿图国事于先生。”田光曰：“敬奉教。”乃造焉。

太子跪而逢迎，却行为道，跪地拂席。田先生坐定，左右无人，太子避席而请曰：“燕、秦不两立，愿先生留意也。”田光曰：“臣闻骐骥盛壮之时，一日而驰千里。至其衰也，驽马先之。今太子闻光壮盛之时，不知吾精已消亡矣。虽然，光不敢以乏国事也。所善荆轲，可使也。”太子曰：“愿因先生得愿交于荆轲，可乎？”田光曰：“敬诺。”即起，趋出。太子送之至门，曰：“丹所报，先生所言者，国大事也，愿先生勿泄也。”田光俯而笑曰：“诺。”

偻行见荆轲，曰：“光与子相善，燕国莫不知。今太子闻光壮盛之时，不知吾形已不逮也，幸而教之曰：'燕、秦不两立，愿先生留意也。'光窃不自外，言足下于太子，愿足下过太子于宫。"荆轲曰："谨奉教。"田光曰："光闻长者之行，不使人疑之，今太子约光曰：'所言者，国之大事也，愿先生勿泄也。'是太子疑光也。夫为行使人疑之，非节侠士也。"欲自杀以激荆轲，曰："愿足下急过太子，言光已死，明不言也。"遂自刭而死。

轲见太子，言田光已死，明不言也。太子再拜而跪，膝行流涕，有顷而后言曰："丹所请田先生无言者，欲以成大事之谋，今田先生以死明不泄言，岂丹之心哉？"荆轲坐定，太子避席顿首曰："田先生不知丹不肖，使得至前，愿有所道，此天所以哀燕不弃其孤也。今秦有贪饕之心，而欲不可足也，非尽天下之地，臣海内之王者，其意不餍。今秦已虏韩王，尽纳其地，又举兵南伐楚，北临赵。王翦将数十万之众临漳、邺，而李信出太原、云中。赵不能支秦，必入臣。入臣，则祸至燕。燕小弱，数困于兵，今计举国不足以当秦。诸侯服秦，莫敢合从。丹之私计，愚以为诚得天下之勇士，使于秦，窥以重利，秦王贪其贽，必得所愿矣。诚得劫秦王，使悉反诸侯之侵地，若曹沫之与齐桓公，则大善矣；则不可，因而刺杀之。彼大将擅兵于外，而内有大乱，则君臣相疑。以其间诸侯，诸侯得合从，其偿破秦必矣。此丹之上愿，而不知所以委命，惟荆卿留意焉。"久之，荆轲曰："此国之大事，臣驽下，恐不足任使。"太子前顿首，固请无让。然后许诺。于是尊荆轲为上卿，舍上舍，太子日日造问，供太牢异物，间进车骑美女，恣荆轲所欲，以顺适其意。

久之，荆轲未有行意。秦将王翦破赵，虏赵王，尽收其地，进兵北略地，至燕南界。太子丹恐惧，乃请荆卿曰："秦兵旦暮渡易水，则虽欲长侍足下，岂可得哉？"荆卿曰："微太子言，臣愿得谒之。今行而无信，则秦未可亲也。夫今樊将军，秦王购之金千斤，邑万家。诚能得樊将军首，与燕督亢之地图献秦王，秦王必说见臣，臣乃得有以报太子。"太子曰："樊将军以穷困来归丹，丹不忍以己之私，而伤长者之意，愿足下更虑之。"

荆轲知太子不忍，乃遂私见樊於期曰："秦之遇将军，可谓深矣。父母宗族，皆为戮没。今闻购将军之首，金千斤，邑万家，将奈何？”樊将军仰天太息流涕曰：“吾每念，常痛于骨髓，顾计不知所出耳。”轲曰：“今有一言，可以解燕国之患，而报将军之仇者，何如？”樊於期乃前曰：“为之奈何？”荆轲曰：“愿得将军之首以献秦，秦王必喜而善见臣，臣左手把其袖，而右手揕其胸，然则将军之仇报，而燕国见陵之耻除矣。将军岂有意乎？”樊於期偏袒扼腕而进曰：“此臣日夜切齿拊心也，乃今得闻教。”遂自刎。太子闻之，驰往，伏尸而哭，极哀。既已，无可奈何，乃遂收盛樊於期之首，函封之。

于是，太子预求天下之利匕首，得赵人徐夫人之匕首，取之百金，使工以药淬之，以试人，血濡缕，人无不立死者。乃为装遣荆轲。燕国有勇士秦武阳，年十二，杀人，人不敢与忤视。乃令秦武阳为副。荆轲有所待，欲与俱，其人居远未来，而为留待。顷之未发。太子迟之，疑其有改悔，乃复请之曰：“日以尽矣，荆卿岂无意哉？丹请先遣秦武阳。”荆轲怒，叱太子白：“今日往而不反者，竖子也！今提一匕首入不测之强秦，仆所以留者，待吾客与俱。今太子迟之，请辞决矣。”遂发。

太子及宾客知其事者，皆白衣冠以送之。至易水上，既祖，取道。高渐离击筑，荆轲和而歌，为变徵之声，士皆垂泪涕泣。又前而为歌曰：“风萧萧兮易水寒，壮士一去兮不复还。”复为忼慨羽声，士皆瞋目，发尽上指冠。于是荆轲遂就车而去，终已不顾。

既至秦，持千金之资币物，厚遗秦王宠臣中庶子蒙嘉。嘉为先言于秦王曰：“燕王诚振畏慕大王之威，不敢兴兵以拒大王，愿举国为内臣，比诸侯之列，给贡职如郡县，而得奉守先王之宗庙。恐惧不敢自陈，谨斩樊於期头，及献燕之督亢之地图，函封，燕王拜送于庭，使使以闻大王。唯大王命之。”

秦王闻之，大喜。乃朝服，设九宾，见燕使者咸阳宫。荆轲奉樊於期头函，而秦武阳奉地图匣，以次进。至陛下。秦武阳色变振恐，群臣怪之，荆轲顾笑武阳，前为谢曰：“北蛮夷之鄙人，未尝见天子，故振慑，愿大王少假借之，使毕使于前。”秦王谓轲曰：“起，取武阳所持图。”轲既取图奉之，发图，图穷而匕首见。因左手把秦王之袖，而右手持匕首揕之。未至身，秦王惊，自引而起，绝袖。拔剑，剑长，掺其室。时怨急，剑坚，故不可立拔。荆轲逐秦王，秦王还柱而走。群臣惊愕，卒起不意，尽失其度。而秦法，群臣侍殿上者，不得持尺兵。诸郎中执兵，皆陈殿下，非有诏，不得上。方急时，不及召下兵，以故荆轲逐秦王，而卒惶急无以击轲，而乃以手共搏之。是时侍医夏无且，以其所奉药囊提轲。秦王之方还柱走，卒惶急，不知所为，左右乃曰："王负剑！王负剑！"遂拔以击荆轲，断其左股。荆轲废，乃引其匕首提秦王，不中，中柱。秦王复击轲，被八创。轲自知事不就，倚柱而笑，箕踞以骂曰："事所以不成者，乃欲以生劫之，必得约契以报太子也。"左右既前斩荆轲，秦王目眩良久。已而论功赏群臣及当坐者，各有差。而赐夏无且黄金二百镒，曰："无且爱我，乃以药囊提轲也。"

于是，秦大怒燕，益发兵诣赵，诏王翦军以伐燕。十月而拔燕蓟城。燕王喜、太子丹等，皆率其精兵东保于辽东。秦将李信追击燕王，王急，用代王嘉计，杀太子丹，欲献之秦。秦复进兵攻之。五岁而卒灭燕国，而虏燕王喜，秦兼天下。

其后荆轲客高渐离以击筑见秦皇帝，而以筑击秦皇帝，为燕报仇，不中而死。

秦灭魏之战

《史记·秦始皇本纪》

（秦始皇）二十二年，王贲攻魏，引河沟灌大梁，大梁城坏，其王请降，尽取其地。

《史记·魏世家》

王假元年，燕太子丹使荆轲刺秦王，秦王觉之。三年，秦灌大梁，虏王假，遂灭魏以为郡县。

《史记·田敬仲完世家》

（齐王建）明年，秦破燕……明年，秦灭魏，秦兵次于历下。

《史记·燕召公世家》

（燕王喜）三十年，秦灭魏。

《史记·楚世家》

（楚王负刍）三年，秦灭魏。

《史记·白起王翦列传》

秦使翦子王贲击荆，荆兵败。还击魏，魏王降，遂定魏地。

秦灭楚之战

《史记·秦始皇本纪》

（秦始皇）二十一年，王贲攻荆……二十三年，秦王复召王翦，强起之，使将击荆。取陈以南至平舆，虏荆王。秦王游至郢陈。荆将项燕立昌平君为荆王，反秦于淮南。二十四年，王翦、蒙武攻荆，破荆军，昌平君死，项燕遂自杀。

《史记·楚世家》

三十六年，顷襄王病，太子亡归。秋，顷襄王卒，太子熊元代立，是为考烈王。考烈王以左徒为令尹，封以吴，号春申君。

考烈王元年，纳州于秦以平。是时楚益弱。

六年，秦围邯郸，赵告急楚，楚遣将军景阳救赵。七年，至新中。秦兵去。十二年，秦昭王卒，楚王使春申君吊祠于秦。十六年，秦庄襄王卒，秦王赵政立。二十二年，与诸侯共伐秦，不利而去。楚东徙都寿春，命曰郢。

二十五年，考烈王卒，子幽王悍立。李园杀春申君。幽王三年，秦、魏伐楚。秦相吕不韦卒。九年，秦灭韩。十年，幽王卒，同母弟犹代立，是为哀王。哀王立二月馀，哀王庶兄负刍之徒袭杀哀王而立负刍为王。是岁，秦虏赵王迁。

王负刍元年，燕太子丹使荆轲刺秦王。二年，秦使将军伐楚，大破楚军，亡十馀城。三年，秦灭魏。四年，秦将王翦破我军于蕲，而杀将军项燕。

五年，秦将王翦、蒙武遂破楚国，虏楚王负刍，灭楚名为郡云。

《史记·田敬仲完世家》

（齐王建）四十二年，秦灭楚。

《史记·白起王翦列传》

秦始皇既灭三晋，走燕王，而数破荆师。秦将李信者，年少壮勇，尝以兵数千逐燕太子丹至于衍水中，卒破得丹，始皇以为贤勇。于是始皇问李信："吾欲攻取荆，于将军度用几何人而足？"李信曰："不过用二十万人。"始皇问王翦，王翦曰："非六十万人不可。"始皇曰："王将军老矣，何怯也！李将军果势壮勇，其言是也。"遂使李信及蒙恬将二十万南伐荆。王翦言不用，因谢病，归老于频阳。李信攻平与，蒙恬攻寝，大破荆军。信又攻鄢郢，破之，于是引兵而西，与蒙恬会城父。荆人因随之，三日三夜不顿舍，大破李信军，入两壁，杀七都尉，秦军走。

始皇闻之，大怒，自驰如频阳，见谢王翦曰："寡人以不用将军计，李信果辱秦军。今闻荆兵日进而西，将军虽病，独忍弃寡人乎！"王翦谢曰："老臣罢病悖乱，唯大王更择贤将。"始皇谢曰："已矣，将军勿复言！"王翦曰："大王必不得已用臣，非六十万人不可。"始皇曰："为听将军计耳。"于是王翦将兵六十万人，始皇自送至灞上。王翦行，请美田宅园池甚众。始皇曰："将军行矣，何忧贫乎？"王翦曰："为大王将，有功终不得封侯，故及大王之向臣，臣亦及时以请园池为子孙业耳。"始皇大笑。王翦既至关，使使还请善田者五辈。或曰："将军之乞贷，亦已甚矣。"王翦曰："不然。夫秦王怚而不信人。今空秦国甲士而专委于我，我不多请田宅为子孙业以自坚，顾令秦王坐而疑我邪？"

王翦果代李信击荆。荆闻王翦益军而来，乃悉国中兵以拒秦。王翦至，坚壁而守之，不肯战。荆兵数出挑战，终不出。王翦日休士洗沐，而善饮食抚循之，亲与士卒同食。久之，王翦使人问军中戏乎？对曰："方投石超距。"于是王翦曰："士卒可用矣。"荆数挑战而秦不出，乃引而东。翦因举兵追之，令壮士击，大破荆军。至蕲南，杀其将军项燕，荆兵遂败走。秦因乘胜略定荆地城邑。岁余，虏荆王负刍，竟平荆地为郡县。

《史记·蒙恬列传》

始皇二十三年，蒙武为秦裨将军，与王翦攻楚，大破之，杀项燕。二十四年，蒙武攻楚，虏楚王。蒙恬弟毅。

《史记·春申君列传》

春申君者，楚人也，名歇，姓黄氏。游学博闻，事楚顷襄王。顷襄王以歇为辩，使于秦。秦昭王使白起攻韩、魏，败之于华阳，禽魏将芒卯，韩、魏服而事秦。秦昭王方令白起与韩、魏共伐楚，未行，而楚使黄歇适至于秦，闻秦之计。当是之时，秦已前使白起攻楚，取巫、黔中之郡，拔鄢郢，东至竟陵，楚顷襄王东徙治于陈县。黄歇见楚怀王之为秦所诱而入朝，遂见欺，留死于秦。顷襄王，其子也，秦轻之，恐壹举兵而灭楚。

歇乃上书说秦昭王曰："天下莫强于秦、楚。今闻大王欲伐楚，此犹两虎相与斗。两虎相与斗而驽犬受其弊，不如善楚。臣请言其说。臣闻物至则反，冬夏是也；致至则危，累棋是也。今大国之地，遍天下有其二垂，此从生民已来，万乘之地未尝有也。先帝文王、庄王之身，三世不妄接地于齐，以绝从亲之要。今王使盛桥守事于韩，盛桥以其地入秦，是王不用甲，不信威，而得百里之地。王可谓能矣。王又举甲而攻魏，杜大梁之门，举河内，拔燕、酸枣、虚、桃，入邢，魏之兵云翔而不敢救。王之功亦多矣。王休甲息众，二年而后复之；又并蒲、衍、首、垣，以临仁、平丘，黄、济阳婴城而魏氏服；王又割濮磿之北，注齐秦之要，绝楚赵之脊，天下五合六聚而不敢救。王之威亦单矣。

“王若能持功守威，绌攻取之心而肥仁义之地，使无后患，三王不足四，五伯不足六也。王若负人徒之众，仗兵革之强，乘毁魏之威，而欲以力臣天下之主，臣恐其有后患也。《诗》曰：‘靡不有初，鲜克有终。’《易》曰：‘狐涉水，濡其尾。’此言始之易，终之难也。何以知其然也？昔智氏见伐赵之利而不知榆次之祸，吴见伐齐之便而不知干隧之败。此二国者，非无大功也，没利于前而易患于后也。吴之信越也，从而伐齐，既胜齐人于艾陵，还为越王禽三渚之浦。智氏之信韩、魏也，从而伐赵，攻晋阳城，胜有日矣，韩、魏叛之，杀智伯瑶于凿台之下。今王妒楚之不毁也，而忘毁楚之强韩、魏也，臣为王虑而不取也。

“《诗》曰：‘大武远宅而不涉。’从此观之，楚国，援也；邻国，敌也。《诗》云：‘趯趯毚免，还犬获之。他人有心，余忖度之。’今王中道而信韩、魏之善王也，此正吴之信越也。臣闻之，敌不可假，时不可失。臣恐韩、魏卑辞除患而实欲欺大国也。何则？王无重世之德于韩、魏，而有累世之怨焉。夫韩、魏父子兄弟接踵而死于秦者将十世矣。本国残，社稷坏，宗庙毁。刳腹绝肠，折颈折颐，首身分离，暴骸骨于草泽，头颅僵仆，相望于境，父子老弱系脰束手为群虏者相及于路。鬼神孤伤，无所血食。人民不聊生，族类离散，流亡为仆妾者，盈满海内矣。故韩、魏之不亡，秦社稷之忧也，今王资之与攻楚，不亦过乎！

“且王攻楚将恶出兵？王将借路于仇仇之韩、魏乎？兵出之日而王忧其不返也，是王以兵资于仇雠之韩、魏也。王若不借路于仇仇之韩、魏，必攻随水右壤。随水右壤，此皆广川大水，山林溪谷，不食之地也，王虽有之，不为得地。是王有毁楚之名而无得地之实也。

“且王攻楚之日，四国必悉起兵以应王。秦、楚之兵构而不离，魏氏将出而攻留、方与、铚、湖陵、砀、萧、相，故宋必尽。齐人南面攻楚，泗上必举。此皆平原四达，膏腴之地，而使独攻。王破楚以肥韩、魏于中国而劲齐。韩、魏之强，足以校于秦。齐南以泗水为境，东负海，北倚河，而无后患，天下之国莫强于齐、魏，齐、魏得地葆利而详事下吏，一年之后，为帝未能，其于禁王之为帝有余矣。

“夫以王壤土之博，人徒之众，兵革之强，壹举事而树怨于楚，迟令韩、魏归帝重于齐，是王失计也。臣为王虑，莫若善楚。秦、楚合而为一以临韩，韩必敛手。王施以东山之险，带以曲河之利，韩必为关内之侯。若是而王以十万戍郑，梁氏寒心，许、鄢陵婴城，而上蔡、召陵不往来也，如此而魏亦关内侯矣。王壹善楚，而关内两万乘之主注地于齐，齐右壤可拱手而取也。王之地一经两海，要约天下，是燕、赵无齐、楚，齐、楚无燕、赵也。然后危动燕、赵，直摇齐、楚，此四国者不待痛而服矣。”

昭王曰：“善。”于是乃止白起而谢韩、魏。发使赂楚，约为与国。

黄歇受约归楚，楚使歇与太子完入质于秦，秦留之数年。楚顷襄王病，太子不得归。而楚太子与秦相应侯善，于是黄歇乃说应侯曰：“相国诚善楚太子乎？”应侯曰：“然。”歇曰：“今楚王恐不起疾，秦不如归其太子。太子得立，其事秦必重而德相国无穷，是亲与国而得储万乘也。若不归，则咸阳一布衣耳；楚更立太子，必不事秦。夫失与国而绝万乘之和，非计也。愿相国孰虑之。”应侯以闻秦王。秦王曰：“令楚太子之傅先往问楚王之疾，返而后图之。”黄歇为楚太子计曰：“秦之留太子也，欲以求利也。今太子力未能有以利秦也，歇忧之甚。而阳文君子二人在中，王若卒大命，太子不在，阳文君子必立为后，太子不得奉宗庙矣。不如亡秦，与使者俱出；臣请止，以死当之。”楚太子因变衣服为楚使者御以出关，而黄歇守舍，常为谢病。度太子已远，秦不能追，歇乃自言秦昭王曰：“楚太子已归，出远矣。歇当死，愿赐死。”昭王大怒，欲听其自杀也。应侯曰：“歇为人臣，出身以徇其主，太子立，必用歇，故不如无罪而归之，以亲楚。”秦因遣黄歇。

歇至楚三月，楚顷襄王卒，太子完立，是为考烈王。考烈王元年，以黄歇为相，封为春申君，赐淮北地十二县。后十五岁，黄歇言之楚王曰：“淮北地边齐，其事急，请以为郡便。”因并献淮北十二县。请封于江东。考烈王许之。春申君因城故吴墟，以自为都邑。

春申君既相楚，是时齐有孟尝君，赵有平原君，魏有信陵君，方争下士，招致宾客，以相倾夺，辅国持权。

春申君为楚相四年，秦破赵之长平军四十余万。五年，围邯郸。邯郸告急于楚，楚使春申君将兵往救之，秦兵亦去，春申君归。春申君相楚八年，为楚北伐灭鲁，以荀卿为兰陵令。当是时，楚复强。

赵平原君使人于春申君，春申君舍之于上舍。赵使欲夸楚，为玳瑁簪，刀剑室以珠玉饰之，请命春申君客。春申君客三千余人，其上客皆蹑珠履以见赵使，赵使大惭。

春申君相十四年，秦庄襄王立，以吕不韦为相，封为文信侯。取东周。

春申君相二十二年，诸侯患秦攻伐无已时，乃相与合从，西伐秦，而楚王为从长，春申君用事。至函谷关，秦出兵攻，诸侯兵皆败走。楚考烈王以咎春申君，春申君以此益疏。

客有观津人朱英，谓春申君曰："人皆以楚为强而君用之弱，其于英不然。先君时善秦二十年而不攻楚，何也？秦逾黾隘之塞而攻楚，不便；假道于两周，背韩、魏而攻楚，不可。今则不然，魏旦暮亡，不能爱许、鄢陵，其许魏割以与秦。秦兵去陈百六十里，臣之所观者，见秦、楚之日斗也。"楚于是去陈徙寿春；而秦徙卫野王，作置东郡。春申君由此就封于吴，行相事。

楚考烈王无子，春申君患之，求妇人宜子者进之，甚众，卒无子。赵人李园持其女弟，欲进之楚王，闻其不宜子，恐久毋宠。李园求事春申君为舍人，已而谒归，故失期。还谒，春申君问之状，对曰："齐王使使求臣之女弟，与其使者饮，故失期。"春申君曰："娉入乎？"对曰："未也。"春申君曰："可得见乎？"曰："可。"于是李园乃进其女弟，即幸于春申君。知其有身，李园乃与其女弟谋。园女弟承间以说春申君曰："楚王之贵幸君，虽兄弟不如也。今君相楚二十余年，而王无子，即百岁后将更立兄弟，则楚更立君后，亦各贵其故所亲，君又安得长有宠乎？非徒然也，君贵用事久，多失礼于王兄弟，兄弟诚立，祸且及身，何以保相印江东之封乎？今妾自知有身矣，而人莫知。妾幸君未久，诚以君之重而进妾于楚王，王必幸妾；妾赖天有子男，则是君之子为王也，楚国尽可得，孰与身临不测之罪乎？"春申君大然之，乃出李园女弟，谨舍而言之楚王。楚王召入幸之，遂生子男，立为太子，以李园女弟为王后。楚王贵李园，园用事。

李园既入其女弟，立为王后，子为太子，恐春申君语泄而益骄，阴养死士，欲杀春申君以灭口，而国人颇有知之者。

春申君相二十五年，楚考烈王病。朱英谓春申君曰："世有毋望之福，又有毋望之祸。今君处毋望之世，事毋望之主，安可以无毋望之人乎？"春申君曰："何谓毋望之福？"曰："君相楚二十余年矣，虽名相国，实楚王也。今楚王病，旦暮且卒，而君相少主，因而代立当国，如伊尹、周公，王长而反政，不即遂南面称孤而有楚国？此所谓毋望之福也。"春申君曰："何谓毋望之祸？"曰："李园不治国而君之仇也，不为兵而养死士之日久矣，楚王卒，李园必先入据权而杀君以灭口。此所谓毋望之祸也。"春申君曰："何谓毋望之人？"对曰："君置臣郎中，楚王卒，李园必先入，臣为君杀李园。此所谓毋望之人也。"春申君曰："足下置之。李园，弱人也，仆又善之，且又何至此！"朱英知言不用，恐祸及身，乃亡去。

后十七日，楚考烈王卒，李园果先入，伏死士于棘门之内。春申君入棘门，园死士侠刺春申君，斩其头，投之棘门外。于是遂使吏尽灭春申君之家。而李园女弟初幸春申君有身而入之王所生子者遂立，是为楚幽王。

是岁也，秦始皇帝立九年矣。嫪毐亦为乱于秦，觉，夷其三族，而吕不韦废。

《战国策·魏策·秦王使人谓安陵君》

秦王使人谓安陵君曰："寡人欲以五百里之地易安陵，安陵君其许寡人？"安陵君曰："大王加惠，以大易小，甚善。虽然，受地于先王，愿终守之，弗敢易。"秦王不说。安陵君因使唐且使于秦。秦王谓唐且曰："寡人以五百里之地易安陵，安陵君不听寡人，何也？且秦灭韩亡魏，而君以五十里之地存者，以君为长者，故不错意也。今吾以十倍之地请广于君，而君逆寡人者，轻寡人与？"唐且对曰："否，非若是也。安陵君受地于先王而守之，虽千里不敢易也，岂直五百里哉？"秦王怫然怒，谓唐且曰："公亦尝闻天子之怒乎？"唐且对曰："臣未尝闻也。"秦王曰："天子之怒，伏尸百万，流血千里。"唐且曰："大王尝闻布衣之怒乎？"

秦王曰："布衣之怒，亦免冠徒跣，以头抢地尔。"唐且曰："此庸夫之怒也，非士之怒也。夫专诸之刺王僚也，彗星袭月；聂政之刺韩傀也，白虹贯日；要离之刺庆忌也，苍鹰击于殿上。此三子者，皆布衣之士也，怀怒未发，休祲降于天，与臣而将四矣。若士必怒，伏尸二人，流血五步，天下缟素，今日是也。"挺剑而起。秦王色挠，长跪而谢之曰："先生坐，何至于此！寡人谕矣。夫韩、魏灭亡，而安陵以五十里之地存者，徒以有先生也。"

秦灭齐之战

《史记·秦始皇本纪》

（秦始皇）二十六年，齐王建与其相后胜发兵守其西界，不通秦。秦使将军王贲从燕南攻齐，得齐王建。

《史记·田敬仲完世家》

十六年，秦灭周。君王后卒。二十三年，秦置东郡。二十八年，王入朝秦，秦王政置酒咸阳。三十五年，秦灭韩。三十七年，秦灭赵。三十八年，燕使荆轲刺秦王，秦王觉，杀轲。明年，秦破燕，燕王亡走辽东。明年，秦灭魏，秦兵次于历下。四十二年，秦灭楚。明年，虏代王嘉，灭燕王喜。

四十四年，秦兵击齐。齐王听相后胜计，不战，以兵降秦。秦虏王建，迁之共。遂灭齐为郡。天下壹并于秦，秦王政立号为皇帝。始，君王后贤，事秦谨，与诸侯信，齐亦东边海上，秦日夜攻三晋、燕、楚，五国各自救于秦，以故王建立四十余年不受兵。君王后死，后胜相齐，多受秦间金，多使宾客入秦，秦又多予金，客皆为反间，劝王去从朝秦，不修攻战之备，不助五国攻秦，秦以故得灭五国。五国已亡，秦兵卒入临淄，民莫敢格者。王建遂降，迁于共。故齐人怨王建不蚤与诸侯合从攻秦，听奸臣宾客以亡其国，歌之曰："松耶柏耶？住建共者客耶？"疾建用客之不详也。

《史记·白起王翦列传》

而王翦子王贲，与李信破定燕、齐地。

《史记·蒙恬列传》

蒙恬者，其先齐人也。恬大父蒙骜，自齐事秦昭王，官至上卿。秦庄襄王元年，蒙骜为秦将，伐韩，取成皋、荥阳，作置三川郡。二年，蒙骜攻赵，取三十七城。始皇三年，蒙骜攻韩，取十三城。五年，蒙骜攻魏，取二十城，作置东郡。始皇七年，蒙骜卒。骜子曰武，武子曰恬。恬尝书狱典文学……始皇二十六年，蒙恬因家世得为秦将，攻齐，大破之，拜为内史。

《战国策·齐策·齐王建入朝于秦》

齐王建入朝于秦，雍门司马横戟当马前曰："所为立王者，为社稷耶？为王耶？"王曰："为社稷。"司马曰："为社稷立王，王何以去社稷而入秦？"齐王还车而反。

即墨大夫与雍门司马谏而听之，则以为可与为谋，即入见齐王曰："齐地方数千里，带甲数百万。夫三晋大夫，皆不便秦，而在阿、鄄之间者百数，王收而与之百万之众，使收三晋之故地，即临晋之关可以入矣；鄢、郢大夫，不欲为秦，而在城南下者百数，王收而与之百万之师，使收楚故地，即武关可以入矣。如此，则齐威可立，秦国可亡。夫舍南面之称制，乃西面而事秦，为大王不取也。"齐王不听。

秦使陈驰诱齐王，内之，约与五百里之地。齐王不听即墨大夫而听陈驰，遂入秦。处之共松柏之间，饿而死。先是，齐为之歌曰："松邪！柏邪！住建共者客耶！"

秦南平百越、北驱匈奴

《史记·秦始皇本纪》

（秦始皇）二十五年……王翦遂定荆江南地；降越君，置会稽郡……三十二年……始皇巡北边，从上郡入。燕人卢生使入海还，以鬼神事，因奏录图书，曰“亡秦者胡也”。始皇乃使将军蒙恬发兵三十万人北击胡，略取河南地。

三十三年，发诸常逋亡人、赘婿、贾人略取陆梁地，为桂林、象郡、南海，以适遣戍。西北斥逐匈奴。自榆中并河以东，属之阴山，以为四十四县，城河上为塞。又使蒙恬渡河取高阙、阳山、北假中，筑亭障以逐戎人。徙谪，实之初县。禁不得祠。明星出西方。三十四年，适治狱吏不直者，筑长城及南越地。

《史记·白起王翦列传》

岁余，虏荆王负刍，竟平荆地为郡县。因南征百越之君。

《史记·蒙恬列传》

始皇二十六年，蒙恬因家世得为秦将，攻齐，大破之，拜为内史。秦已并天下，乃使蒙恬将三十万众北逐戎狄，收河南。筑长城，因地形，用制险塞，起临洮，至辽东，延袤万余里。于是渡河，据阳山，逶蛇而北。暴师于外十余年，居上郡。是时蒙恬威震匈奴。

《史记·南越列传》

南越王尉佗者，真定人也，姓赵氏。秦时已并天下，略定杨越，置桂林、南海、象郡，以谪徙民，与越杂处十三岁。佗，秦时用为南海龙川令。至二世时，南海尉任嚣病且死，召龙川令赵佗语曰：“闻陈胜等作乱，秦为无道，天下苦之，项羽、刘季、陈胜、吴广等州郡各共兴军聚众，虎争天下，中国扰乱，未知所安，豪杰畔秦相立。南海僻远，吾恐盗兵侵地至此，吾欲兴兵绝新道，自备，待诸侯变，会病甚。且番禺负山险，阻南海，东西数千里，颇有中国人相辅，此亦一州之主也，可以立国。郡中长吏无足与言者，故召公告之。”即被佗书，行南海尉事。嚣死，佗即移檄告横浦、阳山、湟溪关曰：“盗兵且至，急绝道聚兵自守！”因稍以法诛秦所置长吏，以其党为假守。秦已破灭，佗即击并桂林、象郡，自立为南越武王。

《史记·东越列传》

闽越王无诸及越东海王摇者，其先皆越王勾践之后也，姓驺氏。秦已并天下，皆废为君长，以其地为闽中郡。及诸侯畔秦，无诸、摇率越归鄱阳令吴芮，所谓鄱君者也，从诸侯灭秦。

《史记·西南夷列传》

秦时常頞略通五尺道，诸此国颇置吏焉。

《史记·匈奴列传》

后秦灭六国，而始皇帝使蒙恬将十万之众北击胡，悉收河南地。因河为塞，筑四十四县城临河，徙适戍以充之。而通直道，自九原至云阳，因边山险堑溪谷可缮者治之，起临洮至辽东万余里。又度河据阳山北假中。

当是之时，东胡强而月氏盛。匈奴单于曰头曼，头曼不胜秦，北徙。十余年而蒙恬死，诸侯畔秦，中国扰乱，诸秦所徙适戍边者皆复去，于是匈奴得宽，复稍度河南与中国界于故塞。

《淮南子·人间训》

乃使尉屠睢发卒五十万，为五军：一军塞镡城之岭，一军守九疑之塞，一军处番禺之都，一军守南野之界，一军结余干之水。三年不解甲弛弩，使监禄无以转饷，又以卒凿渠而通粮道，以与越人战，杀西呕君译吁宋；而越人皆入丛薄中，与禽兽处，莫肯为秦虏，相置桀骏以为将，而夜攻秦人，大破之，杀尉屠睢，伏尸流血数十万，乃发适戍以备之。

称始皇帝、建立典章制度

《史记·秦始皇本纪》

秦初并天下，令丞相、御史曰："异日韩王纳地效玺，请为藩臣，已而倍约，与赵、魏合从畔秦，故兴兵诛之，虏其王。寡人以为善，庶几息兵革。赵王使其相李牧来约盟，故归其质子。已而倍盟，反我太原，故兴兵诛之，得其王。赵公子嘉乃自立为代王，故举兵击灭之。魏王始约服入秦，已而与韩、赵谋袭秦，秦兵吏诛，遂破之。荆王献青阳以西，已而畔约，击我南郡，故发兵诛，得其王，遂定其荆地。燕王昏乱，其太子丹乃阴令荆轲为贼，兵吏诛，灭其国。齐王用后胜计，绝秦使，欲为乱，兵吏诛，虏其王，平齐地。寡人以眇眇之身，兴兵诛暴乱，赖宗庙之灵，六王咸伏其辜，天下大定。今名号不更，无以称成功，传后世。其议帝号。”丞相绾、御史大夫劫、廷尉斯等皆曰：“昔者五帝地方千里，其外侯服、夷服诸侯或朝或否，天子不能制。今陛下兴义兵，诛残贼，平定天下，海内为郡县，法令由一统，自上古以来未尝有，五帝所不及。臣等谨与博士议曰，‘古有天皇，有地皇，有泰皇，泰皇最贵。臣等昧死上尊号，王为泰皇，命为制，令为诏，天子自称曰朕。’”王曰：“去‘泰’，着‘皇’，采上古‘帝’位号，号曰‘皇帝’。他如议。”制曰：“可。”追尊庄襄王为太上皇。制曰：“朕闻太古有号毋谥，中古有号，死而以行为谥。如此，则子议父，臣议君也，甚无谓，朕弗取焉。自今已来，除谥法。朕为始皇帝。后世以计数，二世三世至于万世，传之无穷。”

始皇推终始五德之传，以为周得火德，秦代周德，从所不胜。方今水德之始，改年始，朝贺皆自十月朔。衣服旄旌节旗皆上黑。数以六为纪，符、法冠皆六寸，而舆六尺，六尺为步，乘六马。更名河曰德水，以为水德之始。刚毅戾深，事皆决于法，刻削毋仁恩和义，然后合五德之数。于是急法，久者不赦。

……地东至海暨朝鲜，西至临洮、羌中，南至北向户，北据河为塞，并阴山至辽东。徙天下豪富于咸阳十二万户。诸庙及章台、上林皆在渭南。秦每破诸侯，写放其宫室，作之咸阳北阪上，南临渭，自雍门以东至泾、渭，殿屋复道周阁相属。所得诸侯美人钟鼓，以充入之。

郡县制与封建制之争

《史记·秦始皇本纪》

丞相绾等言：“诸侯初破，燕、齐、荆地远，不为置王，毋以填之。请立诸子，唯上幸许。”始皇下其议于群臣，群臣皆以为便。廷尉李斯议曰："周文武所封子弟同姓甚众，然后属疏远，相攻击如仇雠，诸侯更相诛伐，周天子弗能禁止。今海内赖陛下神灵一统，皆为郡县，诸子功臣以公赋税重赏赐之，甚足易制。天下无异意，则安宁之术也。置诸侯不便。"始皇曰："天下共苦战斗不休，以有侯王。赖宗庙，天下初定，又复立国，是树兵也，而求其宁息，岂不难哉！廷尉议是。"

分天下以为三十六郡，郡置守、尉、监。更名民曰"黔首"。大酺。

书同文、车同轨、统一货币、统一度量衡

《史记·秦始皇本纪》

一法度衡石丈尺。车同轨。书同文字。

《史记·李斯列传》

明法度，定律令，皆以始皇起。同文书。治离宫别馆，周遍天下。明年，又巡狩，外攘四夷，斯皆有力焉。

《书断》

籀文：周太史史籀所作也。与古文大篆小异，后人以名称书，谓之籀文。《七略》曰："史籀者，周时史官教学童书也。与孔氏壁中古文体异。甄酆定六书，二曰奇字是也。"

小篆：小篆者，秦丞相李斯所作也。增损大篆，异同籀文，谓之小篆，亦曰秦篆。

八分：按八分者，秦时人上谷王次仲所作也。王愔云，"王次仲始以古书方广，少波势，建初中，以隶草作籀法，字为八分，言有模楷。始皇得次仲文简略赴急疾之用，甚喜。遣使召之，三征不至，始皇大怒。制槛车送之于道，化为大鸟飞去。"

隶书：按隶书者，秦下邽人程邈所作也。邈字元岑，始为县吏，得罪。始皇幽系云阳狱中。覃思十年，益小篆方圆而为隶书，三千字，奏之。始皇善之．用为御史。以奏事烦多，篆字难成，乃用隶字。以为隶人佐书，故曰隶书。

修长城、驰道

《史记·秦始皇本纪》

（秦始皇）三十三年……又使蒙恬渡河取高阙、阳山、北假中，筑亭障以逐戎人。……三十五年，除道，道九原抵云阳，堑山堙谷，直通之。于是始皇以为咸阳人多，先王之宫廷小，吾闻周文王都丰，武王都镐，丰镐之闲，帝王之都也。乃营作朝宫渭南上林苑中。先作前殿阿房，东西五百步，南北五十丈，上可以坐万人，下可以建五丈旗。周驰为阁道，自殿下直抵南山。表南山之颠以为阙。为复道，自阿房渡渭，属之咸阳，以象天极阁道绝汉抵营室也。阿房宫未成；成，欲更择令名名之。作宫阿房，故天下谓之阿房宫。隐宫徒刑者七十余万人，乃分作阿房宫，或作丽山。发北山石椁，乃写蜀、荆地材皆至。关中计宫三百，关外四百馀。于是立石东海上朐界中，以为秦东门。因徙三万家丽邑，五万家云阳，皆复不事十岁。

《史记·蒙恬列传》

始皇欲游天下，道九原，直抵甘泉，乃使蒙恬通道，自九原抵甘泉，堑山堙谷，千八百里。道未就。

收天下兵器铸金人

《史记·秦始皇本纪》

收天下兵，聚之咸阳，销以为钟鐻，金人十二，重各千石，置廷宫中。

秦始皇派方士出海找仙山

《史记·秦始皇本纪》

既已，齐人徐市等上书，言海中有三神山，名曰蓬莱、方丈、瀛洲，仙人居之。请得斋戒，与童男女求之。于是遣徐市发童男女数千人，入海求仙人。……因使韩终、侯公、石生求仙人不死之药……卢生说始皇曰："臣等求芝奇药仙者常弗遇，类物有害之者。方中，人主时为微行以辟恶鬼，恶鬼辟，真人至。人主所居而人臣知之，则害于神。真人者，入水不濡，入火不爇，陵云气，与天地久长。今上治天下，未能恬倓。愿上所居宫毋令人知，然后不死之药殆可得也。"于是始皇曰："吾慕真人，自谓'真人'，不称'朕'。"乃令咸阳之旁二百里内宫观二百七十复道甬道相连，帷帐钟鼓美人充之，各案署不移徙。行所幸，有言其处者，罪死。始皇帝幸梁山宫，从山上见丞相车骑众，弗善也。中人或告丞相，丞相后损车骑。始皇怒曰："此中人泄吾语。"案问莫服。当是时，诏捕诸时在旁者，皆杀之。自是后莫知行之所在。听事，群臣受决事，悉于咸阳宫。

焚书坑儒

《史记·秦始皇本纪》

始皇置酒咸阳宫，博士七十人前为寿。仆射周青臣进颂曰："他时秦地不过千里，赖陛下神灵明圣，平定海内，放逐蛮夷，日月所照，莫不宾服。以诸侯为郡县，人人自安乐，无战争之患，传之万世。自上古不及陛下威德。"始皇悦。博士齐人淳于越进曰："臣闻殷周之王千馀岁，封子弟功臣，自为枝辅。今陛下有海内，而子弟为匹夫，卒有田常、六卿之臣，无辅拂，何以相救哉？事不师古而能长久者，非所闻也。今青臣又面谀以重陛下之过，非忠臣。"始皇下其议。丞相李斯曰："五帝不相复，三代不相袭，各以治，非其相反，时变异也。今陛下创大业，建万世之功，固非愚儒所知。且越言乃三代之事，何足法也？异时诸侯并争，厚招游学。今天下已定，法令出一,百姓当家则力农工，士则学习法令辟禁。今诸生不师今而学古，以非当世，惑乱黔首。丞相臣斯昧死言，古者天下散乱，莫之能一，是以诸侯并作，语皆道古以害今，饰虚言以乱实，人善其所私学，以非上之所建立。今皇帝并有天下，别黑白而定一尊。私学而相与非法教，人闻令下，则各以其学议之，入则心非，出则巷议，夸主以为名，异取以为高，率群下以造谤。如此弗禁，则主势降乎上，党与成乎下。禁之便。臣请史官非秦记皆烧之。非博士官所职，天下敢有藏《诗》、《书》百家语者，悉诣守、尉杂烧之。有敢偶语《诗》、《书》者弃市。以古非今者族。吏见知不举者与同罪。令下三十日不烧，黥为城旦。所不去者，医药卜筮种树之书。若欲有学法令，以吏为师。”制曰：“可。”

……侯生、卢生相与谋曰：“始皇为人，天性刚戾自用，起诸侯，并天下，意得欲从，以为自古莫及己。专任狱吏，狱吏得亲幸。博士虽七十人，特备员弗用。丞相诸大臣皆受成事，倚辨于上。上乐以刑杀为威，天下畏罪持禄，莫敢尽忠。上不闻过而日骄，下慑伏谩欺以取容。秦法，不得兼方，不验，辄死。然候星气者至三百人，皆良士，畏忌讳谀，不敢端言其过。天下之事无小大皆决于上，上至以衡石量书，日夜有呈，不中呈不得休息。贪于权势至如此，未可为求仙药。”于是乃亡去。始皇闻亡，乃大怒曰：“吾前收天下书不中用者尽去之。悉召文学方术士甚众，欲以兴太平，方士欲练以求奇药。今闻韩众去不报，徐市等费以巨万计，终不得药，徒奸利相告日闻。卢生等吾尊赐之甚厚，今乃诽谤我，以重吾不德也。诸生在咸阳者，吾使人廉问，或为訞言以乱黔首。”于是使御史悉案问诸生，诸生传相告引，乃自除。犯禁者四百六十馀人，皆坑之咸阳，使天下知之，以惩后。

《史记·李斯列传》

始皇三十四年，置酒咸阳宫，博士仆射周青臣等颂称始皇威德。齐人淳于越进谏曰：“臣闻之，殷周之王千余岁，封子弟功臣自为支辅。今陛下有海内，而子弟为匹夫，卒有田常、六卿之患，臣无辅弼，何以相救哉？事不师古而能长久者，非所闻也。今青臣等又面谀以重陛下过，非忠臣也。”始皇下其议丞相。丞相谬其说，绌其辞，乃上书曰：“古者天下散乱，莫能相一，是以诸侯并作，语皆道古以害今，饰虚言以乱实，人善其所私学，以非上所建立。今陛下并有天下，别白黑而定一尊；而私学乃相与非法教之制，闻令下，即各以其私学议之，入则心非，出则巷议，非主以为名，异趣以为高，率群下以造谤。如此不禁，则主势降乎上，党与成乎下。禁之便。臣请诸有文学《诗》《书》百家语者，蠲除去之。令到满三十日弗去，黥为城旦。所不去者，医药卜筮种树之书。若有欲学者，以吏为师。”始皇可其议，收去《诗》《书》百家之语以愚百姓，使天下无以古非今。明法度，定律令，皆以始皇起。同文书。治离宫别馆，周遍天下。明年，又巡狩，外攘四夷，斯皆有力焉。

斯长男由为三川守，诸男皆尚秦公主，女悉嫁秦诸公子。三川守李由告归咸阳，李斯置酒于家，百官长皆前为寿，门廷车骑以千数。李斯喟然而叹曰：“嗟乎！吾闻之荀卿曰‘物禁大盛’。夫斯乃上蔡布衣，闾巷之黔首，上不知其驽下，遂擢至此。当今人臣之位无居臣上者，可谓富贵极矣。物极则衰，吾未知所税驾也！”

《史记·孔子世家》

孔子生鲤，字伯鱼。伯鱼年五十，先孔子死。

伯鱼生伋，字子思，年六十二。尝困于宋。子思作《中庸》。

子思生白，字子上，年四十七。子上生求，字子家，年四十五。子家生箕，字子京，年四十六。子京生穿，字子高，年五十一。子高生子慎，年五十七，尝为魏相。

子慎生鲋，年五十七，为陈王涉博士，死于陈下。

鲋弟子襄，年五十七。尝为孝惠皇帝博士，迁为长沙太守。长九尺六寸。

秦始皇长罚公子扶苏去上郡监军

《史记·秦始皇本纪》

益发谪徙边。始皇长子扶苏谏曰：“天下初定，远方黔首未集，诸生皆诵法孔子，今上皆重法绳之，臣恐天下不安。唯上察之。”始皇怒，使扶苏北监蒙恬于上郡。

《史记·李斯列传》

始皇有二十余子，长子扶苏以数直谏上，上使监兵上郡，蒙恬为将。

少子胡亥爱，请从，上许之。余子莫从。

秦始皇出巡

《史记·秦始皇本纪》

二十七年，始皇巡陇西、北地，出鸡头山，过回中。焉作信宫渭南，已更命信宫为极庙，象天极。自极庙道通郦山，作甘泉前殿。筑甬道，自咸阳属之。是岁，赐爵一级。治驰道。

二十八年，始皇东行郡县，上邹峄山。立石，与鲁诸儒生议，刻石颂秦德，议封禅望祭山川之事。乃遂上泰山，立石，封，祠祀。下，风雨暴至，休于树下，因封其树为五大夫。禅梁父。刻所立石，其辞曰："皇帝临位，作制明法，臣下修饬。二十有六年，初并天下，罔不宾服。亲巡远方黎民，登兹泰山，周览东极。从臣思迹，本原事业，祗诵功德。治道运行，诸产得宜，皆有法式。大义休明，垂于后世，顺承勿革。皇帝躬圣，既平天下，不懈于治。夙兴夜寐，建设长利，专隆教诲。训经宣达，远近毕理，咸承圣志。贵贱分明，男女礼顺，慎遵职事。昭隔内外，靡不清净，施于后嗣。化及无穷，遵奉遗诏，永承重戒。"

于是乃并勃海以东，过黄、腄，穷成山，登之罘，立石颂秦德焉而去。

南登琅邪，大乐之，留三月。乃徙黔首三万户琅邪台下，复十二岁。作琅邪台，立石刻，颂秦德，明得意。曰："维二十八年，皇帝作始。端平法度，万物之纪。以明人事，合同父子。圣智仁义，显白道理。东抚东土，以省卒士。事已大毕，乃临于海。皇帝之功，勤劳本事。上农除末，黔首是富。普天之下，抟心揖志。器械一量，同书文字。日月所照，舟舆所载。皆终其命，莫不得意。应时动事，是维皇帝。匡饬异俗，陵水经地。忧恤黔首，朝夕不懈。除疑定法，咸知所辟。方伯分职，诸治经易。举错必当，莫不如画。皇帝之明，临察四方。尊卑贵贱，不逾次行。奸邪不容，皆务贞良。细大尽力，莫敢怠荒。远迩辟隐，专务肃庄。端直敦忠，事业有常。皇帝之德，存定四极。诛乱除害，兴利致福。节事以时，诸产繁殖。黔首安宁，不用兵革。六亲相保，终无寇贼。欢欣奉教，尽知法式。六合之内，皇帝之土。西涉流沙，南尽北户。东有东海，北过大夏。人迹所至，无不臣者。功盖五帝，泽及牛马。莫不受德，各安其宇。”

维秦王兼有天下，立名为皇帝，乃抚东土，至于琅邪。列侯武城侯王离、列侯通武侯王贲、伦侯建成侯赵亥、伦侯昌武侯成、伦侯武信侯冯毋择、丞相隗林、丞相王绾、卿李斯、卿王戊、五大夫赵婴、五大夫杨樛从，与议于海上。曰：“古之帝者，地不过千里，诸侯各守其封域，或朝或否，相侵暴乱，残伐不止，犹刻金石，以自为纪。古之五帝三王，知教不同，法度不明，假威鬼神，以欺远方，实不称名，故不久长。其身未殁，诸侯倍叛，法令不行。今皇帝并一海内，以为郡县，天下和平。昭明宗庙，体道行德，尊号大成。群臣相与诵皇帝功德，刻于金石，以为表经。”

……始皇还，过彭城，斋戒祷祠，欲出周鼎泗水。使千人没水求之，弗得。乃西南渡淮水，之衡山、南郡。浮江，至湘山祠。逢大风，几不得渡。上问博士曰：“湘君神？”博士对曰：“闻之，尧女，舜之妻，而葬此。”于是始皇大怒，使刑徒三千人皆伐湘山树，赭其山。上自南郡由武关归。

二十九年，始皇东游。至阳武博狼沙中，为盗所惊。求弗得，乃令天下大索十日。

登之罘，刻石。其辞曰：“维二十九年，时在中春，阳和方起。皇帝东游，巡登之罘，临照于海。从臣嘉观，原念休烈，追诵本始。大圣作治，建定法度，显箸纲纪。外教诸侯，光施文惠，明以义理。六国回辟，贪戾无厌，虐杀不已。皇帝哀众，遂发讨师，奋扬武德。义诛信行，威燀旁达，莫不宾服。烹灭强暴，振救黔首，周定四极。普施明法，经纬天下，永为仪则。大矣哉！宇县之中，承顺圣意。群臣诵功，请刻于石，表垂于常式。”

其东观曰：“维二十九年，皇帝春游，览省远方。逮于海隅，遂登之罘，昭临朝阳。观望广丽，从臣咸念，原道至明。圣法初兴，清理疆内，外诛暴强。武威旁畅，振动四极，禽灭六王。阐并天下，甾害绝息，永偃戎兵。皇帝明德，经理宇内，视听不怠。作立大义，昭设备器，咸有章旗。职臣遵分，各知所行，事无嫌疑。黔首改化，远迩同度，临古绝尤。常职既定，后嗣循业，长承圣治。群臣嘉德，祗诵圣烈，请刻之罘。”

旋，遂之琅邪，道上党入。

三十年，无事。

三十一年十二月，更名腊曰“嘉平”。赐黔首里六石米，二羊。始皇为微行咸阳，与武士四人俱，夜出逢盗兰池，见窘，武士击杀盗，关中大索二十日。米石千六百。

三十二年，始皇之碣石，使燕人卢生求羡门、高誓。刻碣石门。坏城郭，决通堤防。其辞曰：“遂兴师旅，诛戮无道，为逆灭息。武殄暴逆，文复无罪，庶心咸服。惠论功劳，赏及牛马，恩肥土域。皇帝奋威，德并诸侯，初一泰平。堕坏城郭，决通川防，夷去险阻。地势既定，黎庶无繇，天下咸抚。男乐其畴，女修其业，事各有序。惠被诸产，久并来田，莫不安所。群臣诵烈，请刻此石，垂著仪矩。”

……三十六年，荧惑守心。有坠星下东郡，至地为石，黔首或刻其石曰“始皇帝死而地分”。始皇闻之，遣御史逐问，莫服，尽取石旁居人诛之，因燔销其石。始皇不乐，使博士为《仙真人诗》，及行所游天下，传令乐人歌弦之。秋，使者从关东夜过华阴平舒道，有人持璧遮使者曰：“为吾遗滈池君。”因言曰：“今年祖龙死。”使者问其故，因忽不见，置其璧去。使者奉璧具以闻。始皇默然良久，曰：“山鬼固不过知一岁事也。”退言曰：“祖龙者，人之先也。”使御府视璧，乃二十八年行渡江所沈璧也。于是始皇卜之，卦得游徙吉。迁北河榆中三万家。拜爵一级。

三十七年十月癸丑，始皇出游。左丞相斯从，右丞相去疾守。少子胡亥爱慕请从，上许之。十一月，行至云梦，望祀虞舜于九疑山。浮江下，观籍柯，渡海渚。过丹阳，至钱唐。临浙江，水波恶，乃西百二十里从狭中渡。上会稽，祭大禹，望于南海，而立石刻颂秦德。其文曰：“皇帝休烈，平一宇内，德惠修长。三十有七年，亲巡天下，周览远方。遂登会稽，宣省习俗，黔首斋庄。群臣诵功，本原事迹，追首高明。秦圣临国，始定刑名，显陈旧章。初平法式，审别职任，以立恒常。六王专倍，贪戾慠猛，率众自强。暴虐恣行，负力而骄，数动甲兵。阴通间使，以事合从，行为辟方。内饰诈谋，外来侵边，遂起祸殃。义威诛之，殄熄暴悖，乱贼灭亡。圣德广密，六合之中，被泽无疆。皇帝并宇，兼听万事，远近毕清。运理群物，考验事实，各载其名。贵贱并通，善否陈前，靡有隐情。饰省宣义，有子而嫁，倍死不贞。防隔内外，禁止淫泆，男女絜诚。夫为寄豭，杀之无罪，男秉义程。妻为逃嫁，子不得母，咸化廉清。大治濯俗，天下承风，蒙被休经。皆遵度轨，和安敦勉，莫不顺令。黔首修絜，人乐同则，嘉保太平。后敬奉法，常治无极，舆舟不倾。从臣诵烈，请刻此石，光垂休铭。”

还过吴，从江乘渡。并海上，北至琅邪。方士徐市等入海求神药，数岁不得，费多，恐谴，乃诈曰：“蓬莱药可得，然常为大鲛鱼所苦，故不得至，愿请善射与俱，见则以连弩射之。”始皇梦与海神战，如人状。问占梦，博士曰：“水神不可见，以大鱼蛟龙为候。今上祷祠备谨，而有此恶神，当除去，而善神可致。”乃令入海者赍捕巨鱼具，而自以连弩候大鱼出射之。自琅邪北至荣成山，弗见。至之罘，见巨鱼，射杀一鱼。遂并海西。

《史记·李斯列传》

始皇三十七年十月，行出游会稽，并海上，北抵琅邪。丞相斯、中车府令赵高兼行符玺令事，皆从。

秦始皇之死

《史记·秦始皇本纪》

至平原津而病。始皇恶言死，群臣莫敢言死事。上病益甚，乃为玺书赐公子扶苏曰：“与丧会咸阳而葬。”书已封，在中车府令赵高行符玺事所，未授使者。七月丙寅，始皇崩于沙丘平台。

第六部 《帝国烽烟》

赵高、李斯篡改秦始皇遗诏

《史记·秦始皇本纪》

丞相斯为上崩在外，恐诸公子及天下有变，乃秘之，不发丧。棺载辒凉车中，故幸宦者参乘，所至上食。百官奏事如故，宦者辄从辒凉车中可其奏事。独子胡亥、赵高及所幸宦者五六人知上死。赵高故尝教胡亥书及狱律令法事，胡亥私幸之。高乃与公子胡亥、丞相斯阴谋破去始皇所封书赐公子扶苏者，而更诈为丞相斯受始皇遗诏沙丘，立子胡亥为太子。更为书赐公子扶苏、蒙恬，数以罪，赐死。语具在《李斯传》中。行，遂从井陉抵九原。会暑，上辒车臭，乃诏从官令车载一石鲍鱼，以乱其臭。

行从直道至咸阳，发丧。太子胡亥袭位，为二世皇帝。九月，葬始皇郦山。始皇初即位，穿治郦山，及并天下，天下徒送诣七十馀万人，穿三泉，下铜而致椁，宫观百官奇器珍怪徙臧满之。令匠作机弩矢，有所穿近者辄射之。以水银为百川江河大海，机相灌输，上具天文，下具地理。以人鱼膏为烛，度不灭者久之。二世曰："先帝后宫非有子者，出焉不宜。"皆令从死，死者甚众。葬既已下，或言工匠为机，臧皆知之，臧重即泄。大事毕，已臧，闭中羡，下外羡门，尽闭工匠臧者，无复出者。树草木以象山。

二世皇帝元年，年二十一。赵高为郎中令，任用事。二世下诏，增始皇寝庙牺牲及山川百祀之礼。令群臣议尊始皇庙。群臣皆顿首言曰："古者天子七庙，诸侯五，大夫三，虽万世世不轶毁。今始皇为极庙，四海之内皆献贡职，增牺牲，礼咸备，毋以加。先王庙或在西雍，或在咸阳。天子仪当独奉酌祠始皇庙。自襄公已下轶毁。所置凡七庙。群臣以礼进祠，以尊始皇庙为帝者祖庙。皇帝复自称'朕'。"

二世与赵高谋曰："朕年少，初即位，黔首未集附。先帝巡行郡县，以示强，威服海内。今晏然不巡行，即见弱，毋以臣畜天下。"春，二世东行郡县，李斯从。到碣石，并海，南至会稽，而尽刻始皇所立刻石，石旁著大臣从者名，以章先帝成功盛德焉。

皇帝曰："金石刻尽始皇帝所为也。今袭号而金石刻辞不称始皇帝，其于久远也如后嗣为之者，不称成功盛德。"丞相臣斯、臣去疾、御史大夫臣德昧死言："臣请具刻诏书刻石，因明白矣。臣昧死请。"制曰："可。"

遂至辽东而还。

《史记·李斯列传》

其年七月，始皇帝至沙丘，病甚，令赵高为书赐公子扶苏曰："以兵属蒙恬，与丧会咸阳而葬。"书已封，未授使者，始皇崩。书及玺皆在赵高所，独子胡亥、丞相李斯、赵高及幸宦者五六人知始皇崩，馀群臣皆莫知也。李斯以为上在外崩，无真太子，故秘之。置始皇居辒辌车中，百官奏事上食如故，宦者辄从辒辌可诸奏事。

……

于是乃相与谋，诈为受始皇诏丞相，立子胡亥为太子。更为书赐长子扶苏曰："朕巡天下，祷祠名山诸神以延寿命。今扶苏与将军蒙恬将师数十万以屯边，十有余年矣，不能进而前，士卒多耗，无尺寸之功，乃反数上书直言诽谤我所为，以不得罢归为太子，日夜怨望。扶苏为人子不孝，其赐剑以自裁！将军恬与扶苏居外，不匡正，宜知其谋。为人臣不忠，其赐死，以兵属裨将王离。"封其书以皇帝玺，遣胡亥客奉书赐扶苏于上郡。

《史记·蒙恬列传》

赵高者，诸赵疏远属也。赵高昆弟数人，皆生隐宫，其母被刑僇，世世卑贱。秦王闻高强力，通于狱法，举以为中车府令。高既私事公子胡亥，喻之决狱。高有大罪，秦王令蒙毅法治之。毅不敢阿法，当高罪死，除其宦籍。帝以高之敦于事也，赦之，复其官爵。

始皇欲游天下，道九原，直抵甘泉，乃使蒙恬通道，自九原抵甘泉，堑山堙谷，千八百里。道未就。

始皇三十七年冬，行出游会稽，并海上，北走琅邪。道病，使蒙毅还祷山川，未反。

始皇至沙丘崩，秘之，群臣莫知。是时丞相李斯、公子胡亥、中车府令赵高常从。高雅得幸于胡亥，欲立之，又怨蒙毅法治之而不为己也。因有贼心，乃与丞相李斯、公子胡亥阴谋，立胡亥为太子。

扶苏自杀、蒙恬下狱

《史记·秦始皇本纪》

高乃与公子胡亥、丞相斯阴谋破去始皇所封书赐公子扶苏者，而更诈为丞相斯受始皇遗诏沙丘，立子胡亥为太子。更为书赐公子扶苏、蒙恬，数以罪，赐死。语具在《李斯传》中。

《史记·李斯列传》

使者至，发书，扶苏泣，入内舍，欲自杀。蒙恬止扶苏曰："陛下居外，未立太子，使臣将三十万众守边，公子为监，此天下重任也。今一使者来，即自杀，安知其非诈？请复请，复请而后死，未暮也。"使者数趣之。扶苏为人仁，谓蒙恬曰："父而赐子死，尚安复请！"即自杀。蒙恬不肯死，使者即以属吏，系于阳周。

使者还报，胡亥、斯、高大喜。至咸阳，发丧，太子立为二世皇帝。以赵高为郎中令，常侍中用事。

《史记·蒙恬列传》

太子已立，遣使者以罪赐公子扶苏、蒙恬死。扶苏已死，蒙恬疑而复请之。使者以蒙恬属吏，更置。胡亥以李斯舍人为护军。使者还报，胡亥已闻扶苏死，即欲释蒙恬。赵高恐蒙氏复贵而用事，怨之。

赵高杀戮大臣与皇族

《史记·秦始皇本纪》

于是二世乃遵用赵高，申法令。乃阴与赵高谋曰："大臣不服，官吏尚强，及诸公子必与我争，为之奈何？"高曰："臣固愿言而未敢也。先帝之大臣，皆天下累世名贵人也，积功劳世以相传久矣。今高素小贱，陛下幸称举，令在上位，管中事。大臣鞅鞅，特以貌从臣，其心实不服。今上出，不因此时案郡县守尉有罪者诛之，上以振威天下，下以除去上生平所不可者。今时不师文而决于武力，愿陛下遂从时毋疑，即群臣不及谋。明主收举余民，贱者贵之，贫者富之，远者近之，则上下集而国安矣。"二世曰："善。"乃行诛大臣及诸公子，以罪过连逮少近官三郎，无得立者，而六公子戮死于杜。公子将闾昆弟三人囚于内宫，议其罪独后。二世使使令将闾曰："公子不臣，罪当死，吏致法焉。"将闾曰："阙廷之礼，吾未尝敢不从宾赞也；廊庙之位，吾未尝敢失节也；受命应对，吾未尝敢失辞也。何谓不臣？愿闻罪而死。"使者曰："臣不得与谋，奉书从事。"将闾乃仰天大呼天者三，曰："天乎！吾无罪！"昆弟三人皆流涕拔剑自杀。宗室振恐。群臣谏者以为诽谤，大吏持禄取容，黔首振恐。

四月，二世还至咸阳，曰："先帝为咸阳朝廷小，故营阿房宫为室堂。未就，会上崩，罢其作者，复土郦山。郦山事大毕，今释阿房宫弗就，则是章先帝举事过也。"复作阿房宫。外抚四夷，如始皇计。尽征其材士五万人为屯卫咸阳，令教射狗马禽兽。当食者多，度不足，下调郡县转输菽粟刍稿，皆令自赍粮食，咸阳三百里内不得食其谷。用法益刻深。

《史记·李斯列传》

二世燕居，乃召高与谋事，谓曰："夫人生居世间也，譬犹骋六骥过决隙也。吾既已临天下矣，欲悉耳目之所好，穷心志之所乐，以安宗庙而乐万姓，长有天下，终吾年寿，其道可乎？"高曰："此贤主之所能行也，而昏乱主之所禁也。臣请言之，不敢避斧钺之诛，愿陛下少留意焉。

夫沙丘之谋，诸公子及大臣皆疑焉，而诸公子尽帝兄，大臣又先帝之所置也。今陛下初立，此其属意怏怏皆不服，恐为变。且蒙恬已死，蒙毅将兵居外，臣战战栗栗，唯恐不终。且陛下安得为此乐乎？”二世曰：“为之奈何？”赵高曰：“严法而刻刑，令有罪者相坐诛，至收族，灭大臣而远骨肉；贫者富之，贱者贵之。尽除去先帝之故臣，更置陛下之所亲信者近之。此则阴德归陛下，害除而奸谋塞，群臣莫不被润泽，蒙厚德，陛下则高枕肆志宠乐矣。计莫出于此。”二世然高之言，乃更为法律。于是群臣诸公子有罪，辄下高，令鞠治之。杀大臣蒙毅等，公子十二人僇死咸阳市，十公主矺死于杜，财物入于县官，相连坐者不可胜数。

公子高欲奔，恐收族，乃上书曰：“先帝无恙时，臣入则赐食，出则乘舆。御府之衣，臣得赐之；中厩之宝马，臣得赐之。臣当从死而不能，为人子不孝，为人臣不忠。不忠者无名以立于世，臣请从死，愿葬郦山之足。唯上幸哀怜之。”书上，胡亥大说，召赵高而示之，曰：“此可谓急乎？”赵高曰：“人臣当忧死而不暇，何变之得谋！”胡亥可其书，赐钱十万以葬。

法令诛罚日益刻深，群臣人人自危，欲畔者众。又作阿房之宫，治直道、驰道，赋敛愈重，戍徭无已。于是楚戍卒陈胜、吴广等乃作乱，起于山东，杰俊相立，自置为侯王，叛秦，兵至鸿门而却。李斯数欲请间谏，二世不许。而二世责问李斯曰：“吾有私议而有所闻于韩子也，曰，‘尧之有天下也，堂高三尺，采椽不斫，茅茨不翦，虽逆旅之宿不勤于此矣。冬日鹿裘，夏日葛衣，粢粝之食，藜藿之羹，饭土匦，啜土铏，虽监门之养不觳于此矣。禹凿龙门，通大夏，疏九河，曲九防，决渟水致之海，而股无胈，胫无毛，手足胼胝，面目黎黑，遂以死于外，葬于会稽，臣虏之劳不烈无此矣’。然则夫所贵于有天下者，岂欲苦形劳神，身处逆旅之宿，口食监门之养，手持臣虏之作哉？此不肖人之所勉也，非贤者之所务也。彼贤人之有天下也，专用天下适己而已矣，此所以贵于有天下也。夫所谓贤人者，必能安天下而治万民，今身且不能利，将恶能治天下哉！故吾愿赐志广欲，长享天下而无害，为之奈何？”李斯子由为三川守，群盗吴广等西略地，过去弗能禁。章邯以破逐广等兵，使者履案三川相属，诮让斯居三公位，如何令盗如此。李斯恐惧，重爵禄，不知所出，乃阿二世意，欲求容，以书对曰：

“夫贤主者，必且能全道而行督责之术者也，督责之，则臣不敢不竭能以徇其主矣。此臣主之分定，上下之义明，则天下贤不肖莫敢不尽心竭任以徇其君矣。是故主独制于天下而无所制也。能穷乐之极矣，贤明之主也，可不察焉。

“故申子曰，‘有天下而不姿睢，命之曰以天下为桎梏’者，无他焉，不能督责，而顾以其身劳于天下之民，若尧、禹然，故谓之‘桎梏’也。夫不能修申、韩之明术，行督责之道，专以天下自适也，而徒务苦形劳神，以身徇百姓，则是黔首之役，非畜天下者也，何足贵哉！夫以人徇己，则己贵而人贱；以己徇人，则己贱而人贵。故徇人者贱，而人所徇者贵，自古及今，未有不然者也。凡古之所为尊贤者，为其贵也；而所为恶不肖者，为其贱也。而尧、禹以身徇天下者也，因随而尊之，则亦失所为尊贤之心矣夫，可谓大缪矣。谓之为‘桎梏’，不亦宜乎？不能督责之过也。”

“故韩子曰‘慈母有败子而严家无格虏者’，何也？则能罚之加焉必也。故商君之法，刑弃灰于道者。夫弃灰，薄罪也，而被刑，重罚也。彼唯明主为能深督轻罪。夫罪轻且督深，而况有重罪乎？故民不敢犯也。是故韩子曰‘布帛寻常，庸人不释，铄金百溢，盗跖不搏者’，非庸人之心重，寻常之利深，而盗跖之欲浅也；又不以盗跖之行，为轻百镒之重也。搏必随手刑，则盗跖不搏百镒；而罚不必行也，则庸人不释寻常。是故城高五丈，而楼季不轻犯也；泰山之高百仞，而跛牂牧其上。夫楼季也而难五丈之限，岂跛也而易百仞之高哉？峭堑之势异也。明主圣王之所以能久处尊位，长执重势，而独擅天下之利者，非有异道也，能独断而审督责，必深罚，故天下不敢犯也。今不务所以不犯，而事慈母之所以败子也，则亦不察于圣人之论矣。夫不能行圣人之术，则舍为天下役何事哉？可不哀邪！

“且夫俭节仁义之人立于朝，则荒肆之乐辍矣；谏说论理之臣间于侧，则流漫之志诎矣；烈士死节之行显于世，则淫康之虞废矣。故明主能外此三者，而独操主术以制听从之臣，而修其明法，故身尊而势重也。凡贤主者，必将能拂世磨俗，而废其所恶，立其所欲，故生则有尊重之势，死则有贤明之谥也。是以明君独断，故权不在臣也。然后能灭仁义之涂，掩驰说之口，困烈士之行，塞聪掩明，内独视听，故外不可倾以仁义烈士之行，而内不可夺以谏说忿争之辩。故能荦然独行恣睢之心而莫之敢逆。若此然后可谓能明申、韩之术，而修商君之法。法修术明而天下乱者，未之闻也。故曰'王道约而易操'也。唯明主为能行之。若此则谓督责之诚，则臣无邪，臣无邪则天下安，天下安则主严尊，主严尊则督责必，督责必则所求得，所求得则国家富，国家富则君乐丰。故督责之术设，则所欲无不得矣。群臣百姓救过不给，何变之敢图？若此则帝道备，而可谓能明君臣之术矣。虽申、韩复生，不能加也。"

书奏，二世悦。于是行督责益严，税民深者为明吏。二世曰："若此则可谓能督责矣。"刑者相半于道，而死人日成积于市。杀人众者忠臣。二世曰："若此则可谓能督责矣。"

初，赵高为郎中令，所杀及报私怨众多，恐大臣入朝奏事毁恶之，乃说二世曰："天子所以贵者，但以闻声，群臣莫得见其面，故号曰'朕'。且陛下富于春秋，未必尽通诸事，今坐朝廷，谴举有不当者，则见短于大臣，非所以示神明于天下也。且陛下深拱禁中，与臣及侍中习法者待事，事来有以揆之。如此则大臣不敢奏疑事，天下称圣主矣。"二世用其计，乃不坐朝廷见大臣，居禁中。赵高常侍中用事，事皆决于赵高。

蒙毅蒙恬等功臣遇害

《史记·秦始皇本纪》

赵高说二世曰："先帝临制天下久，故群臣不敢为非，进邪说。今陛下富于春秋，初即位，奈何与公卿廷决事？事即有误，示群臣短也。天子称朕，固不闻声。"于是二世常居禁中，与高决诸事。其后公卿希得朝见，盗贼益多，而关中卒发东击盗者毋已。右丞相去疾、左丞相斯、将军冯劫进谏曰："关东群盗并起，秦发兵诛击，所杀亡甚众，然犹不止。盗多，皆以戍漕转作事苦，赋税大也。请且止阿房宫作者，减省四边戍转。”二世曰：“吾闻之韩子曰，‘尧舜采椽不刮，茅茨不翦，饭土塯，啜土形，虽监门之养，不觳于此。禹凿龙门，通大夏，决河亭水，放之海，身自持筑臿，胫毋毛，臣虏之劳不烈于此矣。’凡所为贵有天下者，得肆意极欲，主重明法，下不敢为非，以制御海内矣。夫虞、夏之主，贵为天子，亲处穷苦之实，以徇百姓，尚何于法？朕尊万乘，毋其实，吾欲造千乘之驾，万乘之属，充吾号名。且先帝起诸侯，兼天下，天下已定，外攘四夷以安边竟，作宫室以章得意，而君观先帝功业有绪。今朕即位二年之间，群盗并起，君不能禁，又欲罢先帝之所为，是上毋以报先帝，次不为朕尽忠力，何以在位？”下去疾、斯、劫吏，案责他罪。去疾、劫曰：“将相不辱。”自杀。斯卒囚，就五刑。

《史记·蒙恬列传》

始皇甚尊宠蒙氏，信任贤之。而亲近蒙毅，位至上卿，出则参乘，入则御前。恬任外事而毅常为内谋，名为忠信，故虽诸将相莫敢与之争焉……

毅还至，赵高因为胡亥忠计，欲以灭蒙氏，乃言曰：“臣闻先帝欲举贤立太子久矣，而毅谏曰‘不可’。若知贤而俞弗立，则是不忠而惑主也。以臣愚意，不若诛之。”胡亥听而系蒙毅于代。前已囚蒙恬于阳周。丧至咸阳，已葬，太子立为二世皇帝，而赵高亲近，日夜毁恶蒙氏，求其罪过，举劾之。

子婴进谏曰：“臣闻故赵王迁杀其良臣李牧而用颜聚，燕王喜阴用荆轲之谋而倍秦之约，齐王建杀其故世忠臣而用后胜之议。此三君者，皆各以变古者失其国而殃及其身。今蒙氏，秦之大臣谋士也，而主欲一旦弃去之，臣窃以为不可。臣闻轻虑者不可以治国，独智者不可以存君。诛杀忠臣而立无节行之人，是内使群臣不相信而外使斗士之意离也，臣窃以为不可。”

胡亥不听。而遣御史曲宫乘传之代，令蒙毅曰：“先主欲立太子而卿难之。今丞相以卿为不忠，罪及其宗。朕不忍，乃赐卿死，亦甚幸矣。卿其图之！”毅对曰：“以臣不能得先主之意，则臣少宦，顺幸没世。可谓知意矣。以臣不知太子之能，则太子独从，周旋天下，去诸公子绝远，臣无所疑矣。夫先主之举用太子，数年之积也，臣乃何言之敢谏，何虑之敢谋！非敢饰辞以避死也，为羞累先主之名，愿大夫为虑焉，使臣得死情实。且夫顺成全者，道之所贵也；刑杀者，道之所卒也。昔者秦穆公杀三良而死，罪百里奚而非其罪也，故立号曰‘缪’。昭襄王杀武安君白起。楚平王杀伍奢。吴王夫差杀伍子胥。此四君者，皆为大失，而天下非之，以其君为不明，以是籍于诸侯。故曰‘用道治者不杀无罪，而罚不加于无辜’。唯大夫留心！”使者知胡亥之意，不听蒙毅之言，遂杀之。

二世又遣使者之阳周，令蒙恬曰：“君之过多矣，而卿弟毅有大罪，法及内史。”恬曰：“自吾先人，及至子孙，积功信于秦三世矣。今臣将兵三十馀万，身虽囚系，其势足以倍畔，然自知必死而守义者，不敢辱先人之教，以不忘先主也。昔周成王初立，未离襁褓周公旦负王以朝，卒定天下。及成王有病甚殆，公旦自揃其爪以沈于河，曰，‘王未有识，是旦执事。有罪殃，旦受其不祥。’乃书而藏之记府，可谓信矣。及王能治国，有贼臣言，‘周公旦欲为乱久矣，王若不备，必有大事。’王乃大怒，周公旦走而奔于楚。成王观于记府，得周公旦沈书，乃流涕曰，‘孰谓周公旦欲为乱乎！’杀言之者而反周公旦。故《周书》曰‘必参而伍之’。今恬之宗，世无二心，而事卒如此，是必孽臣逆乱，内陵之道也。夫成王失而复振则卒昌；桀杀关龙逢，纣杀王子比干而不悔，身死则国亡。臣故曰过可振而谏可觉也。察于参伍，上圣之法也。凡臣之言，非以求免于咎也，将以谏而死，愿陛下为万民思从道也。”使者曰：“臣受诏行法于将军，不敢以将军言闻于上也。”蒙恬喟然太息曰：“我何罪于天，无过而死乎？”良久，徐曰：“恬罪固当死矣。起临洮属之辽东，城堑万馀里，此其中不能无绝地脉哉？此乃恬之罪也。”乃吞药自杀。

陈胜吴广大泽乡起义

《史记·陈涉世家》

陈胜者，阳城人也，字涉。吴广者，阳夏人也，字叔。陈涉少时，尝与人佣耕，辍耕之垄上，怅恨久之，曰：“苟富贵，无相忘。”庸者笑而应曰：“若为庸耕，何富贵也？”陈涉太息曰：“嗟乎，燕雀安知鸿鹄之志哉！”

二世元年七月，发闾左适戍渔阳，九百人屯大泽乡。陈胜、吴广皆次当行，为屯长。会天大雨，道不通，度已失期。失期，法皆斩。陈胜、吴广乃谋曰：“今亡亦死，举大计亦死，等死，死国可乎？”陈胜曰：“天下苦秦久矣。吾闻二世少子也，不当立，当立者乃公子扶苏。扶苏以数谏故，上使外将兵。今或闻无罪，二世杀之。百姓多闻其贤，未知其死也。项燕为楚将，数有功，爱士卒，楚人怜之。或以为死，或以为亡。今诚以吾众诈自称公子扶苏、项燕，为天下唱，宜多应者。”吴广以为然。乃行卜。卜者知其指意，曰：“足下事皆成，有功。然足下卜之鬼乎！”陈胜、吴广喜，念鬼，曰：“此教我先威众耳。”乃丹书帛曰“陈胜王”，置人所罾鱼腹中。卒买鱼烹食，得鱼腹中书，固以怪之矣。又间令吴广之次所旁丛祠中，夜篝火，狐鸣呼曰“大楚兴，陈胜王”。卒皆夜惊恐。旦日，卒中往往语，皆指目陈胜。

吴广素爱人，士卒多为用者。将尉醉，广故数言欲亡，忿恚尉，令辱之，以激怒其众。尉果笞广。尉剑挺，广起，夺而杀尉。陈胜佐之，并杀两尉。召令徒属曰：“公等遇雨，皆已失期，失期当斩。藉弟令毋斩，而戍死者固十六七。且壮士不死即已，死即举大名耳，王侯将相宁有种乎！”徒属皆曰：“敬受命。”乃诈称公子扶苏、项燕，从民欲也。袒右，称大楚。为坛而盟，祭以尉首。陈胜自立为将军，吴广为都尉。攻大泽乡，收而攻蕲。蕲下，乃令符离人葛婴将兵徇蕲以东。攻铚、酂、苦、柘、谯皆下之。行收兵。比至陈，车六七百乘，骑千馀，卒数万人。攻陈，陈守令皆不在，独守丞与战谯门中。弗胜，守丞死，乃入据陈。数日，号令召三老、豪杰与皆来会计事。三老、豪杰皆曰：“将军身被坚执锐，伐无道，诛暴秦，复立楚国之社稷，功宜为王。”陈涉乃立为王，号为张楚。

当此时，诸郡县苦秦吏者，皆刑其长吏，杀之以应陈涉。乃以吴叔为假王，监诸将以西击荥阳。令陈人武臣、张耳、陈馀徇赵地，令汝阴人邓宗徇九江郡。当此时，楚兵数千人为聚者，不可胜数。

葛婴至东城，立襄强为楚王。婴后闻陈王已立，因杀襄强，还报。至陈，陈王诛杀葛婴。陈王令魏人周市北徇魏地。吴广围荥阳。李由为三川守，守荥阳，吴叔弗能下。陈王征国之豪杰与计，以上蔡人房君蔡赐为上柱国。

周文，陈之贤人也，尝为项燕军视日，事春申君，自言习兵，陈王与之将军印，西击秦。行收兵至关，车千乘，卒数十万，至戏，军焉。秦令少府章邯免郦山徒、人奴产子生，悉发以击楚大军，尽败之。周文败，走出关，止次曹阳二三月。章邯追败之，复走次渑池十馀日。章邯击，大破之。周文自刭，军遂不战。

武臣到邯郸，自立为赵王，陈馀为大将军，张耳、召骚为左右丞相。陈王怒，捕系武臣等家室，欲诛之。柱国曰："秦未亡而诛赵王将相家属，此生一秦也。不如因而立之。"陈王乃遣使者贺赵，而徙系武臣等家属宫中，而封耳子张敖为成都君，趣赵兵亟入关。赵王将相相与谋曰："王王赵，非楚意也。楚已诛秦，必加兵于赵。计莫如毋西兵，使使北徇燕地以自广也。赵南据大河，北有燕、代，楚虽胜秦，不敢制赵。若楚不胜秦，必重赵。赵乘秦之弊，可以得志于天下。"赵王以为然，因不西兵，而遣故上谷卒史韩广将兵北徇燕地。

燕故贵人豪杰谓韩广曰："楚已立王，赵又已立王。燕虽小，亦万乘之国也，原将军立为燕王。"韩广曰："广母在赵，不可。"燕人曰："赵方西忧秦，南忧楚，其力不能禁我。且以楚之强，不敢害赵王将相之家，赵独安敢害将军之家！"韩广以为然，乃自立为燕王。居数月，赵奉燕王母及家属归之燕。

当此之时，诸将之徇地者，不可胜数。周市北徇地至狄，狄人田儋杀狄令，自立为齐王，以齐反击周市。市军散，还至魏地，欲立魏后故宁陵君咎为魏王。时咎在陈王所，不得之魏。魏地已定，欲相与立周市为魏王，周市不肯。使者五反，陈王乃立宁陵君咎为魏王，遣之国。周市卒为相。

将军田臧等相与谋曰："周章军已破矣，秦兵旦暮至，我围荥阳城弗能下，秦军至，必大败。不如少遣兵，足以守荥阳，悉精兵迎秦军。今假王骄，不知兵权，不可与计，非诛之，事恐败。”因相与矫王令以诛吴叔，献其首于陈王。陈王使使赐田臧楚令尹印，使为上将。田臧乃使诸将李归等守荥阳城，自以精兵西迎秦军于敖仓。与战，田臧死，军破。章邯进兵击李归等荥阳下，破之，李归等死。

阳城人邓说将兵居郯，章邯别将击破之，邓说军散走陈。铚人伍徐将兵居许，章邯击破之，伍徐军皆散走陈。陈王诛邓说。

陈王初立时，陵人秦嘉、铚人董绁、符离人朱鸡石、取虑人郑布、徐人丁疾等皆特起，将兵围东海守庆于郯。陈王闻，乃使武平君畔为将军，监郯下军。秦嘉不受命，嘉自立为大司马，恶属武平君。告军吏曰：“武平君年少，不知兵事，勿听！”因矫以王命杀武平君畔。

章邯已破伍徐，击陈，柱国房君死。章邯又进兵击陈西张贺军。陈王出监战，军破，张贺死。

腊月，陈王之汝阴，还至下城父，其御庄贾杀以降秦。陈胜葬砀，谥曰隐王。

陈王故涓人将军吕臣为仓头军，起新阳，攻陈下之，杀庄贾，复以陈为楚。

初，陈王至陈，令铚人宋留将兵定南阳，入武关。留已徇南阳，闻陈王死，南阳复为秦。宋留不能入武关，乃东至新蔡，遇秦军，宋留以军降秦。秦传留至咸阳，车裂留以徇。

秦嘉等闻陈王军破出走，乃立景驹为楚王，引兵之方与，欲击秦军定陶下。使公孙庆使齐王，欲与并力俱进。齐王曰：“闻陈王战败，不知其死生，楚安得不请而立王！”公孙庆曰：“齐不请楚而立王，楚何故请齐而立王！且楚首事，当令于天下。”田儋诛杀公孙庆。

秦左右校复攻陈，下之。吕将军走，收兵复聚。鄱盗当阳君黥布之兵相收，复击秦左右校，破之青波，复以陈为楚。会项梁立怀王孙心为楚王。

陈胜王凡六月。已为王，王陈。其故人尝与庸耕者闻之，之陈，扣宫门曰：“吾欲见涉。”宫门令欲缚之。自辩数，乃置，不肯为通。陈王出，遮道而呼涉。陈王闻之，乃召见，载与俱归。入宫，见殿屋帷帐，客曰："夥颐！涉之为王沈沈者！"楚人谓多为夥，故天下传之，夥涉为王，由陈涉始。客出入愈益发舒，言陈王故情。或说陈王曰："客愚无知，颛妄言，轻威。"陈王斩之。诸陈王故人皆自引去，由是无亲陈王者。陈王以朱房为中正，胡武为司过，主司群臣。诸将徇地，至，令之不是者，系而罪之，以苛察为忠。其所不善者，弗下吏，辄自治之。陈王信用之。诸将以其故不亲附，此其所以败也。

陈胜虽已死，其所置遣侯王将相竟亡秦，由涉首事也。高祖时为陈涉置守冢三十家砀，至今血食。

《史记·秦始皇本纪》

七月，戍卒陈胜等反故荆地，为"张楚"。胜自立为楚王，居陈，遣诸将徇地。

《史记·项羽本纪》

秦二世元年七月，陈涉等起大泽中。

《史记·高祖本纪》

秦二世元年秋，陈胜等起蕲，至陈而王，号为"张楚"。

反秦势力群起

《史记·秦始皇本纪》

山东郡县少年苦秦吏，皆杀其守尉令丞反，以应陈涉，相立为侯王，合从西乡，名为伐秦，不可胜数也。谒者使东方来，以反者闻二世。二世怒，下吏。后使者至，上问，对曰："群盗，郡守尉方逐捕，今尽得，不足忧。"上悦。武臣自立为赵王，魏咎为魏王，田儋为齐王。沛公起沛。项梁举兵会稽郡。

《史记·项羽本纪》

项籍者，下相人也，字羽。初起时，年二十四。其季父项梁，梁父即楚将项燕，为秦将王翦所戮者也。项氏世世为楚将，封于项，故姓项氏。

项籍少时，学书不成，去；学剑，又不成，项梁怒之。籍曰：“书足以记名姓而已。剑一人敌，不足学，学万人敌。”于是项梁乃教籍兵法，籍大喜，略知其意，又不肯竟学。项梁尝有栎阳逮，乃请蕲狱掾曹咎书抵栎阳狱掾司马欣，以故事得已。项梁杀人，与籍避仇于吴中，吴中贤士大夫皆出项梁下。每吴中有大徭役及丧，项梁常为主办，阴以兵法部勒宾客及子弟，以是知其能。秦始皇帝游会稽，渡浙江，梁与籍俱观。籍曰：“彼可取而代也。”梁掩其口，曰：“毋妄言，族矣！”梁以此奇籍。籍长八尺余，力能扛鼎，才气过人，虽吴中子弟，皆已惮籍矣。

秦二世元年七月，陈涉等起大泽中。其九月，会稽守通谓梁曰：“江西皆反，此亦天亡秦之时也。吾闻先即制人，后则为人所制。吾欲发兵，使公及桓楚将。”是时桓楚亡在泽中。梁曰：“桓楚亡，人莫知其处，独籍知之耳。”梁乃出，诫籍持剑居外待。梁复入，与守坐，曰：“请召籍，使受命召桓楚。”守曰：“诺。”梁召籍入。须臾，梁眴籍曰：“可行矣！”于是籍遂拔剑斩守头。项梁持守头，佩其印绶。门下大惊，扰乱，籍所击杀数十百人。一府中皆慑伏，莫敢起。梁乃召故所知豪吏，谕以所为起大事，遂举吴中兵。使人收下县，得精兵八千人。梁部署吴中豪杰为校尉、候、司马。有一人不得用，自言于梁。梁曰：“前时某丧使公主某事，不能办，以此不任用公。”众乃皆伏。于是梁为会稽守，籍为裨将，徇下县。

广陵人召平于是为陈王徇广陵，未能下。闻陈王败走，秦兵又且至，乃渡江矫陈王命，拜梁为楚王上柱国。曰：“江东已定，急引兵西击秦。”项梁乃以八千人渡江而西。闻陈婴已下东阳，使使欲与连和俱西。陈婴者，故东阳令史，居县中，素信谨，称为长者。东阳少年杀其令，相聚数千人，欲置长，无适用，乃请陈婴。婴谢不能，遂强立婴为长，县中从者得二万人。少年欲立陈婴便为王，异军苍头特起。陈婴母谓婴曰：“自我为汝家妇，未尝闻汝先古之有贵者。今暴得大名，不祥。不如有所属，事成犹得封侯，事败易以亡，非世所指名也。”婴乃不敢为王。谓其军吏曰："项氏世世将家，有名于楚。今欲举大事，将非其人，不可。我倚名族，亡秦必矣。"于是众从其言，以兵属项梁。项梁渡淮，黥布、蒲将军亦以兵属焉。凡六七万人，军下邳。

当是时，秦嘉已立景驹为楚王，军彭城东，欲距项梁。项梁谓军吏曰："陈王先首事，战不利，未闻所在。今秦嘉倍陈王而立景驹，逆无道。"乃进兵击秦嘉。秦嘉军败走，追之至胡陵。嘉还战一日，嘉死，军降。景驹走死梁地。项梁已并秦嘉军，军胡陵，将引军而西。章邯军至栗，项梁使别将朱鸡石、余樊君与战。余樊君死，朱鸡石军败，亡走胡陵。项梁乃引兵入薛，诛鸡石。项梁前使项羽别攻襄城，襄城坚守不下。已拔，皆坑之。还报项梁。项梁闻陈王定死，召诸别将会薛计事。此时，沛公亦起沛往焉。

居鄛人范增，年七十，素居家，好奇计，往说项梁曰："陈胜败固当。夫秦灭六国，楚最无罪。自怀王入秦不反，楚人怜之至今，故楚南公曰，'楚虽三户，亡秦必楚'也。今陈胜首事，不立楚后而自立，其势不长。今君起江东，楚蜂午之将皆争附君者，以君世世楚将，为能复立楚之后也。"于是项梁然其言，乃求楚怀王孙心民间，为人牧羊，立以为楚怀王，从民所望也。陈婴为楚上柱国，封五县，与怀王都盱台。项梁自号为武信君。

居数月，引兵攻亢父，与齐田荣、司马龙且军救东阿，大破秦军于东阿。田荣即引兵归，逐其王假。假亡走楚。假相田角亡走赵。角弟田间故齐将，居赵不敢归。田荣立田儋子市为齐王。项梁已破东阿下军，遂追秦军。数使使趣齐兵，欲与俱西。田荣曰："楚杀田假，赵杀田角、田间，乃发兵。"项梁曰："田假为与国之王，穷来从我，不忍杀之。"赵亦不杀田角、田间以市于齐。齐遂不肯发兵助楚。项梁使沛公及项羽别攻城阳，屠之。西破秦军濮阳东，秦兵收入濮阳。沛公、项羽乃攻定陶。定陶未下，去，西略地至雍丘，大破秦军，斩李由，还攻外黄，外黄未下。

《史记·高祖本纪》

高祖，沛丰邑中阳里人，姓刘氏，字季。父曰太公，母曰刘媪。其先刘媪尝息大泽之陂，梦与神遇。是时雷电晦冥，太公往视，则见蛟龙于其上。已而有身，遂产高祖。

高祖为人，隆准而龙颜，美须髯，左股有七十二黑子。仁而爱人，喜施，意豁如也。常有大度，不事家人生产作业。及壮，试为吏，为泗水亭长，廷中吏无所不狎侮，好酒及色。常从王媪、武负贳酒，醉卧，武负、王媪见其上常有龙，怪之。高祖每酤留饮，酒雠数倍。及见怪，岁竟，此两家常折券弃责。

高祖常繇咸阳，纵观，观秦皇帝，喟然太息曰："嗟乎，大丈夫当如此也！"

单父人吕公善沛令，避仇从之客，因家沛焉。沛中豪桀吏闻令有重客，皆往贺。萧何为主吏，主进，令诸大夫曰："进不满千钱，坐之堂下。"高祖为亭长，素易诸吏，乃绐为谒曰"贺钱万"，实不持一钱。谒入，吕公大惊，起，迎之门。吕公者，好相人，见高祖状貌，因重敬之，引入坐。萧何曰："刘季固多大言，少成事。"高祖因狎侮诸客，遂坐上坐，无所诎。酒阑，吕公因目固留高祖。高祖竟酒，后。吕公曰："臣少好相人，相人多矣，无如季相，愿季自爱。臣有息女，愿为季箕帚妾。"酒罢，吕媪怒吕公曰："公始常欲奇此女，与贵人。沛令善公，求之不与，何自妄许与刘季？"吕公曰："此非儿女子所知也。"卒与刘季。吕公女乃吕后也，生孝惠帝、鲁元公主。

高祖为亭长时，常告归之田。吕后与两子居田中耨，有一老父过请饮，吕后因哺之。老父相吕后曰："夫人天下贵人。"令相两子，见孝惠，曰："夫人所以贵者，乃此男也。"相鲁元，亦皆贵。老父已去，高祖适从旁舍来，吕后具言客有过，相我子母皆大贵。高祖问，曰："未远。"乃追及，问老父。老父曰："乡者夫人婴儿皆似君，君相贵不可言。"高祖乃谢曰："诚如父言，不敢忘德。"及高祖贵，遂不知老父处。

高祖为亭长，乃以竹皮为冠，令求盗之薛治之，时时冠之，及贵常冠，所谓"刘氏冠"乃是也。

高祖以亭长为县送徒郦山，徒多道亡。自度比至皆亡之，到丰西泽中，止饮，夜乃解纵所送徒。曰："公等皆去，吾亦从此逝矣！"徒中壮士愿从者十馀人。高祖被酒，夜径泽中，令一人行前。行前者还报曰：“前有大蛇当径，愿还。”高祖醉，曰：“壮士行，何畏！”乃前，拔剑击斩蛇。蛇遂分为两，径开。行数里，醉，因卧。后人来至蛇所，有一老妪夜哭。人问何哭，妪曰：“人杀吾子，故哭之。”人曰：“妪子何为见杀？”妪曰：“吾，白帝子也，化为蛇，当道，今为赤帝子斩之，故哭。”人乃以妪为不诚，欲告之，妪因忽不见。后人至，高祖觉。后人告高祖，高祖乃心独喜，自负。诸从者日益畏之。

秦始皇帝尝曰“东南有天子气”，于是因东游以厌之。高祖即自疑，亡匿，隐于芒、砀山泽岩石之间。吕后与人俱求，常得之。高祖怪问之。吕后曰：“季所居上常有云气，故从往常得季。”高祖心喜。沛中子弟或闻之，多欲附者矣。

秦二世元年秋，陈胜等起蕲，至陈而王，号为“张楚”。诸郡县皆多杀其长吏以应陈涉。沛令恐，欲以沛应涉。掾、主吏萧何、曹参乃曰：“君为秦吏，今欲背之，率沛子弟，恐不听。愿君召诸亡在外者，可得数百人，因劫众，众不敢不听。”乃令樊哙召刘季。刘季之众已数十百人矣。

于是樊哙从刘季来。沛令后悔，恐其有变，乃闭城城守，欲诛萧、曹。萧、曹恐，逾城保刘季。刘季乃书帛射城上，谓沛父老曰：“天下苦秦久矣。今父老虽为沛令守，诸侯并起，今屠沛。沛今共诛令，择子弟可立者立之，以应诸侯，则家室完。不然，父子俱屠，无为也。”父老乃率子弟共杀沛令，开城门迎刘季，欲以为沛令。刘季曰：“天下方扰，诸侯并起，今置将不善，壹败涂地。吾非敢自爱，恐能薄，不能完父兄子弟。此大事，愿更相推择可者。”萧、曹等皆文吏，自爱，恐事不就，后秦种族其家，尽让刘季。诸父老皆曰：“平生所闻刘季诸珍怪，当贵，且卜筮之，莫如刘季最吉。”于是刘季数让。众莫敢为，乃立季为沛公。祠黄帝，祭蚩尤于沛庭，而衅鼓旗，帜皆赤。由所杀蛇白帝子，杀者赤帝子，故上赤。于是少年豪吏如萧、曹、樊哙等皆为收沛子弟二三千人，攻胡陵、方与，还守丰。

秦二世二年，陈涉之将周章军西至戏而还。燕、赵、齐、魏皆自立为王。项氏起吴。秦泗川监平将兵围丰，二日，出与战，破之。命雍齿守丰，引兵之薛。泗州守壮败于薛，走至戚，沛公左司马得泗川守壮，杀之。沛公还军亢父，至方与，未战。陈王使魏人周市略地。周市使人谓雍齿曰："丰，故梁徙也。今魏地已定者数十城。齿今下魏，魏以齿为侯守丰。不下，且屠丰。"雍齿雅不欲属沛公，及魏招之，即反为魏守丰。沛公引兵攻丰，不能取。沛公病，还之沛。沛公怨雍齿与丰子弟叛之，闻东阳宁君、秦嘉立景驹为假王，在留，乃往从之，欲请兵以攻丰。是时秦将章邯从陈，别将司马尼将兵北定楚地，屠相，至砀。东阳宁君、沛公引兵西，与战萧西，不利。还收兵聚留，引兵攻砀，三日乃取砀。因收砀兵，得五六千人。攻下邑，拔之。还军丰。闻项梁在薛，从骑百馀往见之。项梁益沛公卒五千人，五大夫将十人。沛公还，引兵攻丰。

从项梁月余，项羽已拔襄城还。项梁尽召别将居薛。闻陈王定死，因立楚后怀王孙心为楚王，治盱台。项梁号武信君。居数月，北攻亢父，救东阿，破秦军。齐军归，楚独追北，使沛公、项羽别攻城阳，屠之。军濮阳之东，与秦军战，破之。

秦军复振，守濮阳，环水。楚军去而攻定陶，定陶未下。沛公与项羽西略地至雍丘之下，与秦军战，大破之，斩李由。还攻外黄，外黄未下。

章邯镇压反秦军

《史记·秦始皇本纪》

二年冬，陈涉所遣周章等将西至戏，兵数十万。二世大惊，与群臣谋曰："奈何？"少府章邯曰："盗已至，众强，今发近县不及矣。郦山徒多，请赦之，授兵以击之。"二世乃大赦天下，使章邯将，击破周章军而走，遂杀章曹阳。二世益遣长史司马欣、董翳佐章邯击盗，杀陈胜城父，破项梁定陶，灭魏咎临济。楚地盗名将已死，章邯乃北渡河，击赵王歇等于巨鹿。

《史记·项羽本纪》

项梁起东阿，西，比至定陶，再破秦军，项羽等又斩李由，益轻秦，有骄色。宋义乃谏项梁曰："战胜而将骄卒惰者败。今卒少惰矣，秦兵日益，臣为君畏之。"项梁弗听。乃使宋义使于齐。道遇齐使者高陵君显，曰："公将见武信君乎？"曰："然。"曰："臣论武信君军必败。公徐行即免死，疾行则及祸。"秦果悉起兵益章邯，击楚军，大破之定陶，项梁死。沛公、项羽去外黄攻陈留，陈留坚守不能下。沛公、项羽相与谋曰："今项梁军破，士卒恐。"乃与吕臣军俱引兵而东，吕臣军彭城东，项羽军彭城西，沛公军砀。

《史记·高祖本纪》

项梁再破秦军，有骄色。宋义谏，不听。秦益章邯兵，夜衔枚击项梁，大破之定陶，项梁死。沛公与项羽方攻陈留，闻项梁死，引兵与吕将军俱东。吕臣军彭城东，项羽军彭城西，沛公军砀。

章邯已破项梁军，则以为楚地兵不足忧，乃渡河，北击赵，大破之。当是之时，赵歇为王，秦将王离围之巨鹿城，此所谓河北之军也。

赵高杀李斯、胡亥

《史记·秦始皇本纪》

下去疾、斯、劫吏，案责他罪。去疾、劫曰："将相不辱。"自杀。斯卒囚，就五刑。……八月己亥，赵高欲为乱，恐群臣不听，乃先设验，持鹿献于二世，曰："马也。"二世笑曰："丞相误邪？谓鹿为马。"问左右，左右或默，或言马以阿顺赵高。或言鹿，高因阴中诸言鹿者以法。后群臣皆畏高。

高前数言"关东盗毋能为也"，及项羽虏秦将王离等巨鹿下而前，章邯等军数却，上书请益助，燕、赵、齐、楚、韩、魏皆立为王，自关以东，大氐尽畔秦吏应诸侯，诸侯咸率其众西乡。沛公将数万人已屠武关，使人私于高，高恐二世怒，诛及其身，乃谢病不朝见。二世梦白虎啮其左骖马，杀之，心不乐，怪问占梦。卜曰："泾水为祟。"二世乃斋于望夷宫，欲祠泾，沈四白马。使使责让高以盗贼事。高惧，乃阴与其婿咸阳令阎乐、其弟赵成谋曰："上不听谏，今事急，欲归祸于吾宗。吾欲易置上，更立公子婴。子婴仁俭，百姓皆载其言。”使郎中令为内应，诈为有大贼，令乐召吏发卒，追劫乐母置高舍。遣乐将吏卒千余人至望夷宫殿门，缚卫令仆射，曰：“贼入此，何不止？”卫令曰：“周庐设卒甚谨，安得贼敢入宫？”乐遂斩卫令，直将吏入，行射，郎宦者大惊，或走或格，格者辄死，死者数十人。郎中令与乐俱入，射上幄坐帏。二世怒，召左右，左右皆惶扰不斗。旁有宦者一人，侍不敢去。二世入内，谓曰：“公何不蚤告我？乃至于此！”宦者曰：“臣不敢言，故得全。使臣蚤言，皆已诛，安得至今？”阎乐前即二世数曰：“足下骄恣，诛杀无道，天下共畔足下，足下其自为计。”二世曰：“丞相可得见否？”乐曰：“不可。”二世曰：“吾愿得一郡为王。”弗许。又曰：“愿为万户侯。”弗许。曰：“愿与妻子为黔首，比诸公子。”阎乐曰：“臣受命于丞相，为天下诛足下，足下虽多言，臣不敢报。”麾其兵进。二世自杀。

《史记·高祖本纪》

及赵高已杀二世，使人来，欲约分王关中。

《史记·李斯列传》

高闻李斯以为言，乃见丞相曰：“关东群盗多，今上急益发繇治阿房宫，聚狗马无用之物。臣欲谏，为位贱。此真君侯之事，君何不谏？”李斯曰：“固也，吾欲言之久矣。今时上不坐朝廷，上居深宫，吾有所言者，不可传也，欲见无间。”赵高谓曰：“君诚能谏，请为君候上间语君。”于是赵高待二世方燕乐，妇女居前，使人告丞相：“上方间，可奏事。”丞相至宫门上谒，如此者三。二世怒曰：“吾常多闲日，丞相不来。吾方燕私，丞相辄来请事。丞相岂少我哉？且固我哉？”赵高因曰：“如此殆矣！夫沙丘之谋，丞相与焉。今陛下已立为帝，而丞相贵不益，此其意亦望裂地而王矣。且陛下不问臣，臣不敢言。丞相长男李由为三川守，楚盗陈胜等皆丞相傍县之子，以故楚盗公行，过三川，城守不肯击。高闻其文书相往来，未得其审，故未敢以闻。且丞相居外，权重于陛下。”二世以为然。欲案丞相，恐其不审，乃使人案验三川守与盗通状。

李斯闻之。

是时二世在甘泉，方作觳抵优俳之观。李斯不得见，因上书言赵高之短曰："臣闻之，臣疑其君，无不危国；妾疑其夫，无不危家。今有大臣于陛下擅利擅害，与陛下无异，此甚不便。昔者司城子罕相宋，身行刑罚，以威行之，期年遂劫其君。田常为简公臣，爵列无敌于国，私家之富与公家均，布惠施德，下得百姓，上得群臣，阴取齐国，杀宰予于庭，即弑简公于朝，遂有齐国。此天下所明知也。今高有邪佚之志，危反之行，如子罕相宋也；私家之富，若田氏之于齐也。兼行田常、子罕之逆道而劫陛下之威信，其志若韩玘为韩安相也。陛下不图，臣恐其为变也。"二世曰："何哉？夫高，故宦人也，然不为安肆志，不以危易心，絜行修善，自使至此，以忠得进，以信守位，朕实贤之，而君疑之，何也？且朕少失先人，无所识知，不习治民，而君又老，恐与天下绝矣。朕非属赵君，当谁任哉？且赵君为人精廉强力，下知人情，上能适朕，君其勿疑。"李斯曰："不然。夫高，故贱人也，无识于理，贪欲无厌，求利不止，列势次主，求欲无穷，臣故曰殆。"二世已前信赵高，恐李斯杀之，乃私告赵高。高曰："丞相所患者独高，高已死，丞相即欲为田常所为。"于是二世曰："其以李斯属郎中令。"

赵高案治李斯。李斯拘执束缚，居囹圄中，仰天而叹曰："嗟乎！悲夫！不道之君，何可为计哉！昔者桀杀关逢龙，纣杀王子比干，吴王夫差杀伍子胥。此三臣者，岂不忠哉！然而不免于死，身死而所忠者非也。今吾智不及三子，而二世之无道过于桀、纣、夫差，吾以忠死，宜矣。且二世之治岂不乱哉！日者夷其兄弟而自立也，杀忠臣而贵贱人，作为阿房之宫，赋敛天下。吾非不谏也，而不吾听也。凡古圣王，饮食有节，车器有数，宫室有度，出令造事，加费而无益于民利者禁，故能长久治安。令行逆于昆弟，不顾其咎；侵杀忠臣，不思其殃；大为宫室，厚赋天下，不爱其费。三者已行，天下不听。今反者已有天下之半矣，而心尚未寤也，而以赵高为佐，吾必见寇至咸阳，麋鹿游于朝也。"

于是二世乃使高案丞相狱，治罪，责斯与子由谋反状，皆收捕宗族宾客。赵高治斯，榜掠千余，不胜痛，自诬服。斯所以不死者，自负其有功，实无反心，幸得上书自陈，幸二世之寤而赦之。李斯乃从狱中上书曰：“臣为丞相治民，三十余年矣。逮秦之地狭隘。先王之时秦地不过千里，兵数十万。臣尽薄材，谨奉法令，阴行谋臣，资之金玉，使游说诸侯，阴修甲兵，饰政教，官斗士，尊功臣，盛其爵禄，故终以胁韩弱魏，破燕、赵、夷齐、楚，卒兼六国，虏其王，立秦为天子。罪一矣。地非不广，又北逐湖、貉，南定百越，以见秦之强。罪二矣。尊大臣，盛其爵位，以固其亲。罪三矣。立社稷，修宗庙，以明主之贤。罪四矣。更克画，平斗斛度量文章，布之天下，以树秦之名。罪五矣。治驰道，兴游观，以见主之得意。罪六矣。缓刑罚，薄赋敛，以遂主得众之心，万民戴主，死而不忘。罪七矣。若斯之为臣者，罪足以死固久矣。上幸尽其能力，乃得至今，愿陛下察之！”书上，赵高使吏弃去不奏，曰：“囚安得上书！”

赵高使其客十余辈诈为御史、谒者，侍中，更往覆讯斯。斯更以其实对，辄使人复榜之。后二世使人验斯，斯以为如前，终不敢更言，辞服。奏当上，二世喜曰：“微赵君，几为丞相所卖。”及二世所使案三川之守至，则项梁已击杀之。使者来，会丞相下吏，赵高皆妄为反辞。

二世二年七月，具斯五刑，论腰斩咸阳市。斯出狱，与其中子俱执，顾谓其中子曰：“吾欲与若复牵黄犬俱出上蔡东门逐狡兔，岂可得乎！”遂父子相哭，而夷三族。

李斯已死，二世拜赵高为中丞相，事无大小辄决于高。高自知权重，乃献鹿，谓之马。二世问左右：“此乃鹿也？”左右皆曰：“马也。”二世惊，自以为惑，乃召太卜，令卦之。太卜曰：“陛下春秋郊祀，奉宗庙鬼神，斋戒不明，故至于此。可依盛德而明斋戒。”于是乃入上林斋戒。日游弋猎，有行人入上林中，二世自射杀之。赵高教其女婿咸阳令阎乐劾不知何人贼杀人移上林，高乃谏二世曰：“天子无故贼杀不辜人，此上帝之禁也，鬼神不享，天且降殃，当远避宫以禳之。”二世乃出居望夷之宫。

留三日，赵高诈诏卫士，令士皆素服持兵内乡，入告二世曰：“山东群盗兵大至！”二世上观而见之，恐惧，高即因劫令自杀，引玺而佩之，左右百官莫从，上殿，殿欲坏者三。高自知天弗与，群臣弗许，乃召始皇弟，授之玺。

巨鹿之战

《史记·秦始皇本纪》

三年，章邯等将其卒围巨鹿，楚上将军项羽将楚卒往救巨鹿。冬，赵高为丞相，竟案李斯杀之。夏，章邯等战数却，二世使人让邯，邯恐，使长史欣请事。赵高弗见，又弗信。欣恐，亡去，高使人捕追不及。欣见邯曰："赵高用事于中，将军有功亦诛，无功亦诛。"项羽急击秦军，虏王离，邯等遂以兵降诸侯。

《史记·项羽本纪》

楚兵已破于定陶，怀王恐，从盱台之彭城，并项羽、吕臣军自将之。以吕臣为司徒，以其父吕青为令尹，以沛公为砀郡长，封为武安侯，将砀郡兵。

初，宋义所遇齐使者高陵君显在陵楚军，见楚王曰："宋义论武信君之军必败，居数日，军果败。兵未战而先见败征，此可谓知兵矣。"王召宋义与计事而大说之，因置以为上将军；项羽为鲁公，为次将，范增为末将，救赵。诸别将皆属宋义，号为卿子冠军。行至安阳，留四十六日不进。项羽曰："吾闻秦军围赵王巨鹿，疾引兵渡河，楚击其外，赵应其内，破秦军必矣。"宋义曰："不然。夫搏牛之虻不可以破虮虱。今秦攻赵，战胜则兵罢，我承其敝；不胜，则我引兵鼓行而西，必举秦矣。故不如先斗秦赵。夫被坚执锐，义不如公；坐而运策，公不如义。"因下令军中曰："猛如虎，很如羊，贪如狼，强不可使者，皆斩之！"乃遣其子宋襄相齐，身送之至无盐，饮酒高会。天寒大雨，士卒冻饥。项羽曰："将戮力而攻秦，久留不行。今岁饥民贫，士卒食芋菽，军无见粮，乃饮酒高会，不引兵渡河因赵食，与赵并力攻秦，乃曰'承其敝'。夫以秦之强，攻新造之赵，其势必举赵。赵举而秦强，何敝之承！且国兵新破，王坐不安席，埽境内而专属于将军，国家安危，在此一举。今不恤士卒而徇其私，非社稷之臣！"项羽晨朝上将军宋义，即其帐中斩宋义头，出令军中曰："宋义与齐谋反楚，楚王阴令羽诛之。"当是时，诸将皆慑服，莫敢枝梧，皆曰："首立楚者，将军家也。今将军诛乱。"乃相与共立羽为假上将军。使人追宋义子，及之齐，杀之。使桓楚报命于怀王。怀王因使项羽为上将军。当阳君、蒲将军皆属项羽。

项羽已杀卿子冠军，威震楚国，名闻诸侯。乃遣当阳君、蒲将军将卒二万渡河，救巨鹿。战少利，陈馀复请兵。项羽乃悉引兵渡河，皆沈船，破釜甑，烧庐舍，持三日粮，以示士卒必死，无一还心。于是至则围王离，与秦军遇，九战，绝其甬道，大破之，杀苏角，虏王离。涉间不降楚，自烧杀。当是时，楚兵冠诸侯。诸侯军救巨鹿下者十余壁，莫敢纵兵。及楚击秦，诸将皆坐壁上观。楚战士无不一以当十。楚兵呼声动天，诸侯军无不人人惴恐。于是已破秦军，项羽召见诸侯将，入辕门，无不膝行而前，莫敢仰视。项羽由是始为诸侯上将军，诸侯皆属焉。

章邯军棘原，项羽军漳南，相持未战。秦军数却，二世使人让章邯。章邯恐，使长史欣请事。至咸阳，留司马门三日，赵高不见，有不信之心。长史欣恐，还走其军，不敢出故道。赵高果使人追之，不及。欣至军，报曰："赵高用事于中，下无可为者。今战能胜，高必疾妒吾功；战不能胜，不免于死。愿将军孰计之。"陈馀亦遗章邯书曰："白起为秦将，南征鄢郢，北坑马服，攻城略地，不可胜计，而竟赐死。蒙恬为秦将，北逐戎人，开榆中地数千里，竟斩阳周。何者？功多，秦不能尽封，因以法诛之。今将军为秦将三岁矣，所亡失以十万数，而诸侯并起滋益多。彼赵高素谀日久，今事急，亦恐二世诛之，故欲以法诛将军以塞责，使人更代将军以脱其祸。夫将军居外久，多内隙，有功亦诛，无功亦诛。且天之亡秦，无愚智皆知之。今将军内不能直谏，外为亡国将，孤特独立而欲常存，岂不哀哉！将军何不还兵与诸侯为从，约共攻秦，分王其地，南面称孤；此孰与身伏斧质，妻子为戮乎？"章邯狐疑，阴使候始成使项羽，欲约。约未成，项羽使蒲将军日夜引兵渡三户，军漳南，与秦战，再破之。项羽悉引兵击秦军汙水上，大破之。

章邯使人见项羽，欲约。项羽召军吏谋曰："粮少，欲听其约。"军吏皆曰："善。"项羽乃与期洹水南殷墟上。已盟，章邯见项羽而流涕，为言赵高。项羽乃立章邯为雍王，置楚军中。使长史欣为上将军，将秦军为前行。

到新安。诸侯吏卒异时故繇使屯戍过秦中，秦中吏卒遇之多无状。及秦军降诸侯，诸侯吏卒乘胜多奴虏使之，轻折辱秦吏卒。秦吏卒多窃言曰："章将军等诈吾属降诸侯。今能入关破秦，大善；即不能，诸侯虏吾属而东，秦必尽诛吾父母妻子。"诸将微闻其计，以告项羽。项羽乃召黥布、蒲将军计曰："秦吏卒尚众，其心不服，至关中不听，事必危。不如击杀之，而独与章邯、长史欣、都尉翳入秦。"于是楚军夜击坑秦卒二十余万人新安城南。

《史记·高祖本纪》

秦二世三年，楚怀王见项梁军破，恐，徙盱台都彭城，并吕臣、项羽军自将之。以沛公为砀郡长，封为武安侯，将砀郡兵。封项羽为长安侯，号为鲁公。吕臣为司徒，其父吕青为令尹。

赵数请救，怀王乃以宋义为上将军，项羽为次将，范增为末将，北救赵。令沛公西略地入关。与诸将约，先入定关中者王之。

当是时，秦兵强，常乘胜逐北，诸将莫利先入关。独项羽怨秦破项梁军，奋，愿与沛公西入关。怀王诸老将皆曰："项羽为人僄悍猾贼。项羽尝攻襄城，襄城无遗类，皆坑之，诸所过无不残灭。且楚数进取，前陈王、项梁皆败。不如更遣长者扶义而西，告谕秦父兄。秦父兄苦其主久矣，今诚得长者往，毋侵暴，宜可下。今项羽强悍，今不可遣。独沛公素宽大长者，可遣。"卒不许项羽，而遣沛公西略地，收陈王、项梁散卒。乃道砀至成阳，与杠里秦军夹壁，破秦二军。楚军出兵击王离，大破之。

沛公引兵西，遇彭越昌邑，因与俱攻秦军，战不利。还至栗，遇刚武侯，夺其军，可四千馀人，并之。与魏将皇欣、魏申徒武蒲之军并攻昌邑，昌邑未拔。西过高阳。郦食其为监门，曰："诸将过此者多，吾视沛公大人长者。"乃求见说沛公。沛公方踞床，使两女子洗足。郦生不拜，长揖，曰："足下必欲诛无道秦，不宜踞见长者。"于是沛公起，摄衣谢之，延上坐。食其说沛公袭陈留，得秦积粟。乃以郦食其为广野君，郦商为将，将陈留兵，与偕攻开封，开封未拔。西与秦将杨熊战白马，又战曲遇东，大破之。杨熊走之荥阳，二世使使者斩以徇。南攻颍阳，屠之。因张良遂略韩地轘辕。

当是时，赵别将司马昂方欲渡河入关，沛公乃北攻平阴，绝河津。南，战雒阳东，军不利，还至阳城，收军中马骑，与南阳守齮战犨东，破之。略南阳郡，南阳守齮走，保城守宛。沛公引兵过而西。张良谏曰："沛公虽欲急入关，秦兵尚众，距险。今不下宛，宛从后击，强秦在前，此危道也。"于是沛公乃夜引兵从他道还，更旗帜，黎明，围宛城三匝。南阳守欲自刭。其舍人陈恢曰："死未晚也。"乃逾城见沛公，曰："臣闻足下约，先入咸阳者王之。今足下留守宛。宛，大郡之都也，连城数十，人民众，积蓄多，吏人自以为降必死，故皆坚守乘城。今足下尽日止攻，士死伤者必多；引兵去宛，宛必随足下后；足下前则失咸阳之约，后又有强宛之患。为足下计，莫若约降，封其守，因使止守，引其甲卒与之西。诸城未下者，闻声争开门而待，足下通行无所累。"沛公曰："善。"乃以宛守为殷侯，封陈恢千户。引兵西，无不下者。至丹水，高武侯鳃、襄侯王陵降西陵。还攻胡阳，遇番君别将梅鋗，与皆，降析、郦。遣魏人宁昌使秦，使者未来。是时章邯已以军降项羽于赵矣。

初，项羽与宋义北救赵，及项羽杀宋义，代为上将军，诸将黥布皆属，破秦将王离军，降章邯，诸侯皆附。及赵高已杀二世，使人来，欲约分王关中。沛公以为诈，乃用张良计，使郦生、陆贾往说秦将，啖以利，因袭攻武关，破之。又与秦军战于蓝田南，益张疑兵旗帜，诸所过毋得掠卤，秦人喜，秦军解，因大破之。又战其北，大破之。乘胜，遂破之。

《史记·白起王翦列传》

秦二世之时，王翦及其子贲皆已死，而又灭蒙氏。陈胜之反秦，秦使王翦之孙王离击赵，围赵王及张耳巨鹿城。或曰："王离，秦之名将也。今将强秦之兵，攻新造之赵，举之必矣。"客曰："不然，夫为将三世者必败。必败者何也？必其所杀伐多矣，其后受其不祥。今王离已三世将矣。”居无何，项羽救赵，击秦军，果虏王离，王离军遂降诸侯。

秦王子婴杀赵高

《史记·秦始皇本纪》

阎乐归报赵高，赵高乃悉召诸大臣公子，告以诛二世之状。曰：“秦故王国，始皇君天下，故称帝。今六国复自立，秦地益小，乃以空名为帝，不可。宜为王如故，便。”立二世之兄子公子婴为秦王。以黔首葬二世杜南宜春苑中。令子婴斋，当庙见，受王玺。斋五日，子婴与其子二人谋曰：“丞相高杀二世望夷宫，恐群臣诛之，乃详以义立我。我闻赵高乃与楚约，灭秦宗室而王关中。今使我斋见庙，此欲因庙中杀我。我称病不行，丞相必自来，来则杀之。”高使人请子婴数辈，子婴不行，高果自往，曰：“宗庙重事，王奈何不行？”子婴遂刺杀高于斋宫，三族高家以徇咸阳。

《史记·李斯列传》

子婴即位，患之，乃称疾不听事，与宦者韩谈及其子谋杀高。高上谒，请病，因召入，令韩谈刺杀之，夷其三族。

刘邦、项羽灭秦

《史记·秦本纪》

五月丙午，庄襄王卒，子政立，是为秦始皇帝。

秦王政立二十六年，初并天下为三十六郡，号为始皇帝。始皇帝五十一年而崩，子胡亥立，是为二世皇帝。三年，诸侯并起叛秦，赵高杀二世，立子婴。子婴立月余，诸侯诛之，遂灭秦。

《史记·秦始皇本纪》

子婴为秦王四十六日，楚将沛公破秦军入武关，遂至霸上，使人约降子婴。子婴即系颈以组，白马素车，奉天子玺符，降轵道旁。沛公遂入咸阳，封宫室府库，还军霸上。居月余，诸侯兵至，项籍为从长，杀子婴及秦诸公子宗族。遂屠咸阳，烧其宫室，虏其子女，收其珍宝货财，诸侯共分之。灭秦之后，各分其地为三，名曰雍王、塞王、翟王，号曰三秦。项羽为西楚霸王，主命分天下王诸侯，秦竟灭矣。后五年，天下定于汉。

《史记·项羽本纪》

居数日，项羽引兵西屠咸阳，杀秦降王子婴，烧秦宫室，火三月不灭，收其货宝妇女而东。人或说项王曰："关中阻山河四塞，地肥饶，可都以霸。"项王见秦宫室皆以烧残破，又心怀思欲东归，曰："富贵不归故乡，如衣绣夜行，谁知之者！"说者曰："人言楚人沐猴而冠耳，果然。"项王闻之，烹说者。

《史记·高祖本纪》

汉元年十月，沛公兵遂先诸侯至霸上。秦王子婴素车白马，系颈以组，封皇帝玺符节，降轵道旁。诸将或言诛秦王。沛公曰："始怀王遣我，固以能宽容；且人已服降，又杀之，不祥。"乃以秦王属吏，遂西入咸阳。欲止宫休舍，樊哙、张良谏，乃封秦重宝财物府库，还军霸上。召诸县父老豪桀曰："父老苦秦苛法久矣，诽谤者族，偶语者弃市。吾与诸侯约，先入关者王之，吾当王关中。与父老约，法三章耳：杀人者死，伤人及盗抵罪。馀悉除去秦法。诸吏人皆案堵如故。凡吾所以来，为父老除害，非有所侵暴，无恐！且吾所以还军霸上，待诸侯至而定约束耳。"乃使人与秦吏行县乡邑，告谕之。秦人大喜，争持牛羊酒食献飨军士。沛公又让不受，曰："仓粟多，非乏，不欲费人。"人又益喜，唯恐沛公不为秦王。

或说沛公曰："秦富十倍天下，地形强。今闻章邯降项羽，项羽乃号为雍王，王关中。今则来，沛公恐不得有此。可急使兵守函谷关，无内诸侯军，稍征关中兵以自益，距之。"沛公然其计，从之。十一月中，项羽果率诸侯兵西，欲入关，关门闭。闻沛公已定关中，大怒，使黥布等攻破函谷关。十二月中，遂至戏。沛公左司马曹无伤闻项王怒，欲攻沛公，使人言项羽曰："沛公欲王关中，令子婴为相，珍宝尽有之。"欲以求封。亚父劝项羽击沛公。方飨士，旦日合战。是时项羽兵四十万，号百万。沛公兵十万，号二十万，力不敌。会项伯欲活张良，夜往见良，因以文谕项羽，项羽乃止。沛公从百余骑，驱之鸿门，见谢项羽。项羽曰："此沛公左司马曹无伤言之。不然，籍何以生此！"沛公以樊哙、张良故，得解归。归，立诛曹无伤。

项羽遂西，屠烧咸阳秦宫室，所过无不残破。秦人大失望，然恐，不敢不服耳。

《史记·李斯列传》

子婴立三月，沛公兵从武关入，至咸阳，群臣百官皆畔，不适。子婴与妻子自系其颈以组，降轵道旁。沛公因以属吏，项王至而斩之，遂以亡天下。

本书特别感谢《大秦帝国》书友会，以及公士或、张不叁、tufeikai、蒹葭从风等书友的大力支持。
《大秦帝国》官方微博：http://weibo.com/daqindiguo2016